KB052268

신시대 경제체제
개혁사상 연구

신시대 경제체제
개혁사상 연구

초판 1쇄 인쇄 2021년 07월 03일
초판 1쇄 발행 2021년 07월 07일
옮 긴 이 김승일(金勝一)
발 행 인 김승일(金勝一)
디 자 인 조경미
출 판 사 경지출판사
출판등록 제 2015-000026호

ISBN 979-11-90159-72-2 (03820)

판매 및 공급처 경지출판사

주소: 서울시 도봉구 도봉로117길 5-14   **Tel:** 02-2268-9410   **Fax:** 0502-989-9415
블로그: https://blog.naver.com/jojojo4

신시대 경제체제
개혁사상 연구

양뤠이롱(楊瑞龍) · 저우예안(周業安) 지음 | 김승일(金勝一)옮김

 경지출판사
Korea Wisdom China

经典中国国际出版工程
China Classics International

contents

제1장

경제체제 개혁을
끝까지 진행하자[1]

---

1) 본장의 집필자는 양지동(楊継東)이다.

1978년 개혁개방 이래 중국사회는 천지개벽의 변화가 일어났다. 중국경제는 연평균 10%정도의 고속성장을 실현하면서 사람들의 평균 생활수준은 대폭 제고되었다. 빈곤인구는 현저히 줄어들었으며, 종합국력은 부단히 상승했고, 세계에서의 영향력은 부단히 커졌다. 지난 40년의 개혁개방 역사과정에서 중국은 서사적인 경제성장으로 사회의 모습을 변화시켰다. 개혁개방은 중국의 발전이 "우리 이 시대의 제일 벅찬 사건"이 되도록 했다. 2018년 시진핑(習近平) 주석은 신년 축사에서 이렇게 강조했다. "우리는 개혁개방 40주년을 계기로 산이 나타나면 산길을 만들고 물이 나타나면 다리를 만들면서 개혁을 끝까지 견지해야 한다."[2] 하지만 개혁은 여전히 관건적인 시기에 처해 있으므로 조금이라도 나아가는 것은 어렵기만 하다. 「중국 특색의 사회주의」가 신시대에 접어들면서 아름다운 생활을 갈망하는 인민들의 요구는 날고 강렬해졌고, 날로 광범해졌다. 동시에 발전 불균형과 불충분으로 나타난 문제들을 해결하지 못했기에 발전 품질과 효익이 높지 못했다. 민생영역에는 아직도 많은 단점들이 있다. 사회문명은 향상되어야 하고 사회모순과 문제도 중첩되어 있다.

당의 중국공산당 제18차 전국대표대회 이래, 시진핑 동지를 핵심으로 하는 당 중앙은 중국 인민을 이끌고 경제체제 개혁을 심화시키면서 중국경제가 "어떻게 보고, 어떻게 해야 하며, 무엇을 해야 하는가?" 등의 중대한 이론과 현실문제에 답했으며, 시종 정부와 시장의 관계를 처리하는 핵심문제를 중심으로 힘을 다 해 발전방식을 변화

---

2) 習近平. 國家主席習近平發表二─八年新年賀詞. 新華网, 2017-12-31.

시키고, 정확하게 경제의 뉴노멀을 인식하면서 공급 측 구조개혁을 심화시켜 왔다. 정부와 시장의 관계를 잘 처리하기 위해 '일대일로(一帶一路)'의 발전을 제안했고, 지역협조의 발전전략, 국유기업의 개혁, 행정심사비준제도의 개혁 등 여러 가지 경제체제의 개혁을 심화시키는 조치를 취해왔다. 실속적인 개혁으로 중국은 중화민족의 위대한 부흥의 꿈을 실현하기 위해 용감하게 전진하고 있다.

2013년 시진핑 총서기는 「"전면적으로 개혁을 심화시키는데 있어서 약간의 중대한 문제에 대한 중국공산당의 결정"에 관한 설명」에서 이렇게 지적했다. "중국공산당 제11기 중앙위원회 제3차 전체회의에서 당과 국가의 사업 중심을 경제건설에 두고 개혁개방을 실행한다는 역사적인 결정을 내린지 이미 35년이 지났다. 중국인민의 모습, 사회주의 중국의 모습, 중국공산당의 모습이 이처럼 큰 변화가 일어났고, 우리나라가 국제사회에서 중요한 위치에 있을 수 있게 된 원인은 바로 확고부동하게 개혁개방을 추진했기 때문이다."[3]

1. 경제체제 개혁은 중국의 모습을 변화시켰다

시진핑 총서기는 이렇게 제기한 바 있다. "시장이 자원배치에서 결정적인 작용을 하고, 정부는 정부의 작용을 잘해야 한다. 이는 이번 전체회의에서 결정한 중대한 이론 관점이다. 이는 경제체제 개혁은 여전히 전면적으로 개혁을 심화시키는 것을 중심으로 해야 하고, 경

---

3) 習近平. 關于 「中共中央關于全面深化改革若干重大問題的決定」 的說明. 人民網, 2013-11-16.

제체제 개혁의 핵심문제는 여전히 정부와 시장의 관계를 잘 처리하는 것이기 때문이다."⁴ 개혁 특히 경제체제 개혁은 중국 발전에 있어서 매우 중요한 의미가 있다. 40년 전 중국은 개혁개방이라는 위대한 혁명을 시작했다. 계획경제 체제는 사회주의 시장경제 체제로 변화되었다. 이렇게 중국은 새로운 모습을 가지게 되었고 세계도 모습이 변화되었다. 개혁개방 40년간 중국은 세계경제 제2 경제체, 제1 공업국가, 제1 상품무역국, 제1 외화보유국이 되었다. 중국은 세계경제 성장의 중요한 안정기구와 원동력이 되었고, 세계에서 "제일 성공적인 빈곤 탈출 이야기"를 완성했다.

(1) 개혁은 중국경제 총량이 부단히 새로운 단계에 오르도록 한다

개혁개방 이후, 중국경제의 총량은 부단히 새로운 단계로 올라 성공적으로 세계 10위에서 세계 2위로 상승했고, 저소득 경제 체에서 중고소득 경제체 행렬에 들어섰다. 중국의 종합국력은 부단히 강화되었다. 1978년에 3,645억 위안(元)이던 국내 생산총액은 2017년에 이르러 82조 위안을 넘어 섰다.(그림 1-1) 1978년 중국경제의 총량은 겨우 세계 10위였다. 하지만 2008년에 이르러 독일을 넘어 세계 제3위를 기록했고, 2010년에는 일본을 제치고 세계 제2위가 되어 미국 다음의 세계 제2 경제체가 되었다.

---

4) 위와 같음.

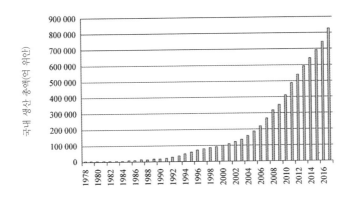

그림 1-1. 중국경제 총량 변화.

　2017년까지 중국 국내 생산 총액(GDP)은 827,122억 위안으로 같은 시기보다 6.9% 성장했다. 2017년 인민폐와 미국달러의 평균 환율인 6.7518:1로 계산한다면, 전년도의 GDP는 12조 2,504억 달러이다. 2017년의 GDP는 1978년 3,645억 위안의 225.9배이다. 이는 연평균 15.5%의 성장률을 기록한 것과 같고, 실제 성장률은 9%정도였다. 같은 시기 세계 GDP 총량은 1978년의 9조5,327억 달러에서 2016년의 75조 6,467억 달러로 7배 성장하여 연평균 2.78%의 성장을 기록했다. 중국의 GDP가 세계 GDP에서 차지하는 비중은 1978년의 2.25%에서 2016년에는 14.81%로 상승해 12% 증가했다.[5] 중국국가통계국 총경제사 성라이윈(盛來運)이 발표한 『2017년 국민경제와 사회발전 통계 성명』에서는 2017년 중국의 경제실력은 새로운 비약을 실현했다고 했다. 2017년 중국 국내총생산(GDP)은 5년 전보다 3% 증가하여 세계경제

---

5) 자료출처: United Nations Statistics Division.

13

의 15%를 차지하면서 안정적으로 세계 제2위를 기록했다.

세계은행에서 발표한 수치에 따르면, 중국의 1인 평균 국민총소득(GNI)은 1978년의 190달러에서 2012에는 5,680달러로 증가하여 이미 중상등 소득의 경제체 행렬에 들어섰다. 2016년 중국 1인 평균 총 소득은 8,260달러를 기록했다. 세계은행에서 발표한 216개 국가(지역)의 1인 평균 GNI 순위에 따르면, 2012년의 112위였던 중국은 2016년에 이르러 제93위로 상승했다. 개혁개방은 중국경제가 신속 발전을 실현할 수 있는 근본 원동력이다. 개혁개방이 없었다면 오늘날 중국경제의 번영은 있을 수 없는 일이었다.

경제발전의 속도로 볼 때, 중국의 지난 수십 년간의 고속발전은 '경제기적'이라고 하지 않을 수 없다. 1979~2006년 사이에 중국 GDP의 연평균 성장률은 거의 10%를 기록했다. 프랑스 학자 rik Izraelewicz는 그의 새로운 저작 『중국이 세계를 변화시킬 때』에서 중국의 개혁과정을 대체로 3단계로 분류했다. 1978~1986년, 1987~1996년, 1997~2006년 등으로 구분한 매 단계에서 중국의 1인 평균 국내총생산은 배로 늘어났던 것이다. 개혁개방 이후 중국의 경제사회발전은 세상의 주목을 받을 만한 성과를 얻었다. 시진핑은 중국공산당 제18기 중앙위원회 제3차 전체회의에서 이렇게 지적했다. "중국 인민의 모습, 사회주의 중국의 모습, 중국공산당의 모습이 이처럼 심각한 변화가 일어나고, 우리나라가 국제사회에서 중요한 위치에 있을 수 있는 원인은 바로 확고부동하게 개혁개방을 추진했기 때문이다."[6]

---

6) 習近平, 『習近平談治國理政』第1卷, 北京, 外文出版社, 2018, 71쪽.

(2) 개혁은 인민들의 생활을 최저생활 수준에서 전면 적인 샤오캉수준으로 발전시키고 있다

개혁개방 이후, 중국 인민들의 생활수준은 빠른 속도로 제고되었다. 도시와 농촌의 주민들은 배불리 먹지 못하던 상황에서 전체적인 샤오캉사회에서 전면적인 샤오캉사회로 발전하고 있다. 인민들의 생활수준은 현저하게 제고되었다. 한 나라의 경제발전 수준의 높고 낮음을 제일 확실하게 보여주는 것은 그 나라 인민들의 생활상황이다. 개혁의 출발점과 최종 목적은 인민들의 물질과 문화생활의 수요를 최대한으로 만족시키는 것이다.

1978년 중국 1인 평균 국내생산 총액은 겨우 381위안이었으나 1987년에는 1,112위안이 되었고, 1992년에는 2,311위안을 기록했으며, 2003년에는 10,000 위안을 넘어 10,542위안을 기록했고, 2007년에는 2만 위안을 넘어 20,169위안을 기록했으며, 2010년에는 3만 위안을 뛰어넘은 30,015위안을 기록했다. 2012년 1인 평균 국내생산 총액은 38,420위안이었다. 가격 요소를 감안하더라도 1978년보다 16.2배 증가해 연평균 8.7%성장했다.(그림 1-2)[7]

---

7) 國家統計局,「改革開放鑄輝煌經濟發展譜新篇:1978年以來我國經濟社會發展的巨大變化」
人民网, 2013-11-06.

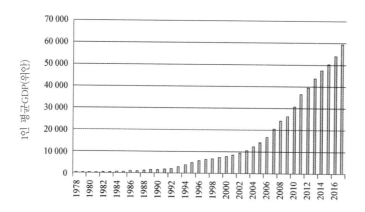

그림 1-2. 중국 1인 평균 국내생산 총액 변화.

2017년 전년 1인 평균 소득은 59,660위안을 기록해 전년에 비해 6.3% 증가했다. 달러로 환산하면 8,836달러이다. 세계은행의 고소득국가 표준은 1인 평균 국민 소득이 12,000달러 이상이다. 2017년 중국 1인 평균 국민소득은 8,790달러 정도로 1인 평균 GDP와 비슷해졌다. 만약 중국경제가 안정적으로 6.3%정도의 증가속도를 유지하며 환율도 대폭적으로 하락하지 않고 안정적이 된다면 약 2022년이 되면 1인 평균 12,000달러의 소득 수준에 도달할 수 있어 중국은 고소득국가 행렬에 진입할 수 있다.

2012년 도시 주민 1인 평균 가처분소득은 24,565위안으로 1978년보다 71배 증가했다. 이는 연평균 성장속도는 13.4%로 가격요소를 고려하면 연평균 성장속도는 7.4%인 셈이다. 이 시기 농촌 주민 1인 평균 순소득은 7,917위안으로 58배 성장했다. 이는 연평균 성장률은 12.8%이고 가격요소를 감안하면 연평균 성장 속도는 7.5%이다. 도시와 농촌 주민들이 가지고 있는 재부는 현저하게 증가했다. 2012년 연말 도시와 농촌주민의 인민폐 저축예금 잔고는 39.96만억 위안으로 1978년 연말보다 1896배 성장했다. 이는 연 평균 24.9%로 성장한 것이다. 증권, 채권 등 금융자산 규모도 부단히 늘어났다. 도시주민들의 재산성 소득은 무에서 유가 되어 2012년에는 1인 평균 전체 연 소득의 2.6%를 차지했다.

2017년 전국 주민 1인 평균 가처분 소득액은 25,974위안으로 가격요소를 감안한 실제성장은 7.3%였다. 그중 도시 주민 1인 평균 가처분 소득은 36,396위안으로 8.3%성장했다. 가격요소를 감안하면 실제 성장은 6.5%이다. 농촌 주민 1인 평균 가처분소득은 13,432위안으로 8.6%성장했고 가격요소를 감안하면 실제성장은 7.3%이다. 전년도 전국 주민 1인 평균 가처분소득 중앙치는 22,408위안으로 7.3%성장했다. 중앙치는 평균수의 86.3%이다. 그중 도시 주민 1인 평균 가처분소득 중앙치는 33,834위안으로 7.2% 성장했고, 중앙치는 평균수의 93.0%이다. 농촌주민 1인 평균 가처분소득 중앙치는 11,969위안으로 7.4% 성장했으며, 중앙치는 평균수의 89.1%였다. "빈곤인구는 대폭 감소했는데, 농촌의 절대 빈곤인구는 1978년의 2.5억 명에서 2010년에는 2,688만 명으로 감소했고, 연 평균 빈곤 탈출인구는 544만 명에 달했다."[8] 2011년 중국 농민 1인 평균 순소득은 2,300위안(2010년의 고정가로 계산)이다. 새로운 국가의 빈곤보조 표준이 확정하면서

---

8) 布成良, 「如何看待 "對改革開放的質疑?"」, 求是网, 2015-04-09. 원문에는 544만 명으로 기록되었다.

더 많은 저소득 인구가 빈곤보조의 대상이 되었다. 국가통계국에서 발표한 수치에 따르면 2017년 전국 농민의 빈곤인구는 그 전년 말에 비교해 1,289만 명이 줄어들었다. 빈곤의 발생률은 지속적으로 줄어들었고, 빈곤 지역 농촌주민의 소득도 빠른 성장세를 보여주었다. 식량의 풍작 및 산업에 의한 빈곤의 부조, 여행업의 빈곤 부조, 전자상거래의 빈곤부조 등이 깊이 있게 진행됨에 따라 2017년 빈곤지역 농촌주민 1인 평균 가처분 소득은 9,377위안으로 전년도에 비해 894위안 증가했는데, 이는 실제로 9.1% 성장한 것이며, 실제 성장속도는 전년도보다 0.7 퍼센트 증가한 것으로 전국 농촌의 평균 수준보다 1.8% 높은 것이다. 개혁개방은 인민의 생활개선을 위해 충분한 물질적 기초를 창조했다. 개혁개방이 없었다면 오늘날 중국인민의 아름다운 생활은 없을 것이다. 시진핑은 제18기 중국공산당 중앙정치국 제2차 집체학습 시에 이렇게 강조했다. "개혁개방은 진행형만 있을 뿐 완성형은 없다. 개혁개방이 없으면 오늘날의 중국도 없고, 중국의 내일도 없다."[9]

(3) 개혁은 중국의 국제경쟁력을 현저하게 향상시켰다

경제의 지속적인 신속 성장으로 중국의 종합국력은 신속하게 향상되었고, 국제 영향력도 날로 향상되어 전 세계에 많은 영향을 미쳤다. 개혁개방 이후로 중국은 부단히 대외개방의 넓이와 깊이를 확장했다. 연해로부터 강 연안, 강 연안으로부터 내륙으로, 제조업으로부

---

9) 習近平, 「在十八屆中共中央政治局第二次集體學習時的講話」, 人民日報, 2013-01-01.

터 농업과 서비스업까지 대규모로 "들여오고" 대폭적으로 "나아가기"를 통해 중국과 세계의 관계는 역사적인 변화를 가져왔다. 2012년 중국 화물의 수출입 총액은 3조 8,671억 달러로 1978년보다 186배 성장해 화물의 수출총액은 세계 1위가 되었다. 2012년 실제 외자사용 투자금액은 1,117억 달러로 연속적으로 몇 년간 개발도상국의 첫 자리를 차지했다. 대외에 대한 직접투자한 순 금액은 878억 달러였으며, 연말 대외 직접투자 저장량은 5,319억 달러를 기록했다. 중국은 국제경제에 대한 협력과 국제경제 규칙 제정에 대한 참여를 통해 세계경제에 미치는 영향력을 대폭 향상시켰다.[10] 2017년 전년 화물의 수출입 총액은 27조 7,923억 위안을 기록해 전년도보다 14.2% 상승했다. 그중 수출 총액은 15조 3,321억 위안으로 10.8% 성장했고, 수입총액은 12조 4,602억 위안으로 18.7% 성장했다. 2017년 중국의 과학기술 혁신능력은 현저하게 제고되었고, 주요한 혁신지표는 세계의 앞자리를 차지했으며, 과학기술 혁신수준은 국제적으로 선두그룹을 향해 나아가고 있다. 중국의 과학기술 혁신은 지속적으로 저력을 보여주었고, 역사적, 전반적, 구조적으로 중대한 변화를 가져왔다. 과학기술부의 통계에 따르면 2017년 전국의 연구와 실험 발전(R&D)을 위한 지출은 1.76조 위안에 달했다. 이 지출이 GDP에서 차지하는 비중은 2.15%로 유럽연합 15개국의 평균치를 넘어섰다. 과학기술 진보에 미친 기여도는 2012년의 52.2%에서 57.5%로 성장했다. 국가의 혁신능력 순위도 2012년의 20위에서 17위로 상승했다. 전략적으로 기술을 제고하

---

10) 徐紹史, 「改革開放是決定当代中國命運的關鍵一招」, 『人民日報』, 2013-11-19.

여 국가의 실력을 보여주었다. 중국 기초연구의 국제 영향력은 대폭 향상되어 국제적 혁신 플랫폼의 형국을 앞당겨주었다. 쟈오롱(蛟龍), 톈옌(天眼-Five-hundred-meter Aperture Spherical Telescope, FAST), 우콩(悟空-Wukong DAMPE), 훼이옌(慧眼-Hard X-ray Modulation Telescope), 제트기 등 일련의 대표적인 중대한 과학기술 성과들이 용솟음쳐 나왔다. 선저우(神舟-유인우주선), 톈저우(天舟-화물우주선), 창어(嫦娥-달 탐사선), 창정시리즈(長征-운반 로켓) 등은 세계의 주목을 받았다. 심해 장비도 기능화와 계열화의 형국이 형성했다.[11]

(4) 중요 영역과 관건적인 부분에서의 개혁은 돌파적인 진척을 가져왔다

중국공산당 제18차 전국대표대회 이후, 시진핑 동지를 핵심으로 하는 당 중앙의 강력한 영도 하에서, 경제체제·정치체제·문화체제·사회체제·생태문명체제와 중국공산당 건설제도 등 개혁이 전면적으로 시작되었고, 중요 영역과 관건적인 부분에서의 일련의 개혁은 돌파적인 진척을 가져왔다.[12] 개혁은 시장에 활력을 가져다주었기에 시장 주체도 전례 없이 활발했다. 하루 평균 새로 창설된 기업은 500여 개에서 1.6만여 개로 증가되었고, 각 종류의 시장 주체는 9,800여 만 호에 달하여 5년 동안 70% 넘게 증가했다. 개혁은 새로운 혁신 원동력을 가져다주었다. 고속철도망, 전자 상거래, 모바일결제, 공유경제 등 분

---

11) 陳芳, 胡喆, 「加速邁向國際第一方陣: 我國五年來科技創新成就巡礼」新華网, 2018-02-28.
12) 齊中熙 等, 「奮進新時代的澎湃引擎: 從全國兩會看全面改革深化」新華网, 2018-03-13.

야에서는 세계의 트렌드를 이끌고 있다. "인터넷+"는 널리 각 분야에 스며들었다. 대중 창업과 만민 혁신은 활기 있게 발전했다. 개혁은 민생의 보장을 보완해주어 세계에서 제일 큰 사회보장 네트워크를 형성했다. 빈곤인구도 6,800여 만 명이 줄어들었고, 사회 양로보험 가입수도 9억여 명을 넘어섰으며, 기본의료보험은 13.5억 명을 넘었다.

중요영역과 관건 부분에서의 개혁도 돌파적인 진척을 가져왔다. 정부 기구의 간소화와 하부 기관에 권력 이양 및 "풀어주고 틀어쥐는 것"을 결합시켰고, 서비스 최적화 등의 개혁으로 정부의 직능은 큰 변화가 일어났고, 시장의 활력과 사회의 창조력은 선명하게 강화되었다. '일대일로'의 건설도 현저한 효과를 가져왔다. 대외무역과 외자 이용구조의 최적화 및 규모는 안정적으로 세계 앞 순위를 차지했다.

2. 개혁은 이미 관건적인 단계에 진입했다

개혁은 아무리 어렵더라도 계속해서 추진해야 한다. 시진핑 총서기는 이렇게 지적했다. "중국과 같이 13억 인구를 가진 나라가 개혁을 심화시킨다는 것은 절대로 쉬운 일이 아니다. 30여 년의 여정을 거친 중국의 개혁은 지금 관건적인 단계에 들어섰다. 쉽고 모두가 기뻐하는 성과를 얻을 수 있던 개혁은 이미 완성되어 먹기 쉬운 고기는 이미 다 먹었다고 할 수 있다. 이제 남은 것은 뜯기 어려운 뼈만 남은 상황이다."[13]

지금의 국내외 환경은 지극히 광범하고, 심각한 변화가 일어났다.

---

13) 習近平, 『習近平談治國理政』 第1卷, 北京, 外文出版社, 2018, 101쪽.

중국의 발전도 일련의 뚜렷한 모순과 도전에 직면하게 되었기에 발전과정에는 적지 않은 문제가 있었다. 발전과정에서의 불균형·불 협조·지속 불가능 등의 문제는 여전히 뚜렷하고, 과학적 혁신능력이 높지 않으며, 산업구조가 불합리하고, 발전방식이 여전히 조방적(粗放的, 거칠고 면밀하지 않은 것-역자 주)이며, 도시와 농촌의 지역 발전 격차와 주민소득 분배 격차는 여전히 크고, 사회모순도 뚜렷하게 많아 졌다. 교육, 취업, 사회보장, 의료, 주택, 생태환경, 식품약품안전, 안전생산, 사회치안, 집법사법 등 군중들과 밀접하게 관계된 문제들이 비교적 많다. 일부 군중들의 생활은 여전히 어렵다. 형식주의, 관료주의, 향락주의와 사치를 추구하는 문제가 뚜렷하게 나타나고 있다. 일부 영역에서의 소극적이고 부패한 현상들이 쉽고 다발적으로 발생하고 있기에 부패에 대한 반대투쟁의 형세는 여전히 가혹하다.

이와 같은 여러 가지 문제를 해결하는 관건은 개혁을 심화시키는 것이다. 어떻게 개혁의 관건적인 단계를 벗어날 것인가? 시진핑 총서기는 여러 차례 중국의 개혁은 이미 난관 극복기와 관건적인 단계에 들어섰다고 강조했다. 깎기 어려운 뼈를 깎듯이 어려운 임무를 완성해야 하고, 험난한 여울을 건널 수 있는 용기로 더욱 시장의 규칙을 존중하고, 정부의 작용을 잘 보여주어 개방의 최대 장점으로 더욱 넓은 발전 공간을 도모해야 한다.

⑴ 중국경제의 성장은 여전히 체제적 요소의 영향을 크게 받는다

비록 중국의 경제 총량이 세계 제2위라고는 하지만, 1인 평균 경제

수준과 전반적인 경제 품질 등 방면에서는 선진국과 적지 않은 거리가 있다. 중국이 세계에서 제일 큰 개발도상국이라는 지위는 변하지 않았다. 발전은 여전히 중국의 모든 문제를 해결하는 관건이다. 중국 경제의 과학발전을 실현하려면 여전히 개혁에 의존해야 한다. 반드시 부단히 개혁을 추진하여 개혁의 품질을 제고시켜야만 시대에 뒤처지지 않고, 나아가 시대의 발전을 이끌어 중화민족의 위대한 부흥을 실현할 수 있다. 비록 중국은 이미 40년간 고속적인 경제성장을 실현하여 시장화 개혁을 부단히 추진했었지만, 중국경제의 성장모델은 여전히 체제적 요소의 영향을 크게 받고 있다. 예를 들면, 분기별 투자 파동으로부터 볼 때, 중국의 투자성장과 체제적 요소는 밀접한 관계가 있음을 알 수 있다. 보통 매년 제1분기의 투자성장은 비교적 적고, 제2, 제3분기의 성장은 비교적 빠르고, 제4분기의 성장은 다시 줄어든다. 이는 중국의 체제적인 원인을 보여준다. 매년 3월에 열리는 전국인민대표대회에서 전년도 투자계획을 정하고, 그 후에는 구체적으로 전국적인 계획을 계획한다. 보통 5월이 되면 전국의 투자계획이 미시기업에 전달된다. 비록 전부 혹은 부분적으로 정부가 직접 통제하는 투자가 전체 투자에서의 비중이 높아 보이지는 않지만, 이것이 정부가 투자에 미치는 영향이 적다고 할 수는 없다. 중국에서 각종 투자활동은 일반적으로 정부의 심사와 비준을 거쳐야 한다.

비록 시장 지향의 개혁이 비교적 오랜 기간 진행되었지만, 정부는 여전히 투자 결정을 인도하고, 국유은행과 국유기업은 여전히 비교적 많은 계획의 색깔을 띠고 있다. 전반적인 경제활동은 여전히 중국경제 체제의 특성을 띠고 있다. 정부는 여전히 자원배치에서 중요한 역할을 하고 있다. 정부는 때로는 정치적 각도에서 투자를 고려한다. 기업의 투자는 정부의 수요를 만족시키고, 국유은행과 기업은 투자의 정치적 임무를 맡기도 하는 문제는 어느 정도 여전히 존재한다. 중앙 기획경제시스템 관찰을 기초로 코르나이(Kornai)는 예산 소프트 제약을 출발점으로 우선 "투자주기 가설"을 제기했다. 그는 국유부문의 예산 제한이 온화한 편이라면 강렬한 투자 충동을 가져올 수 있다고 여겼다. 투자에 대한 수요가 경제의 공급능력을 초과하게 되면 경제과열이 나타난다. 최종적으로 경제과열은 엄중한 경제와 사회문제를 초래하기 때문에 정부는 부득이하게 강력한 조치로 경제의 "온도를 낮추게" 된다. 이 외에도 전통적 계획경제에서 시장경제로 과도하는 과정에서 중국은 여전히 경제에 대한 정부의 관여를 적지 않게 보류했다. 정부는 경제발전을 자기의 임무로 여기고 이에 상응하는 목표를 설정한다. 구체적으로 경제성장 목표를 집행하는 과정에서 중앙정부는 정책을 정하고, 조정 감독의 책임을 지고, 지방정부는 정책의 구체적 실시와 집행을 책임진다. 지방정부가 효과적으로 중앙의 정책을 실시할 수 있는 여부는 중앙의 감독에 있고, 지방정부 본신의 내적 장려에 있다. 개혁초기 중앙정부와 지방정부는 성장목표에서 높은 일치성을 보여주었다. 중앙정부는 성장목표를 통해 지방정부의 행동을 평가하고, 성장은 지방정부 관리들의 승급기회를 가져다주었을 뿐만 아니라 지방관리들의 권력을 높여주었다. 따라서 성장과 지방정부의 장려는 내적으로 일치했다. 그러나 고품질 발전의 요구가 부단히 강화되면서 이와 같이 정부가 주도하는 경제발전 체제는 변혁할 필요가 대두하게 되었다.

(2) 점진적 개혁에서 전면적 개혁 심화로

중국경제체제 개혁은 처음에는 농촌에서 시작되었다. 옅은 곳으로부터 깊은 곳으로, 쉬운 부분에서부터 어려운 부분으로 점차 근본적인 체제개혁을 하게 되었다. 이는 중국의 점진적 개혁의 특점이고 전개형식이었다.

계획경제 체제의 안정적인 운행에서부터 시장경제 체제에 이르기까지 중국은 점진적 개혁을 취했다. 경제체제의 개혁은 농촌에서 그 서막을 열었다. 농촌개혁의 첫 번째 순서는 인민공사제도(人民公社制度)를 폐지하고, 가정 세대별 생산량 연동 도급책임제를 위주로 통일적인 분배와 결합, 이중 운영의 신형 집체소유제를 건립했다. 그 후에는 지방도시 기업의 출현은 토지에서 이동해 간 농촌 잉여노동력의 새로운 출로가 되어 농민들의 수입을 제고시켰고, 공업과 전반적인 경제의 개혁과 발전을 촉진시키는 새로운 길을 개척했다. 농촌개혁이 효과적으로 진행된 기초위에서 도시를 중심으로 하는 전반적인 경제체제 개혁이 시작되었다. 다년간의 이론과 실천의 탐색을 거쳐 1992년 중국공산당 제14차 전국대표대회에서는 사회주의 시장체제 건립을 경제체제 개혁의 목표로 확정짓고, 이를 통해 전면적으로 개혁을 다그치기로 했다. 20세기 말에 이르러 사회주의 시장경제의 체제는 중국 국내에서 초보적으로 형성되었다. 이와 동시에 정치와 과학기술 등 영역의 개혁도 전면적으로 시작되었다. 점진적 개혁은 성공을 거두었다. 소유제 방면에서 공유제를 주체로 여러 가지 소유제 경제가 공동으로 발전하는 기본 경제제도는 실현할 수 있게 되었다.

국유경제는 여전히 관건적이고 중점적인 영역에서 신속발전을 이루었기에 국유경제의 주체적 지위는 부단히 강화되었다. 비공유제 경제는 시장경제에 활력을 불어 넣고, 일자리 해결 등 방면에서 막강한 작용을 하게 되었고, 사회주의 시장경제의 중요한 구성부분이 되었다. 전방위적이고 다차원적이며, 넓은 영역에서의 개방구도를 형성하고, 적극적으로 국제경제 교류와 협력에 참가했다.

중국공산당 제18차 전국대표대회 이후, 경제체제의 개혁은 더욱 전면적인 개혁의 심화를 강조하게 되었다. 중국의 경제발전은 새로운 단계적인 특정이 나타났고, 많은 새로운 어려운 문제들에 직면하게 되었다. 이는 중국이 이미 새로운 단계에 진입했음을 설명하고, 개혁 난이도의 향상과 더불어 개혁의 위험도 커졌음을 말해준다. 이에 근거하여 시진핑은 이렇게 강조했다. "지금 우리나라의 개혁은 이미 난관 극복기와 관건적인 단계에 진입했다. 우리는 반드시 더욱 큰 정치적 용기와 지혜로 이 기회를 놓치지 말고 중요 영역의 개혁을 심화시켜 나가야 한다."[14]

중국공산당 제18기 중앙위원회 제3차 전체회의에서는 『중국공산당 중앙의 전면적으로 개혁을 심화시키는 데에 관한 약간의 중대한 문제 대한 결정』을 통과시켰다. 결정에서 중국은 전면적인 개혁의 심화

---

14) 「做到改革不停頓 開放不止步」, 『人民日報』, 2012-12-12.

를 진행한다는 총체적인 목표를 명확히 했다. 전면적인 개혁 심화의 총체적 목표는 경제, 정치, 문화, 사회, 생태문명과 중국공산당 건설 등 방면에서 부단히 과학적인 합리화와 「중국 특색의 사회주의」 현대화 건설의 제도화와 규범화 · 절차화를 실현하는 것이다.

경제체제 개혁은 전면적인 개혁 심화의 중점이다. 기본경제제도를 견지하고 보완하고 부단히 현대화 시장체계를 보완하며, 정부의 직능 변화를 다그쳐 재무세무체제에 대한 개혁을 실현하고, 도시와 농촌이 함께 발전하는 일체화 시스템을 구축하여 개방형 경제의 신체제 개척을 위해 노력해야 한다. 나아가 시장의 지위를 확립하여 시장이 자원배치에서 결정적인 작용을 하도록 해야 한다. 시장의 결정적 작용은 시장의 문턱 제거에 의존하여 자원배치의 효율과 공평성을 제고시키는 것이다. 정부의 과도한 관여와 정부의 감독이 적절하지 않는 등의 문제를 줄이고, 자원을 직접 배치하던 정부역할을 변화시키며, 정부의 직능을 전환함으로써 효과적이고 합리적으로 정부와 시장의 관계 문제를 처리토록 해야 한다.

(3) 전면적 개혁의 심화는 일부 사람들의 이익을 건드릴 수 있다

전면적인 개혁 심화의 목표는 체제구조의 개혁을 통해 통일적이고 개방적이며 경쟁력이 있고 질서가 있는 시장체계를 건립하여 시장이 자원배치 면에서 결정적 작용을 하도록 하고, 효과적인 지원시스템을 건립하여 구조의 최적화를 실현하는 것이다. 하지만 전면적인 개혁의 심화는 이익을 조정한다는 것이다. 경제체제 개혁에서 취득한 성과와 좋은 점은 장기적이지만, 단기적으로 볼 때는 일부 사람들의 이익이 손해를 볼 수 있기 때문이다.

중국공산당 제18차 전국대표대회 이후, 시진핑 동지를 핵심으로 하는 당 중앙에서는 단호하게 여러 방면에서 오는 시스템의 폐단을 타파하여 많은 개혁의 이론성과와 제도성과 및 실천성과를 거두었다. 전면적인 개혁 심화의 각 주요 영역에서는 '골조'적 성격을 띤 개혁 주체 프레임을 기본적으로 확립함으로서 개혁이 착실하고 안정적으로 관건적인 단계로 나아가도록 했다. 하지만 관건적인 단계로 나아가는 과정에서 언덕을 오르고 구덩이를 뛰어넘는 시련을 겪게 되므로 번잡한 이익관계에서 겹겹의 문제들을 해결해 나가야 한다. 각 방면 체제시스템의 폐단을 타파하고, 깊은 차원의 이익 구조를 형성하는 등의 어려운 임무를 완성해야 한다. 이를 위해 국유기업 국가자본, 독점 분야, 재산권 보호, 재정과 세무 금융, 농촌 진흥, 사회보장, 대외 개방, 생태 문명 등 관건적 분야의 개혁을 중점적으로 추진해야 한다. 전면적인 개혁의 심화는 이미 관건적인 단계에 이르러 더 이상 물러설 여지가 없고 망설일 이유도 없다. 용감하게 관건적인 단계를 향해 나아가 어려운 문제를 해결해야만 개혁이라는 거대한 함선이 시종 희망의 돛을 달고 풍랑을 헤쳐 나아갈 수 있는 것이다. 시진핑은 이를 분명하게 인식하고 있었다. "개혁개방에서의 모순은 오직 개혁개방의 방법을 통해서만 해결할 수 있다."[15]

2014년 시진핑 주석은 베를린에서 중국 평화발전의 길과 독립자주

15) 習近平, 『習近平談治國理政』, 第1卷, 앞의 책, 2018, 69쪽.

의 평화 외교정책에 관한 중요한 연설을 발표했다. 중국개혁에 관한 문제에 답할 때, 시진핑 주석은 "개혁은 중국에서는 진행형이 있을 뿐 완성형이 없다고 강조했다. 중국개혁은 이미 관건적인 단계에 들어섰기에 사소한 일도 전체에 영향을 미칠 수 있지만, 용감하게 난제를 해결하려는 용기가 있어야 한다."고 했다.

시진핑 총서기는 이렇게 지적했다. "개혁은 심각한 혁명으로 중대한 이익관계 조정과 관련되며, 각 방면의 체제 시스템 보완에 관련된다. 중국의 개혁은 이미 난관 극복기와 관건적인 단계에 진입했다. 이는 현재의 개혁이 해결해야 할 문제가 특별히 어렵고 막중하며 모두 해결하기 어려운 문제이기 때문에 단숨에 완성해야 한다. 앞뒤를 재며 우유부단하거나 두려워 앞으로 나아가지 못한다면 전진하기 어려울 뿐만 아니라 지금까지의 공로가 수포로 돌아갈 수도 있다."[16]

중국은 이미 개혁의 관건적인 단계에 들어섰기에 해결해야 할 문제들은 모두 어려운 문제이다. 이 시기에는 개혁의 혁신정신을 선양하여 사상의 재 해방, 개혁의 재 심화와 사업에서 더욱 실용적인 방법으로 전면적인 개혁의 심화를 위해 강대한 역량을 응집하여 새로운 시작점에서 새로운 극복을 실현해야 한다. 이는 개혁에서 경제체제의 개혁을 해야 할 뿐만 아니라 경제체제 개혁을 성공적으로 이끌어야 하기에 필연적으로 기타 방면의 개혁과 협동하여 진행해야 한다. 시진핑 총서기가 지적한 바와 같이 개혁은 전면적인 개혁으로 경제, 정치, 문화, 사회, 생태문명 분야의 개혁이 포함될 뿐만 아니라 중국공

16) 習近平, 『習近平談治國理政』 第1卷, 앞의 책, 348쪽.

산당 자신의 제도건설 개혁도 포함된다. 전면적인 개혁의 심화에 대해 중앙은 상부설계를 마쳤고, 시간표와 노선도를 제시하였으며, 순차적으로 하나씩 실시하고 있다. 우리는 용감하게 자아혁명을 하던 기백과 강한 의지로 개혁을 추진해야 한다. 오랫동안 축적된 고질을 해결할 용기가 있어야 하고, 깊은 곳의 이익관계와 모순을 해결할 용기를 가져야 하며, 단호하게 사상과 관념의 속박을 뿌리치고, 견고해진 이익의 울타리를 무너뜨려야 하며, 단호하게 사회생산력의 발전을 방해하는 체제와 시스템적인 장애를 제거해야 한다.

3. 반드시 실속 있게 개혁을 추진해야 한다

2014년 8월 시진핑 총서기는 그의 주최 하에 열린 '중앙 전면 개혁 심화 영도소조' 제4차 회의에서 중요한 말을 했다. "2014년은 중국공산당 제18기 중앙위원회 제3차 전체회의는 전면적으로 개혁을 심화시키는 원년이다. 반드시 실속 있게 개혁을 추진하여 이후의 개혁을 위해 좋은 시작을 보여주어야 한다. 각 지역의 부서는 광대한 간부와 군중들이 개혁을 위해 방법을 강구하고, 함께 개혁을 위해 힘을 다하도록 인도해야 한다."[17] 시진핑 총서기가 여러 차례 강조한 바와 같이 개혁에서 쉬운 것은 이미 해결한 것이기에 남은 것은 어려운 것뿐이다. 일부 사람들은 개혁의 복잡성에 대한 인식이 부족하다. 일부 지방·단위의 간부는 전면적으로 개혁을 심화시켜야 하는 곤란성·복잡

---

17) 習近平, 「主持召開中央全面深化改革領導小組第四次會議時的講話」, 中國政府网, 2014-08-18.

성·관련성·시스템성을 제대로 예측하지 못하고 있다. 또한 전면적으로 개혁을 심화시켜야 하는 중요성과 긴박성에 대한 인식이 부족하기에 개혁 태도가 성실하지 못하고, 사업이 정확하게 진행되지 않는 상황도 있다. 전면적인 개혁의 심화는 일부 이익집단의 저항을 받고 있다. 이익을 건드리는 것이 때로는 영혼을 건드리는 것보다 무섭다는 말도 있다시피 칼로 자신의 살을 도려내는 것도 어려운데 매번 살을 도려내려고 하니 어찌 논하지 않을 수 있겠는가? 중앙의 배치에 따라 어떤 기득의 이익집단은 겉으로만 따르는 척하거나 실질적으로 진행하지 않고, 심지어 고의적으로 개혁을 저해하고 있기 때문에 개혁의 장애가 되고 있다.

(1) 전면적으로 개혁을 심화시키는 것은 혁명과도 같은 것이기에 반드시 실속 있게 진행해야 한다

"백 리를 가려는 사람은 구십 리를 반으로 친다.(行百里者半九十一)"는 말처럼 개혁을 확실시 하려면 반드시 용기와 담력과 식견 및 책임감이 있어야 한다. 개혁을 심화시키는 것은 반드시 실속 있게 진행하여 이후의 개혁을 위해 좋은 시작을 해야 한다. 경제체제 개혁의 성공 여부는 상부설계의 개혁 외에도 제일 관건적인 개혁의 실제 실행여부에 달려있다. 만약 개혁과정에서 형식적으로 회의를 통해, 문건을 통해, 강화(講話)를 통해 실시할 뿐 실제행동에 옮기지 않는다면, 개혁사업은 완성될 수가 없다. 중앙의 주최 하에 진행된 '전면 개혁 심화 영도소조' 제1차 회의에서 시진핑 총서기는 이렇게 지적했다. "전면적으로 개혁을 심화시켜야 하는 난관 극복기이다.

이를 위해서는 용기와 담력과 식견이 필요하고, 감히 앞장을 서고, 감히 어려운 문제를 해결하고, 감히 오래된 벽을 허물고, 감히 책임을 지는 정신이 있어야 한다. 토의하여 결정한 일은 분담 실시하여 확실하게 효과를 거두어야 한다." '중앙 전면 개혁 심화 영도소조' 제2차 회의에서 시진핑 총서기는 이렇게 강조했다. "실천을 개혁사업 추진의 중점으로 하여 착실하게 일을 진행하고 빠르고도 안정적으로 실제적인 효과를 얻도록 해야 한다." '중앙 전면 개혁 심화 영도소조' 제3차 회의를 주관한 시진핑 총서기는 "각 선두 단위에서는 연도사업의 요점에 대한 실시를 강력히 쥐어틀어 개인이나 일에 대해 모두 관리하고, 지켜보고, 독촉하면서 실시해야 한다."고 했다. '중앙 전면 개혁 심화 영도소조' 제4차 회의에서 시진핑 총서기는 이렇게 강조했다. "각 지역, 각 부문에서는 사업의 실시를 확실하게 쥐어틀어야 하고, 실시방안을 정확하게 쥐어틀어야 하며, 실시행동도 정확하게 쥐어틀어야 하고, 독촉과 검사도 정확해야 하며, 개혁성과도 정확하게 쥐어틀어야 하고, 홍보와 인도도 정확하게 쥐어틀어야 한다."

이러한 요구는 경제체제의 개혁을 심화시켜야 함을 충분히 보여준다. 또한 반드시 실속 있게 진행해야 한다. 이런 요구는 중국공산당 제18차 전국대표대회 이후의 실제 개혁행동에서 충분히 나타났다. 시진핑 총서기의 주최 하에 열린 '중앙 전면 개혁 심화 영도소조 '제1차 회의에서는 사업규칙을 통과시켰으며, 경제체제와 생태문명체제의 개혁, 민주법체영역의 개혁, 문화체제의 개혁, 사회체제의 개혁, 중국공산당 건설제도의 개혁, 기율검사체제의 개혁 등 6개 전문분야의 소조를 성립하고, 영도소조의 통일적인 배치 하에 사업을 진행해야 한다고 했다. 회의 이후 각 전문분야의 소조는 "통괄, 방안, 실시, 조사연구를 장악해야 하는 사업상의 요구"에 따라 즉시 움직였다. 각 지역과 각 부문에서는 신속하게 당위원회(당 소조)가 통일적으로 영도하는 개혁사업의 구조를 건립했다. 또한 이번 회의에서는 『중앙 관련 부문에서 중국공산당 제18기 중앙위원회 제3차 전체회의 「결정」을 관철시키고 실시하는 것에 관한 중요 조치 분업 방안』을 심의 통과시켜 개혁임무를 336가지 중요한 조치로 나누었고, 하나씩 협조단위·선두단위·참가단위를 확정하여 임무가 확실하고 정확하게 실시할 수 있도록 책임을 명확히 했다.

(2) 개혁을 이끌어 갈 수 있는 관건은 실시하는 데에 있다

경제체제의 개혁은 자원배치에 있어서 시장의 결정적 작용에 착안하여 정부가 작용을 더욱 잘 하도록 하고, 경제의 내생적 원동력을 향상시킴으로써 시장의 활력을 최대한도로 불러일으키는 것이다. 전면적인 개혁의 심화는 착실하게 시작하고, 빠르고 안정적으로 나아가면서 직접 경제사회 발전과정의 체제구조 모순을 직시하고, 광대한 인민군중들이 제일 관심을 두는 문제에 대응해야 한다.

개혁에서 중요한 것은 행동이다. 성실한 조치가 있어야 하고, 이를 확실하게 진행해야만 새로운 돌파를 가져올 수 있고, 새로운 국면을 개척할 수 있다. 형식주의의 급소는 가짜가 많고 진실이 적으며, 멋만 있고 속이 텅 빈 것이기에 개혁임무가 실시과정에서 효과가 없고, 개혁의 로드맵이 실시되기 어려운 것이다. 개혁이 기능을 잘 이행하려면 문제를 직시하고 문제를 해결해야 한다. 강철을 잡아도 잡은 흔적을 남기고, 암석을 밟아도 발자국을 남긴다는 기운으로 확실하게 실행해야 한다. 시진핑 총서기는 '중앙 전면 개혁 심화 영도소조' 제2차 회의를 주최하면서 초기단계의 개혁사업에 대해 총체적 요구를 했다. 336가지의 중요한 개혁조치를 둘러싸고 영도소조에서는 사업의 요점을 제정했으며, 80가지 중요한 개혁임무에 대한 완성을 위해 중점적으로 감독하기로 했다. 시진핑 총서기는 '중앙 전면 개혁 심화 영도소조' 제3차 회의를 주관할 때 다음과 같이 강조했다.

> "개혁이 실시단계에 들어서면 불가피하게 이익 조정이 진행되게 된다. 국부적 이익이 각종 이유로 방해를 하고, 가상을 만들며 개혁을 지연시키고 있다. 반드시 구체적으로 문제를 파악하고 개혁의 타깃성과 실효성에 진력하여 발전과정에 존재하는 뚜렷한 모순과 문제 해결에 착안해야 한다. 또한 성장안정, 구조조정, 리스크방지, 민생혜택에 유리한 개혁조치를 앞 순위에 놓고 초점을 모아 정신을 가다듬으며 힘을 모아 성실하게 실시하고, 단단하고 자세하고 확실하고 단호하게 개혁 과정의 형식주의적인 경향으로 나아가는 것에 대한 방지를 견지해야 한다."

시진핑 총서기는 '중앙 전면개혁 심화 영도소조' 제4차 회의를 주관했다. 이 회의에서 그는 전 단계의 개혁을 총결하고, 지금과 금후의 사업을 배치하면서 인민 군중들이 확실한 개혁성과와 효과를 느낄 수 있도록 광대한 간부와 군중들이 개혁을 위해 함께 방법을 모색하고, 함께 개혁을 위해 힘을 다하도록 인도했다. 이번 회의에서는 『중국공산당 제18기 중앙위원회 제3차 전체회의 중요개혁 조치 실시계획(2014-2020년)』을 통과시켜 미래 7년의 개혁 실시사업을 배치했다. 즉 각항 개혁조치의 개혁경로, 성과형식, 시간진도를 명확히 하고, 관련개혁의 계통성·전반성·협조성을 명확히 하여 이후 한 시기 개혁의 총 시공도와 총 결산을 지도하도록 해야 한다는 것이었다.

시진핑 총서기는 또 이렇게 지적했다. "개혁과정에서 이미 나타났거나 이후에 나타날 가능성이 있는 곤란사항을 하나씩 극복하고, 문제를 하나씩 해결하기 위한 관련된 조치를 내놓고 대응책을 마련할 용기가 있어야 한다." 이를 위해서는 성실하고 착실하게 일을 해야 하는데, 그렇지 않으면 아무리 좋은 설계도라고 해도 종이에 불과하고, 아무리 가까운 목표라고 해도 거울 속의 꽃이고, 물속의 달일 뿐이다. 지금 중국이 직면한 경제구조의 문제는 날로 뚜렷해지고 있고, 이는 공급 측 구조개혁을 통해 자원의 그릇된 배치를 시정하고, 경제구조의 최적화를 실현해야 한다. 이 임무를 실현하려면 반드시 시장의 자원배치에서 결정적 작용에 의존해야 한다. 경제학자 우징롄(吳敬璉)이 지적한 바와 같이 시장의 주요한 두 개의 기능은 효과적으로 자원을 배치하고, 혁신창업의 적극성을 불러일으킬 수 있는 지원구조를 건립할 수 있다는 것이다. 또 공급 측의 구조적 개혁과정에서 "삼거일강일보"(三去一降一補, 공급과잉 해소, 재고 소진, 부채 축소, 원가 절감, 단점 보완)를 실시해야 한다.

나아가 공급과잉을 해소하는 과정에서는 확실하게 실시해야 한다. 경제구조 조정방법의 한 가지는 정부가 허용하는 산업과 기업, 엄금하는 산업과 기업을 정하고, 선택적으로 관련 산업에 대한 정책을 실시하면서 각종 수단이나 목표 지정을 통해 조정을 행하는 것이다. 다른 한 가지 방법은 시장을 통해 조정하는 것으로 희귀성의 정도를 반영하는 가격을 통해 자원의 배치를 인도하여 자원이 효율적으로 적은 곳에서 높은 곳으로 이전하도록 하는 것이다. 이 두 가지를 비교할 때 첫 번째 방법은 간단하고 실행하기가 쉽고, 직접적이며 효과적이다. 하지만 만약 정부가 어떠한 구조가 좋은 구조인가를 모른다면, 관리들의 의지에 따라 행정적인 수단을 통해 "구조를 조정"하게 된다. 때문에 여러 가지 불량한 후과가 나타날 수 있다. 역사의 경험이 보여주다시피 행정수단을 약화시키고, 시장이 부단히 시행착오를 겪으면서 자원을 제일 적합한 곳으로 유도하는 것은 중장기적으로 제일 효과적인 방법이다.

(3) 개혁을 하려는 자를 등용하고, 개혁을 하려하지 않는 자를 해임하는 인재 등용의 방식을 지향해야 한다

확실하게 개혁을 추진하는 관건은 인재등용에 있다. 시진핑 총서기의 주최 하에 진행된 '중앙 전면 개혁 심화 지도소조' 제25차 회의에

서 시진핑 총서기는 "개혁개방을 하려는 자를 등용하고, 개혁을 하지 않으려 하는 자는 해임하는 인재등용 방식을 지향해야 한다"고 지적했다. 견인력이 있고, 결단력이 있으며, 굳은 의지가 있는 개혁자를 뽑아야만, 전면적인 개혁을 심화시킬 수 있는 일을 훌륭하게 완성할 수 있다. 과감하게 다년간 축적된 완고한 고질을 제거하고, 과감하게 깊이 뿌리 내린 이익관계와 모순을 개선하는데 착수해야 한다.

중국공산당 성립 95주년 경축대회에서 시진핑 총서기는 재차 강조했다. "자아혁명을 행한다는 기백으로, 굳건한 의지로 개혁을 추진하고……단호하게 사상 관념의 속박을 타파하고, 단호하게 이익이 고정화된 울타리를 벗어나고, 단호하게 사회의 생산력발전을 저해하는 체제구조 상의 장애를 제거토록 해야 한다."[18] 이는 대대적으로 전면적인 개혁의 심화를 추진하려는 강력한 결심을 충분히 보여주는 말이다. 전면적으로 개혁을 심화시키기 위해서는 전 사회의 참여가 필요하다. 특히 각급 지도간부들의 적극 참여가 필요하다. 지도간부들이 적극적으로 개혁을 추진하는 것은 확실하게 개혁을 추진할 수 있는 관건이다. 개혁은 혁명이다. 변화해야 하는 것은 체제구조이고, 건드려야 하는 것은 기득의 이익이기에 확실하게 진행하지 않으면 안 된다. 책임감 있게 기구를 감독하고 검사하며 책임감 있게 사업을 추적 조사하는 구조를 최적화해야 하며, 인원의 임면(任免)에 적용토록 해야 한다.

각급의 지도간부는 체제구조의 혁신을 중심으로 자각적으로 개혁

---

18) 習近平, 「在慶祝中國共産党成立95周年大會上的講話」. 新華网, 2016-07-01.

에 대한 사유와 개혁방법을 활용하여 각항의 사업을 추진하고, 급한 것과 중요한 것을 구분하여 우선적으로 추진하고, 중점적으로 중앙의 명확한 주요 개혁임무를 보장하며, 지방을 발전시키는데 있어서의 난제를 해결하기 위한 절박한 개혁임무와 군중들의 이익과 긴밀히 연관된 개혁임무를 해결해야 한다.

이런 사항들이 정확하게 실시되려면 이러한 임무를 확실하게 장악하고, 사정에 따라 문제를 처리해야 하며, 방안의 제정과 실시가 문제에 적중해야 하기 때문에 충분한 조사 연구 및 논증을 거쳐 목표성과 실행가능성을 뚜렷이 해야 한다. 정확하게 개혁의 내적 연결을 파악하여 개혁의 시스템 통합능력을 제고시켜야 한다. 이러한 혁신적인 탐색을 확실하게 해야 한다. 계속하여 기층의 혁신을 장려하여 개혁을 하려는 자를 등용하고, 개혁을 하려하지 않는 자를 해임하는 인재등용 방법을 지향하여 신속하게 지방의 혁신방법을 총결하고 널리 보급해야 한다. 효과에 대한 추적도 확실해야 한다. 개혁에 대한 감찰을 확실히 하고, 평가사업을 전개하여 기본 상황을 분명히 하고, 문제분석을 확실히 하며 사업방향을 뚜렷이 해야 한다. 구조 보장 또한 확실해야 한다.

감독에 대한 협조, 감찰의 실시, 평가에 대한 장려, 책임에 대한 추구 등 사업구조를 개선해야 하고, 대오건설에 대한 개혁을 중시하여 업무 양성을 잘 완성하고, 업무 지도를 강화하여 개혁에 대한 추진능력과 수준을 제고시켜야 한다.

4. 오직 개혁개방 만이 중국을 발전시키고, 사회주의를 발전시킬 수 있다

시진핑 총서기는 「"전면적으로 개혁을 심화시키는데 있어서 약간의 중대한 문제에 대한 중국공산당의 결정"에 관한 설명」에서 이렇게 지적했다. "1992년 덩샤오핑(鄧小平) 동지는 남방담화(南方談話)에서 이렇게 말했다. '사회주의를 견지하지 않고, 개혁개방을 하지 않고, 경제를 발전시키기 않고, 인민들의 생활을 개선하지 않는다면, 죽을 길만 남았다.' 지금 돌이켜보면 우리는 덩샤오핑 동지의 이 말을 더 깊이 있게 이해할 수 있다. 때문에 오직 사회주의만이 중국을 구할 수 있고, 오직 개혁개방만이 중국을 발전시킬 수 있으며, 마르크스주의를 발전시킬 수 있다. 중국공산당 제18차 전국대표대회 이후, 역사적 경험과 현실적 수요의 차원에서 출발하여 중앙에서는 반복적으로 개혁개방은 당대 중국의 운명을 결정하는 관건적인 방법이며, '두개 백년'[19]의 분투목표를 실현하고, 중화민족의 위대한 부흥을 실현하는 관건적인 방법이라고 강조했다."[20]

(1) 개혁개방은 백년 목표의 실현을 결정하는 관건이다

개혁개방 이후로, 중국경제사회의 발전이 취득한 모든 성과는 단호

---

19) 두 개 백년 : 첫 번째 100년은 중국공산당 창당 100주년이 되는 2021년까지 '전면적 소강사회(全面建成小康社會)'를 완성하여 전인민이 중산층 시대로 진입하게 하는 것이고, 두 번째 100년은 건국 100주년이 되는 2049까지 부강, 민주, 문명, 화해의 '사회주의 현대화국가'를 완성하겠다는 야심찬 계획.

20) 習近平, 「關于 "中共中央關于全面深化改革若干重大問題的決定" 的說明」, 人民網, 2013-11-16.

한 경제체제 개혁과 대외개방 추진과 떼어놓을 수 없다. 경제체제 개혁의 안정적인 추진으로 중국경제와 사회생활의 각 방면에서 커다란 변화를 가져오게 되었다. 경제실력도 신속하게 강화되었으며, 국제적 지위도 신속하게 제고되었다. 국제사회도 중국개혁의 거대한 영향을 느낄 수 있는데, 이를 "전례가 없던 위대한 실험"라고 했다. 이는 중국의 경제가 확실하게 비약하도록 했을 뿐만 아니라 "근본적으로 중국의 정치, 경제와 의식형태의 면모를 변화시켰기에" 전 세계에 직접적인 영향을 미쳤다.

중국공산당 제18차 전국대표대회 이후, 중국경제사회 발전은 새로운 단계에 들어섰고, 새로운 역사의 시점에 서게 되었다. 시진핑 동지는 당과 국가의 분투 여정과 앞날의 운명을 심각하게 사고한 뒤에 이렇게 지적했다. "개혁개방은 당대의 중국운명을 결정하는 관건적인 단어이며, '두개 백년'의 분투목표를 실현하고, 중화민족의 위대한 부흥을 실현하는 관건적인 방법이다."[21]

중국공산당 제15차 전국대표대회 보고에서 처음으로 "두개 백년"의 분투목표를 제기했다. 중국공산당 제16차 전국대표대회, 중국공산당 제17차 전국대표대회에서 모두 두개 백년의 분투목표를 강조했다. 중국공산당 제18차 전국대표대회에서는 이렇게 지적했다. "첫 번째 백년은 중국공산당 성립 100주년이 되는 해까지 전면적으로 샤오캉사회를 완성하는 것이고, 두 번째 백년은 중화인민공화국 성립 100주년이 되는 해까지 부강하고 민주적이며 조화로운 사회주의 현대화국가

21) 習近平, 『習近平談治國理政』 第1卷. 앞의 책, 71쪽.

를 건설하는 것이다. 중국공산당 제19차 전국대표대회부터 중국공산
당 제20차 전국대표대회까지는 '두개 백년'의 분투목표를 달성하는 역
사적 합류시기이다. 우리는 전면적인 샤오캉사회를 완성하고, 첫 번
째 백년의 분투목표를 실현해야할 뿐만 아니라, 여세를 몰아 전면적
으로 사회주의 현대화국가를 건설하는 두 번째 백년의 분투목표를
실현하기 위해 새로운 여정을 시작해야 한다.

시진핑 총서기는 국제형세와 중국의 발전조건을 종합적으로 분석
한 후, 2020년부터 21세기 중엽까지를 두 가지 단계로 나누었다. 첫
번째는 2020년부터 2035년까지 전면적으로 샤오캉사회를 완성하는
기초위에서 다시 15년을 분투하여 기본적으로 사회주의 현대화를 실
현하는 단계이다. 두 번째 단계는 2035년부터 21세기 중엽까지 기본
적으로 현대화를 실현한 기초에서 다시 15년을 분투하여 중국을 부
강하고 민주적이며 문명되고 조화로우며 아름다운 사회주의 현대화
강국으로 건설하는 것이다.

(2) 경제체제 개혁은 전면적 개혁을 심화시키는 중점이다

중국공산당 제18차 전국대표대회 이후, 전면적인 개혁을 심화시키
는 특점은 아래와 같다. 전면적인 개혁을 심화시켜야 하는 중점을 움
켜쥐고 중대한 문제를 지향점으로 하여 경제체제 개혁의 견인 작용
을 하면서 중국의 발전이 직면한 일련의 뚜렷한 모순과 문제를 해결
해야 한다. 전면적인 개혁을 심화시키는 과정에서 경제체제의 개혁은
그 중점이다. 경제체제의 개혁을 통해 국민경제의 발전수준을 높이

고, 주민의 생활수준을 제고시켜 사회 각 방면의 개혁과 발전을 위해 경제적 보장을 제공함으로써 최종적으로 종합국력을 제고시켜 사회주의 현대화 강국의 건설을 위해 튼튼한 경제적 기초를 마련하는 것이다. 한편으로 경제의 발전은 중국의 모든 문제를 해결하는 관건이다. 또한 경제체제의 개혁은 생산관계와 생산력, 상부구조와 경제기초가 적응하는 관건이다. 때문에 반드시 경제체제 개혁의 견인작용을 보여주어야 한다.

중국공산당 제18기 중앙위원회 제3차 전체회의에서는 경제체제 개혁의 핵심문제는 정부와 시장의 관계를 잘 처리하여 시장이 자원배치에서 결정적 작용을 하도록 함과 동시에 정부의 작용을 잘 하도록 하는 것이라고 했다. 이는 새로운 중대한 이론의 개괄이다. 경제체제 개혁은 정치체제 및 기타 체제개혁이 동반되어야 한다. 또한 경제체제 개혁의 부단한 심화과정에서 정치체제 개혁도 부단히 추진되어야 한다. 경제체제와 정치체제 개혁이 적응하고, 과학·교육·문화·위생체제 등 각 분야에서의 개혁도 순차적으로 질서 있게 전면적으로 진행되어야 한다. 정부와 시장의 관계를 정확하게 파악하고 처리하는 것은 현재의 중국경제가 절박하게 개혁개방의 특정 분야에 진입하도록 촉진시키는 것이며, 금후 현대화 경제체제를 건설하고, 경제적 품질의 우위를 강화하는 총체적인 지도원칙이며, 중국공산당 제18차 전국대표대회 이후 사회주의 시장경제 규칙을 인식하는 것에 대한 중대한 돌파이고, 시진핑 신시대 「중국 특색의 사회주의」 경제사상의 중요내용이다. 중국공산당 제19차 전국대표대회 보고에서는 중국경제는 이미 고속성장단계에서 고품질 발전단계에 진입했으며, 발전방식의 변화, 경제구조의 최적화, 성장원동력 변화의 난관을 극복해야 하는 전환기에 처해있다. 시장기능이 효과적이며, 미시적인 주체가 활력이 있고, 거시적 조절이 적절한 경제체제의 구축에 진력하는 것은 현대화 경제건설의 기본체제 보장이다.

　과거의 역사경험과 현재의 현실상황을 볼 때, 시장과 정부의 경계를 명확히 규명하는 것은 시종 중국경제 체제개혁의 핵심문제이다. 정부는 경제 분야에 있어서 때로는 너무 깊이 있게 관여한다. 이는 미시경제 주체의 적극성을 제한했으며, 권력의 사각지대를 마련해 주었다. 또한 일부 정부가 주도하는 산업계획에서 정부부문의 개입이 너무 깊다. 만약 경제와 업계에 대한 형세분석과 예측이 부족하면 바로잡기 위해서 큰 대가를 치러야 한다. 시장기능이 효과적으로 작용을 하는 상황에서 미시경제의 주체는 충분한 경쟁을 통해 시장의 성패를 실현하는데 이에 필요한 원가는 적다. 중국공산당 제19차 전국대표대회 보고에서는 시장기능의 효과성을 강조했다. 시장이 형성할 수 있는 가격을 시장에 맡기고, 시장가격을 통해 자원배치를 실현해야 한다고 했다. 이를 실현하려면 각종 형식의 독점을 진일보 적으로 타파하여 경제상황을 정확하게 보여줄 수 있는 공급과 수요관계의 시장가격이 순조롭게 형성되도록 해야 한다.

　미시적 주체에 활력이 있다는 것은 효과적인 시장기능의 결과이다. 시장가격을 통해 자원을 배치하고, 산업과 기업이 반드시 경쟁 능력과 혁신능력을 가져야만 각종 자원을 유인할 수 있다. 하지만 각종 자원은 유동 경로를 선택할 때에 스스로 우세를 비교하여 자신의 효과를 최대화시키기에 전반적으로 경제체에 활력을 불어넣어 줄 수가 있다. 미시적 주체가 활력을 띠게 하려면, 반드시 소유권제도와 요소의 시장화 배치를 개선하여 소유권의 효과적인 장려와 요소의 자유 유동, 가격 반응의 민활(敏活), 경쟁의 공평과 질서, 기업의 성공을 실현해야 한다. 구체적으로 보면, 국유기업에 대해서는 국유기업에 대한 개혁을 심화시켜서 혼합 소유제 경제를 발전시키고, 기업의 활력을 속박하는 체제구조의 장애를 극복해야 하고, 민영기업에 대해서는 행정적인 독점을 타파하여 시장의 통일과 공평경쟁을 방해하는 각종 규정과 방법을 없애 민영기업의 적극성을 불러일으켜야 한다.

거시적 조정이 적절하다는 뜻은 정부가 정부의 작용을 더 훌륭하게 해내는 것이다. 한편으로 거시적 조정의 강약은 자아 구속이 있어야 한다. 정부는 미시적인 관리 기능을 약화시키고, 정부의 권력을 시장에 맡겨 적극적으로 시장의 효율을 제고시켜야 한다. 다른 한편으로 거시적 조정의 방식을 개선해야 한다. 정부는 사업의 중점을 시장질서와 시장의 감독관리 규범을 강화하는데 두어야 한다. 총체적으로 거시적 조정을 적절하게 하려면, 거시적 조정을 혁신하고 개선하여 국가 발전계획을 전략적으로 지향하도록 작용케 하여 재정·화폐·산업·지역 등 경제정책의 협조구조를 완비시켜야 할 것이다.

(3) 발전을 포용하고 지속시키려면 여전히 개혁을 심화시키는 것에 의존해야 한다

중장기적으로 보면 중국의 경제성장은 개혁실시의 깊이와 넓이에 달렸다. 개혁개방을 시작한지 40년 후인 지금 경제체제의 개혁이라는 면에서 중국은 역사적인 큰 변화를 가져왔다. 개혁을 통해 중국의 모습은 대대적으로 변화되었고, 중국 인민의 생활수준과 생활품질은 대대적으로 개선되었다. 중국사회의 문명정도는 현저하게 제고되었고, 중국의 국제적 지위는 크게 격상되었다. 개혁개방 40년의 경험으로부터 발전은 기초이며, 경제가 발전하지 못한다면 모든 것은 이룰 수 없다는 것을 알 게 되었다.

중국은 20세기 말에 초보적으로 사회주의 시장경제의 기본 프레임을 건립했다고 선포했다. 하지만 여전히 많은 결함을 가지고 있는데, 확실히 자원배치 면에서 시장의 결정적인 작용을 보장할 수 있는 체제는 아직 완전하게 건립되지 않았다. 이런 상황의 유일한 출로는 전면적으로 개혁에 대한 심화를 촉진시키는 일이다. 이를 위해 시장이 자원배치에서 결정적인 작용을 할 수 있는 제도적 기초를 하루 빨리 건립해야 한다.

중국공산당 제18차 전국대표대회 이후로 시진핑 동지를 핵심으로 하는 당 중앙의 강력한 영도 하에, 중국은 과감하게 막중한 임무를 완성하였고, 과감하게 어려운 문제를 해결하려는 용기로써 전면적으로 경제체제, 정치체제, 문화체제, 사회체제, 생태문명체제와 중국공산당 건설제도 등에 대한 개혁을 전개하여 일련의 중요한 영역과 관건적인 부분에서의 개혁이 폭발적인 진척을 가져왔다. 중국공산당 제19차 전국대표대회에서는 전면적으로 개혁을 심화시키는 문제에 대해 새롭게 배치했다. 각 영역에 대한 개혁을 여러 부문에서 힘을 보여주며 넓고 깊이 있게 추진했다. 당과 국가기구의 개혁을 심화시키고, 인재평가를 위한 구조개혁을 분류하여 추진하며, 농촌에 대한 진흥전략을 실시하고, 지적 소유권 심판영역에 대한 개혁을 강화했다. 이런 개혁은 시장에 활력을 가져다주어 시장주체는 전예 없는 활약을 하게 되었는데, 1일 평균 신설되는 기업은 5,000여 호에서 1.6만여 호로 증가했으며, 각 종 시장의 주체는 9,800여 만 호에 달해 5년간 70% 넘게 증가했다. 개혁은 혁신적인 원동력을 제공했다. "인터넷+"는 각 업종에 광범하게 침투되어 대중의 창업과 민중 혁신의 발전상황이 형성되었다. 개혁은 민생보장을 개선했다. 세계에서 제일 큰 사회보장 네트워크를 형성했고, 빈곤 인구는 총 6,800여 만 명이 줄어들었으며, 사회 양로보험 가입자 수는 9억을 넘었고, 기본의료보험은 13.5억 명을 넘었다.

(4) 오직 개혁개방만이 사회주의를 발전시킬 수 있다

세계은행이 2018년 2월 22일에 발표한 나라별 분석 보고에서는 중국의 경제성장과 빈곤의 감소는 전예 없는 성과를 얻었다고 했으며, 이는 개혁이 있었기 때문이고, 더 큰 포용성과 지속 가능한 발전을 실현하려면 개혁 심화에 의존해야 한다고 분석했다. 2018년 3월 시진핑 총서기는 광동대표단의 심의에 참가하여 이렇게 엄중하게 지적했다.

"우리나라의 경제는 발전방식의 변화, 경제구조의 최적화, 성장원동력 전환 등에 대한 난관돌파기에 접어들었다. 이는 반드시 건너야 할 산이다. 역사의 새로운 기점에서 직면한 사회주의 모순의 변화는 개혁을 중단하지 않고 개방을 멈추지 않을 것을 요구하기에 개혁을 끝까지 진행해야 한다."

인류사회는 생산력과 생산관계, 경제기초와 상부구조의 모순이 운동하는 과정에서 앞으로 발전한다. 오직 생산관계가 생산력의 요구에 적응하고 상부구조가 경제적 기초의 요구에 적응되어야만 경제와 사회발전을 촉진시킬 수 있다. 그렇지 않으면 경제와 사회의 발전을 저애하게 된다. 사회는 부단히 전진한다. 때문에 반드시 실제상황의 변화에 따라 부단히 사회주의 제도를 개혁하여 생산력과 적응하고 사회실제와 부합되는 상태를 유지해야만 경제사회의 지속적인 발전을 촉진하게 된다. 그렇지 않으면 침체되거나 후퇴하는 상황이 나타나게 되기 때문에 개혁은 중국을 발전시키기 위해 반드시 거쳐야 하는 길이며, 오직 사회주의만이 중국을 발전시킬 수 있는 것이다.

대외개방을 통해 중국이 전 인류의 모든 우수한 문명성과의 영양분을 흡수하게 했기 때문에 부단히 앞으로 발전할 수 있었다. 2018년 시진핑 총서기는 아시아 보아 포럼 2018년 연회 개막식에서 『개방으로 함께 번영을 도모하고 혁신으로 미래를 열어나가자』는 제목의 기조연설에서 이렇게 지적했다.

"지금 세계는 개방 융통의 트렌드에 따라 나아가고 있다. 인류사회 발전의 역사가 알려주다시피 개방은 진보를 가져오고 폐쇄는 필연적으로 낙후하게 된다. 세계는 이미 너 안에 내가 있고 나 안에 네가 있는 지구촌이 되어있어, 각국의 경제사회 발전은 날로 서로 연계되고 서로 영향을 주고 있기 때문에, 서로간의 연락과 소통을 추진하여 융합발전이 공동번영의 발전을 촉진케 하는 필연적인 선택이 되도록 촉구해야 한다."

개혁개방은 중국공산당이 새로운 시대조건에서 인민을 인솔하여 진행하는 위대한 혁명으로 우리 당과 국가의 발전에 돌파적인 시대적 의미가 있는 위대한 사업이다. 개혁개방 40년 동안, 중국의 사회생산력과 종합국력은 대폭 상승해 인민들의 생활은 현저하게 개선되었고, 사회는 전면적으로 진보되었기에 중국의 국제적 지위도 날로 높아졌고, 민족 응집력도 대대적으로 강화되었다. 개혁개방 이후로 중국인민들의 면모, 사회주의 중국의 면모, 중국공산당의 면모도 역사적인 변화가 일어났다. 사실 이러한 변화는 설득력 있게 증명되었다. 개혁개방은 당대 중국의 운명을 결정하는 관건적인 결책(決策, 방책을 결정하는 것 - 역자 주)이며, 「중국 특색의 사회주의」를 발전시키고, 중화민족의 위대한 부흥을 실현하기 위해서 반드시 거쳐야하는 과정이다. 또한 오직 사회주의만이 중국을 구제할 수 있고 개혁개방 만이 중국을 발전시키고 사회주의를 발전시킬 수 있는 것이다.

제2장

경제체제 개혁의 총체적 요구와 기본방향[22]

---

22) 본장의 집필자는 우잉닝(吳應宁)이다.

1. 전면적 개혁을 심화시키기 위한 총체적 요구

개혁은 한 나라와 한 민족의 생존과 발전 및 번영을 실현하는 길이고, 전면적으로 개혁을 심화시켜야 하는 지금 세계발전의 트렌드를 따르는 것은 필연적인 선택이다. 현재의 중국은 발전과정에서 여전히 일련의 모순과 도전에 직면해 있다. 만약 경제의 발전방식이 조방형(粗放型)[23]이고, 과학기술 혁신수준이 높지 못하며, 산업구조가 불합리하고, 환경오염이 비교적 엄중하며, 생태보호의 형세가 가혹할 뿐만 아니라, 지역 간·도시와 농촌 간의 발전이 불균형하고, 반부패에 투쟁형세가 여전히 어려운 상황에 있다는 등의 문제가 있다.

만약 이런 문제를 제때에 효과적으로 해결하지 않는다면, 중국경제와 사회의 지속적인 건전한 발전에 심각한 영향을 미치게 된다. 이와 같은 발전과정에서 나타난 문제들을 해결하고, 각종 리스크를 없애고, 여러 가지 도전에 맞서려면, 반드시 개혁을 계속하여 추진하고 전면적으로 개혁을 심화시켜야 한다. 시진핑 총서기는 시종일관 전면적으로 개혁을 심화시켜야 한다는 노선을 견지했다. 2012년 12월 31일 제18기 중국공산당 중앙 정치국에서는 확고부동하게 개혁개방을 추진하자는 주제로 제2차 집체학습을 진행했다. 시진핑 총서기는 이번 학습에서 이렇게 강조했다.

> "개혁개방은 장기적이고 간고하며 번잡한 사업이기에 반드시 세대를 이어서 진행해야 한다.······성실하게 개혁개방의

---

23) 조방형(粗放型) : 투입량은 많고, 생산량은 적으며, 소모와 낭비가 심한방식.

여정을 회고하고 깊이 있게 총결하여 더욱 깊이 있게 개혁개방의 역사적 필연성을 인식하고, 스스로 개혁개방의 규칙성을 더욱 파악해야 하며, 더욱 확고하게 개혁개방 심화의 중대한 책임을 짊어져야 한다."**24**

2013년 11월 15일 시진핑은 「"전면개혁 심화의 약간의 중대한 문제에 대한 중국공산당의 결정"에 관한 설명」에서 이렇게 지적했다.

"개혁개방은 우리당이 새로운 시대조건에서 인민들을 인솔하여 진행하는 새로운 위대한 혁명으로 당대 중국의 제일 선명한 특색이고, 우리당의 제일 선명한 기치이다. 35년래 우리 당은 무엇으로 민심을 장려하고 분발시켰으며, 사상을 통일시키고 힘을 모았는가? 또한 무엇으로 전체 인민의 창조정신과 창조적 활력을 불러일으켰는가? 무엇으로 중국 경제와 사회의 신속 발전을 실현했으며, 자본주의와의 경쟁에서 비교 우세를 가질 수 있게 되었는가? 그것은 바로 개혁개방 때문이다. 미래에 우리는 각종 난제들을 해결해야 하며, 여러 방면에서 오는 도전과 리스크를 극복하면서 「중국 특색의 사회주의」의 제도적 우세를 발양하여 경제사회의 지속적인 건전한 발전을 추진해야 한다.

---

24) 習近平, 『習近平談治國理政』 第1卷, 앞의 책, 2018, 67쪽.

개혁개방을 심화시키는 길 외에는 다른 출로가 없다."[25]

2017년 10월 18일 시진핑 총서기는 중국공산당 제19차 전국대표대
회에서 이렇게 지적했다. "안정적이고 빠른 발걸음으로 전면적인 개혁
에 대한 심화를 추진하고, 단호하게 각 방면의 체제 폐단을 타파해야
한다."[26] 2017년 11월 20일 오후 시진핑은 제19기 '중앙 전면 심화 개혁
지도소조' 제1차 회의를 주관하면서 이렇게 강조했다. "지난 몇 년간
개혁은 이미 큰 성적을 거두었으며, 신 노정에서 개혁은 여전히 발전
의 여지가 있다. 각 지역 각 부문에서는 중국공산당 제19차 전국대표
대회 정신을 학습하고 관철시킬 때의 정신에 담겨져 있는 개혁정신·
개혁 배치·개혁 요구를 주의하여 파악해야 하며, 계속해서 탐색하고
분투하며, 확고부동하게 개혁을 추진해야 한다."[27] 개혁개방은 진행형
만 있을 뿐 완성형은 존재하지 않는다. 지난 40년간 중국경제사회의
신속발전은 개혁개방에 의존했다. 미래 중국의 발전도 반드시 확고부
동하게 개혁개방에 의존해야 한다.

중앙에서 전면적으로 개혁을 심화시켜야 한다는 사상과 발전전략
을 제기했다는 것은 중국의 개혁이 이미 새로운 역사발전 단계에 진
입했다는 것을 의미한다. 2014년 2월 17일 시진핑은 「성부급(省部級)

25) 習近平, 關于「中共中央關于全面深化改革若干重大問題的決定」的說明. 人民網, 2013-11-
16.
26) 習近平, 「決胜全面建成小康社會奪取新時代中國特色社會主義偉大胜利:在中國共産黨
第十九次全國代表大會上的報告」, 北京, 人民出版社, 2017, 3쪽.
27) 習近平, 「主持召開十九屆中央全面深化改革領導小組第一次會議時的講話」, 人民網,
2017-11-20.

주요 지도간부 중국공산당 제18기 중앙위원회 제3차 전체회의에서 정신 학습과 전면적인 개혁을 심화시키는 것을 관철시켜야 한다는 주제를 가지고 토론하는 세미나의 강화」에서 이렇게 지적했다.

"더욱 성숙하고, 더욱 정형화된 제도의 형성이라는 측면에서 보면, 우리나라의 사회주의 실천과정에서 이미 전반전의 절반은 지나갔다. 전반전에서 우리의 주요 역사적 임무는 사회주의 기본제도를 건립하고, 그 기초위에서 개혁을 진행하는 것인데, 지금은 이미 좋은 기초가 마련되어 있다. 후반전에서 우리의 주요 역사적 임무는 중국특색사회주의 제도를 개선하고 발전시켜 당과 국가의 사업을 발전시키고, 인민들의 행복하고 안락한 생활, 사회의 조화로움과 안정, 국가의 장기적 태평과 사회질서, 그리고 생활안정을 위해 더욱 완벽하고, 더욱 안정적이고, 더욱 효과적인 제도적 체계를 제공하는 것이다.

이 프로젝트는 지극히 거대하기에 간헐적으로 일을 처리하거나 파편화적으로 수정할 것이 아니라, 반드시 전면적이고 체계적인 개혁과 개선이 필요한 각 분야의 개혁과 개선을 연동시키고, 집성된 국가 거버넌스 체계와 거버넌스 능력의 현대화가 전반적인 효과를 가져 올 수 있도록 형성케

함으로서 전반적인 효과를 가져와야 한다."[28]

　　새로운 역사단계에서 우리는 전면적 개혁의 심화를 통해 점차 제도
체계를 개선하고 발전시켜 인민들을 위해 복지를 제공하여 국가의 장
기적인 태평 및 사회질서와 생활의 안정을 보장토록 해야 한다. 전면
적 개혁의 심화는 복잡한 시스템공학으로 넓은 범위와 광범위한 분
야에 관련된 수많은 모순과 오래된 폐단을 상대해야 하기 때문에 저
항이 만만치 않다. 그렇기 때문에 2017년 6월 26일 시진핑 총서기는
'중앙 전면 개혁 심화 지도소조' 제36차 회의에서 이렇게 강조했다.

　　"계통성·전반성·협동성을 중시하는 것은 전면적 개혁의
　　심화에 대한 내적 요구이고, 개혁을 추진하는 중요한 방
　　법이다. 개혁의 심화와 함께 더욱 협동을 중시해야 하며,
　　개혁방안을 구상하는데 있어서의 협동뿐만 아니라, 개혁
　　을 위한 효과적인 협동을 움켜쥐어 각항의 개혁조치 정책
　　을 취하는데 적극적으로 협동하고, 실시하는 과정에서 서
　　로 촉진시키며, 개혁의 성과와 효과에서 서로를 돋보이도
　　록 하여 전면적인 개혁을 심화시켜야 한다는 총체적 목표
　　를 위해 힘을 모아야 한다."[29]

28) 中共中央文獻研究室, 『習近平關于全面深化改革論述摘編』. 北京, 中央文獻出版社,
　　2014, 27쪽.
29) 習近平, 「主持召開中央全面深化改革領導小組第三十六次會議」, 新華网, 2017-06-26.

2013년 9월 17일 시진핑은 당 외 인사들과의 좌담회에서 이렇게 말했다.

"전면적 개혁의 심화는 복잡하고 계통적인 시스템공학으로 상부의 설계와 전반적인 기획을 강화하고, 각항 개혁의 연계성·계통성·가능성에 대한 연구를 강화해야 한다. 우리는 기본적인 주요 개혁조치를 확정한 기초위에서 각 영역 별 개혁에 대한 연계성과 각항 개혁조치의 결합도를 깊이 있게 연구하고, 개혁조치의 가능성을 깊이 있게 논증하면서 전면적으로 개혁을 심화시키는데 필요한 중대한 관계를 파악하여 각항의 개혁조치 정책을 취하는데 있어서 서로 협동하고, 실시하는 과정에서 서로가 촉구하여 실제 성과와 효과에서 서로 돋보이도록 해야 한다."[30]

상부의 설계는 상하로 제도의 안배를 고려한 것이고, 전반적인 기획은 횡적으로 전반적인 것을 실현하자는 것인데, 이는 전면적인 개혁을 심화하기 위한 계통성·전반성·협동성의 연계가 필요하다는 것을 보여준다. 개혁의 계통성·전반성·협동성을 더욱 중시하려면, 통일적인 영도를 강화하고, 각 측면의 역량을 조정해야 한다. 이에 관련하여 2013년 11월 15일 시진핑은 「"전면적으로 개혁을 심화시키는데 있어서 약간의 중대한 문제에 대한 중국공산당의 결정"에 관한 설명」

30) 習近平, 「全面深化改革是一項复雜的系統工程」, 新華网, 2013-11-13.

에서 이렇게 지적했다. "전면적인 개혁의 심화는 복잡한 시스템공학이기에 어느 한 부문이나 몇 개의 부문에서 완성하기는 어렵기에 더 높은 차원의 지도구조가 필요하다."[31] 이를 위해 중앙에서는 '전면 개혁 심화 지도소조'를 성립했다. 시진핑은 이렇게 지적했다. "중앙에서는 '전면 개혁 심화 지도소조'를 성립하여 개혁의 전반적인 설계, 총괄적인 조정, 전반적인 추진 및 실시 감독과 촉구를 책임진다. 이는 당이 전반적인 것을 총괄하고, 각 측면을 조정하는 지도적 핵심작용을 잘 하기 위함이며, 개혁의 순조로운 추진과 각항의 개혁임무를 실시하는 것을 보장한다."[32] 중앙에서 '전면 개혁 심화 지도소조'를 성립한 것은 중앙에서 전면적인 개혁의 심화를 지도하려는 결심과 용기를 보여주는 것이며, 국제·국내의 개혁추세를 정확하게 판단한 기초 위에서 내린 이성적인 사고이다. 지금 세계 각국 간의 무역 교류는 날로 빈번해지고 있고 연계성도 날로 긴밀해지고 있어, 국가들은 너에게 내가 있고, 나에게 네가 있는 상태를 형성하고 있기에 운명공동체를 형성했다고 할 수 있다. 그렇기 때문에 어느 국가도 타인의 이익에 손해를 끼치면서 자신을 발전시키지 말고, 자신의 이익과 타인의 이익을 종합적으로 고려하여 윈-윈 할 수 있도록 해야 한다. 이에 시진핑 총서기는 2014년 11월 28일부터 29일까지 진행된 중앙 외사사업회의에서 이렇게 지적했다.

---

31) 習近平, 關于『中共中央關于全面深化改革若干重大問題的決定』的說明. 人民網, 2013-11-16.
32) 習近平, 「關于 "中共中央關于全面深化改革若干重大問題的決定" 的說明」, 人民網, 2013-11-16.

"우리나라는 이미 중화민족의 위대한 부흥을 실현하는 관건적인 단계에 진입했다. 중국과 세계의 관계는 심각한 변화가 일어나고 있다. 우리나라와 국제사회의 상호 연계와 상호 작용도 전예 없이 밀접해졌다. 세계에 대한 의존도와 국제사무에 대한 참여도 부단히 향상되고 있으며, 세계가 우리나라에 대한 의존과 우리나라에 대한 영향도 부단히 깊어지고 있다. 우리가 개혁발전을 관찰하고 기획하려면, 반드시 국제와 국내의 두 개 시장, 국제와 국내의 두 개 자원, 국제와 국내 두 가지 유형의 규칙을 총괄 고려하고 종합적으로 활용해야 한다."[33]

따라서 현재의 우리는 세계를 고려하지 않는 고립된 중국에서 전면적으로 개혁을 실시하는 것이 아니라 세계체계에 속해 있는 중국에서 전면적인 개혁을 실시하는 것이기에, 개혁은 국내 경제 사회 발전에 유리할 뿐만 아니라, 세계의 안정과 발전에도 유리한 것이다.

2017년 8월 29일 시진핑 총서기는 '중앙 전면 개혁 심화 지도 소조' 제38차 회의에서 이렇게 강조했다.

"개혁은 우리가 새로운 역사적 시점이라는 특징을 가진 위대한 투쟁의 중요한 방면이다. 전면적으로 개혁을 심화시키려면, 반드시 개혁에 대한 중국공산당 영도를 강화하고,

33) 「習近平出席中央外事工作會議幷發表重要講話」. 新華网, 2014-11-29.

반드시 문제 지향을 견지하며, 반드시 개혁의 실시를 단단히 움켜쥐어야 하고, 반드시 개혁의 규칙에 대한 인식과 활용을 심화시켜야 한다. 계속하여 개혁의 기치를 높이 들고, 더욱 높은 시점에서 개혁을 기획하고 추진하여 개혁에 대한 정력을 최대한 경주하고, 개혁에 대한 용기를 강화하면서 중국공산당 제18차 전국대표대회 이후에 형성된 개혁의 새로운 경험을 총결하고 활용하여 더 분발하고 더 노력하여 확고부동하게 개혁을 끝까지 진행토록 해야 한다."[34]

시진핑 총서기는 시종 강력한 문제의식을 가지고 대대적으로 선명하게 문제에 대해 지향할 것을 제창하고 견지했다. 전면적으로 개혁을 심화시키는 과정에는 필연적으로 여러 가지 문제가 나타나게 된다. 이런 문제에 대응하는 책략은 우리가 발전과정에서 나타나는 문제의 발견·분석·해결에 유리하다. 동시에 오직 문제해결을 지향하는 사고방식을 견지해야만 문제를 잘 발견하고, 문제를 잘 해결하는 과정에서 사상이 부단히 발전하도록 추진하여 개혁이 부단하게 전진하도록 지도할 수 있는 것이다. 이 외에도 중국공산당은 「중국 특색의 사회주의」 사업의 영도 핵심이다. 중국공산당 영도를 견지하고 강화하는 것은 「중국 특색의 사회주의」 건설사업의 근본적인 보장이다. 전면적으로 개혁을 심화시키는 것은 복합한 시스템공학으로 경제사

---

34) 習近平, 「主持召開中央全面深化改革領導小組第三十八次會議」, 中國政府网, 2017-08-29.

회 발전에 거대한 영향을 미치게 된다. 그렇기 때문에 전면적으로 개혁을 심화시키는 과정에서 개혁방향의 정확성을 보장하고, 개혁의 길이 적절하며, 경제의 건강한 발전을 촉진시키려면, 반드시 중국공산당의 영도를 견지하고 강화해야 하는 것이다.

2. 사회주의 공평정의와 인민 복지 증진은 개혁의 출발점이고 목표점이다

개혁개방 이후로 중국의 경제사회 발전은 거대한 성과를 이룩하여 인민들의 물질문화 생활수준을 향상시켰다. 하지만 현재의 사회는 인민의 이익을 손해 보도록 하거나 인민의 이익에 위배되는 문제들이 여전히 대량으로 존재하고 있다. 만약 이런 문제들을 제때에 해결하지 못하면, 인민들 생활수준의 향상에 영향을 미칠 뿐만 아니라 중국의 전면적인 개혁을 심화시키는데 부정적인 영향을 미치게 된다. "개혁이 누구에게 의존해야 하며, 누구를 위한 개혁인가?" 하는 것은 개혁의 방향이고, 원칙적인 문제이기에 이 문제에서는 추호의 착오가 있어서는 안 된다. 2012년 12월 31일 시진핑 총서기는 제18기 중국공산당 중앙정치국 제2차 집체학습을 할 때에 이렇게 지적했다.

"개혁개방은 모진 혁명이다. 반드시 정확한 방향을 견지하고 정확한 길로 추진해야 한다. 방향문제에서 우리는 반드시 명석한 두뇌를 유지해야 하며, 부단히 사회주의 제도의 자아 개선과 발전을 추진해야 하고, 확고부동하게 「중국

특색의 사회주의」를 견지해야 한다.……개혁개방은 수많은
인민 자신들의 사업이기에 반드시 인민을 존중하는 개척정
신을 견지해야 하며, 중국공산당의 영도 하에 추진하는 것
을 견지해야 한다. 인식과 실천에서 개혁개방의 모든 돌파
와 발전, 개혁개방의 모든 신생 사물의 산생과 발전, 개혁
개방의 모든 경험의 창조와 축적 등 모두 수많은 인민들의
실천과 지혜에서 나오지 않는 것이 없다."[35]

바로 전면적으로 개혁하는 것을 심화시키는 원동력이 인민들의 지
혜에서 오기 때문에 개혁의 성과는 반드시 인민들이 공유해야 한다.
이 때문에 2013년 11월 12일 시진핑 총서기는 중국공산당 제18기 중
앙위원회 제2차 전체회의에서 이렇게 강조했다.

"전면적으로 개혁을 심화시키는 것은 반드시 사회의 공평
정의를 촉진시키고, 인민들의 복지증진을 출발점과 목표
점으로 해야 한다. 이는 우리 당이 성심성의껏 인민을 위
해 복무하는 근본 취지를 견지해야 하는 필연적인 요구이
다. 전면적으로 개혁을 심화시키는 것은 반드시 더욱 공정
한 사회 환경을 마련하는데 착안해야 하며, 부단히 공정을
위배하는 현상을 극복하여 개혁의 발전적 성과가 더욱 많
이, 더욱 공정하게 모든 인민들에게 돌아가도록 해야 한다.

35) 「改革開放只有進行時沒有完成時」, 中國共産党新聞网, 2015-07-20.

만약 백성들에게 실질적인 이익이 돌아가지 못하고, 더구
나 공정한 사회 환경을 창조하지 못하거나 더 많은 불공정
을 초래한다면, 개혁은 의미를 잃게 되고 지속가능하지 않
은 것이다."[36]

시진핑 총서기는 전면적으로 개혁을 심화시키는 출발점과 목표점에
관한 논술에서 그 목표와 방향을 가리켜주었다. 전면적으로 개혁을
심화시킨다는 것은 반드시 사회에서 더욱 공평하고 더욱 공정한 사
업 환경과 생활환경을 창조하고, 사회의 정의감을 배양하며, 사회의
긍정적인 에너지를 배양시키고, 각종 부패한 사상을 배척하고, 각종
부패한 현상을 막아 내어 개혁의 성과가 전체 백성들에게 혜택이 돌
아갈 수 있도록 해야 한다. 사회주의 개혁과 발전의 목적은 인민들의
생활수준을 향상시키는 것이며, 인민들을 위해 더욱 나은 복지를 제
공하기 위한 것이다. 백성들이 이익을 얼마나 획득하도록 하는가 하
는 것은 전면적인 개혁의 성공 여부를 판단하는 중요한 표준이다. 만
약 확실하게 백성들의 생활수준을 향상시키지 못하고, 더욱 공정하
고 공평한 사회 환경을 창조하지 못하며, 백성들의 행복지수를 향상
시키지 못한다면, 개혁과 발전은 의미를 잃게 되고, 전체적인 개혁도
지속될 수가 없고, 또한 개혁도 전면적으로 진행될 수 없다. 때문에
사회의 공정을 촉진하고 인민의 복지향상을 출발점과 목표점으로 하
는 것은 발전성과가 더 많이 더 공정하게 전체 인민들에게 돌아가도

36) 習近平, 「改革再難也要向前推進敢于啃硬骨頭」. 新華网, 2015-07-29.

록 하기 위함이며, 전체 인민들이 발전성과를 공유하기 위함이다.

사회의 공정을 촉진시키고, 인민들의 복지증진을 출발점과 목표점으로 하는 것을 실현하려면, 반드시 전면적인 개혁을 심화시키는 과정에서 착실하게 인민들이 제일 관심을 두고, 인민들의 이익과 제일 밀접한 관계가 있는 모든 일을 잘 해결하여 인민들의 복지를 향상시키고, 인민들의 생활수준을 제고시키며, 인민들의 행복을 향상시키는데 비상한 노력을 기울여야 한다. 개혁의 목적은 많은 사람들이 더 많은 획득감과 만족감을 느끼도록 하는 것이다. 2015년 2월 27일 시진핑 총서기는 '중앙 전면 개혁 심화 지도소조' 제10차 회의에서 이렇게 지적했다.

> "과학적으로 각항의 개혁 임무를 총괄하고, 중국공산당 제18기 중앙위원회 제3차 전체회의, 제4차 전체회의에서 결정한 개혁조치를 잘 조절하여, 법치 환경에서 개혁을 추진하고, 개혁과정에서 법치를 개선해야 한다. 중점을 뚜렷이 하고, 중점에 초점을 맞추어 정곡을 찔러 영향력이 있고, 내세울 수 있으며, 군중들이 인정하는 강력한 방법으로 개혁의 '첫 1키로'와 '마지막 1키로'의 관계를 잘 처리하여 '경색된 국면'을 돌파하고, 부작위를 방지하여 개혁방안이 실속을 보여주도록 하여 인민 군중들의 획득감을 향상시켜야 한다."[37]

---

37) 習近平, 「讓人民對改革有更多獲得感」, 新華网, 2015-02-27.

2016년 2월 23일 '중앙 전면 심화 개혁 지도소조' 제21차 회의에서 시진핑 총서기는 이렇게 강조했다. "개혁의 효과를 움켜쥐고 경제사회 발전을 촉진시키든지, 인민 군중들에게 실제적인 획득감을 가져다주는 지를 개혁성과와 효과를 평가하는 표준으로 삶아야 한다."[38]

2016년 4월 18일 시진핑 총서기는 '중앙 전면 개혁 심화 지도소조' 제23차 회의를 주최하면서 이렇게 강조했다.

> "개혁은 발전의 새로운 원동력을 증진시키는 방향으로 나아가야 하며, 사회공정을 수호하는데 유리한 방향으로 나아가도록 해야 하며, 체제구조의 혁신에서 공급 측 구조개혁에 대한 추진을 중시하고, 경제사회의 발전을 제약하는 체제구조 문제를 해결하는데 힘을 다 해야 한다. 인민을 중심으로 하는 발전사상이 경제사회 발전의 각 부분에서 체현될 수 있도록 하여, 백성들이 관심을 두는 문제, 기대하는 문제에 대한 개혁을 움켜쥐고 추진하도록 해야 하며, 개혁은 통해 인민 군중에게 더 많은 획득감을 주도록 해야 한다."[39]

이런 강화는 전면적으로 개혁을 심화시켜야 하는 가치 입장을 확

---

38) 習近平, 「主持召開中央全面深化改革領導小組第二十一次會議」, 新華网, 2016-02-23.
39) 習近平, 「主持召開中央全面深化改革領導小組第二十三次會議」, 中國政府网, 2016-04-18.

실하게 설명한 것이며, 시진핑 총서기의 "인민을 위한 정치라는 집정이념"을 보여주는 말이다. 인민을 중심으로 공유를 실현하고, 공동으로 발전하는 것은 사회주의 사회가 전면적으로 발전하는 근본 요구이며, 사회주의 본질 속성의 근본적인 체현이다. 중국공산당 제18기 중앙위원회 제5차 전체회의에서는 반드시 인민을 위한 발전, 인민에 의존하는 발전, 인민들이 성과를 공유할 수 있는 발전을 견지해야 한다고 제기했으며, 더 효과적인 제도를 안배하여 전체 인민들이 함께 공유하는 발전을 건설하는 과정에서 더 많은 획득감을 가질 수 있도록 하면서 발전의 원동력을 강화함으로써 인민의 단결을 강화하여 공동으로 부유해지는 방향으로 안정적으로 전진하도록 해야 한다.

인민은 발전의 주체이며, 발전은 반드시 인민에 의존해야 한다. 또한 인민은 발전성과를 공유하는 주체이기에 발전의 근본 목적은 인민들의 만족감을 제고시키는 것이다. 시진핑 총서기의 개혁 출발점과 목표점에 대한 논술은 "인민을 중심으로", "인민을 근본으로"해야 한다는 발전사상과 집정이념을 충분히 보여주고 있다. 사회의 공정을 실현하려면, 반드시 생산력을 대대적으로 발전시켜야 한다. 선진적인 생산력은 공정을 실현하는 물질적인 기초적 조건이다. 2013년 11월 12일 시진핑은 『확실하게 사상을 중국공산당 제18기 중앙위원회 제3차 전체회의 정신의 높이로 통일하자』에서 이렇게 지적했다.

"사회의 공정을 실현하는 것은 여러 가지 요소가 결정한다. 제일 중요한 것은 경제사회의 발전수준이다. 서로 다른

발전수준·역사시기·사상인식을 가진 사람, 서로 다른 계
층의 사람들은 사회공정에 대한 인식과 요구도 다르다."[40]

중국의 사회주의 공유제는 사회의 정의실현을 위해 튼튼한 경제
적 기초를 마련해주었다. 하지만 현재 중국의 생산력 발전수준은 여
전히 높지 못하고, 사회적 재부도 풍부하지 못하며, 재부도 분배상에
서 불균형한 점 등의 문제가 여전히 존재한다. 또한 일부 개인이익과
국부이익은 만족을 얻지 못하고 있다. 그렇기 때문에 공정을 실현하
기란 여전히 어렵다. 하지만 생산력 수준이 부단히 제고됨에 따라 우
리는 반드시 충분한 공정을 실현하게 될 것이다. 사회주의 공정과 인
민복지의 증진은 긴밀하게 연계되어 있으므로 공정을 실현하는 최종
목적은 인민의 복지를 증진시키는 것이고, 인민들의 복지를 증진시키
는 것은 공정을 실현하는 목표점이며 마지막 귀결점이다. 이에 관련
해 2013년 11월 12일 시진핑은 『확실하게 사상을 중국공산당 제18기
중앙위원회 제3차 전체회의 정신의 높이로 통일하자』에서 이렇게 지
적했다.

"우리는 반드시 경제건설이라는 중심을 단단히 움켜쥐고,
경제의 지속적이고 건전한 발전을 추진하여 '케이크'를 크
게 만들어 사회의 공정을 위해 더욱 튼튼한 물질적 기초를

40) 習近平, 『習近平談治國理政』 第1卷, 앞의 책, 2018, 96쪽.

마련해야 한다."[41]

　선진적인 생산력이 없고, 충족한 물질생활 조건이 없다면, 공정을 담론할 수가 없으며, 인민의 복지도 운운할 수가 없다. 있다고 해도 저급하고 낮은 차원이 정의일 뿐이다. 충분한 공정을 실현하여 인민들의 더 높은 수준의 복지를 마련해주려면, 대대적으로 생산력을 발전시킴과 동시에 도시와 농촌의 발전 불균형, 지역 간의 발전 불균형과 재부의 분배 불균형 등의 문제를 해결하여 모든 사람, 모든 지역에서 비교적 균등한 복지혜택을 받도록 해야 할 것이다. 이에 시진핑은 "전면적으로 샤오캉사회를 완성함에 있어서 제일 어렵고 번잡한 문제는 농촌에 있고, 특히 빈곤지역에 있다"고 했다. 어느 한 소수민족도, 어느 한 지역도 낙오하지 말고 모든 13억 중국 인민이 전면적으로 샤오캉사회의 성과를 공유하도록 해야 한다. 중국은 첫 번째 백년 분투목표를 실현하여 전면적인 샤오캉사회를 완성한다는 것은 낡고 오래된 지역에서 샤오캉을 실현하지 못하고, 특히 옛 혁명지역의 빈곤 인구가 부유해지지 못한다면 완전한 전면적인 샤오캉사회의 완성이라고 할 수 없다. 도시와 농촌지역의 발전격차를 줄이는 것은 전면적인 샤오캉사회를 완성하는 중요한 임무이다. 점차 도시와 농촌의 권익 균등화와 도시와 농촌의 공공 서비스 균등화, 도시와 농촌 주민들의 수입 균등화, 도시와 농촌의 요소배치 합리화와 도시와 농

---

41) 위의 책.

촌의 산업발전의 융합을 실현시켜야 한다.[42] 그렇기 때문에 중국은 균형적인 발전, 조화로운 발전, 공동발전을 실현해야 하며, 어느 누구라도 포기하지 말아야 하고, 어느 지역도 빠뜨리지 말면서 전 사회의 공동부유를 실현하고, 모든 백성들의 전면적인 샤오캉을 실현해야 하는 것이다.

3. 사회주의 기본 경제제도를 견지하고 개선해야 한다

개혁개방 이후 중국의 소유제 구조는 점차 조정되어 공유제 경제 실력도 대대적으로 강화되었고, 비공유제 경제도 비약적인 발전을 가져와 공유제 경제와 비공유제경제의 GDP 공헌도, 취업 촉진, 세금 증가 등 방면에서의 비중이 부단히 변화하고 있으며, 사회주의 시장 경제의 발전 활력을 증가시키고 있다. 현재 비공유제 경제의 발전에 따라 어떻게 공유제의 주체적 지위를 더욱 잘 체현하고 견지하여 더 효과적으로 비공유제 경제를 지속적으로 발전시키고, 기본경제 제도의 효과적인 실현형식을 탐색하는 것은 반드시 연구해야 하는 중대한 문제이다. 경제의 깊이 있는 발전과 더불어 시진핑은 여러 차례 사회주의 기본 경제제도를 견지하고 개선해야 하는 중요성을 여러 차례 강조했다. 2013년 11월 15일 시진핑은 「"전면적으로 개혁을 심화시키는데 있어서 약간의 중대한 문제에 대한 중국공산당의 결정"에 관한 설명」에서 이렇게 지적했다.

---

42) 習近平, 「全面建成小康社會更重要的是 "全面"」, 中國經濟网, 2016-06-10.

"공유제를 주체로 하고, 여러 가지 소유경제를 공동으로
발전시키는 것을 견지하고 개선하는 기본 경제제도는 「중
국 특색의 사회주의」 제도를 발전시키고 공고히 하는 중요
한 기둥이다. 반드시 확고부동하게 공유제경제를 공고히
하고 발전시키고, 공유제의 주체적 지위를 견지하며, 국유
경제의 주도 적 작용을 발양케 하여 부단히 국유경제의 활
력·통제력·영향력을 향상시켜야 한다. 적극적으로 혼합소
유제 경제를 발전시키고, 국유자본·집체자본·비공유자본
등 상호 소유·상호 융합의 혼합소유제를 강조하는 것은
기본경제제도의 중요한 실현형식으로 국유자본의 기능 확
대, 가치 증가, 경쟁력 향상에 유리하다. 이는 새로운 형세
하에서 공유제의 주체적 지위를 견지하고, 국유경제의 활
력, 통제력, 영향력을 향상시키는 효과적인 경로이고, 필연
적인 선택이다."[43]

2016년 3월 4일 시진핑은 전국정치협상회의 12기 4차 회의에 참가
하여 중국민주건국회(中國民主建國會), 중화전국공상업연합회(中華全國
工商業聯合會) 위원들의 의견과 건의를 청취하면서 이렇게 강조했다.

"공유제를 주체로, 여러 가지 소유제경제의 공동 발전을

---

43) 習近平, 「關于 『中共中央關于全面深化改革若干重大問題的決定』 的說明」, 人民網, 2013-
11-16.

위한 기본경제제도를 실행하는 것은 중국공산당이 확립한 국정방침이기에 반드시 확고부동하게 공유제경제를 공고히 하고 발전시켜야 하며, 확고부동하게 비공유경제의 발전을 장려하고 지지하며 인도해야 한다. 중국경제사회 발전에서 비공유제경제의 지위와 작용은 변함이 없다. 우리가 비공유제경제의 발전을 장려하고 지지하고 인도하는 방침과 정책은 변함이 없다. 우리는 비공유제경제의 발전을 위해 양호한 환경을 마련하고, 더욱 많은 기회를 제공하는 방침과 정책도 변함이 없다."[44]

공유제를 주체로 여러 가지 소유제의 공동발전을 실행하는 것은 기본경제제도이고, 중국공산당이 확정한 하나의 국정방침이며, 「중국특색의 사회주의」제도의 제일 중요한 구성부분이고, 사회주의 시장경제 체제를 개선하는 필연적 요구이며, 중국경제제도의 중요한 특징이다. 오직 사회주의 기본경제 제도를 견지하고 개선해야만, 공유제경제와 비공유제경제 각자가 지니고 있는 장점을 충분히 보여주고, 공동 발전을 실현할 수 있으며, 생산력의 발전을 더 잘 추진하고, 사회주의 시장경제 체제를 더 잘 개선하며, 「중국 특색의 사회주의」 건설을 더 잘 추진할 수가 있다. 비공유제경제는 중국경제의 중요한 구성부분으로 기본 경제제도를 견지하고 개선하면서 반드시 확고부동하

44) 習近平,「毫不動搖堅持我國基本經濟制度推動各种所有制經濟健康發展」, 新華网, 2016-03-04.

게 비공유제 경제의 발전을 장려하고 지지하고 인도하여 비공유제 경제가 취업 확대·과학기술 혁신 추진·세수 증가·경제 발전·시장 활력 등 방면에서의 적극적인 작용을 충분히 보여주도록 해야 한다.

혼합소유제는 공유제와 비공유제를 결합한 것으로 경제발전을 촉진케 하는 제도 매개체의 하나이다. 적극적으로 혼합소유제를 발전시키는 것은 여러 가지 소유제의 공동발전을 실현하는 효과적인 구조이다. 대대적으로 혼합소유제를 발전시키는 것은 국유경제와 민영경제 각자가 지니고 있는 장점을 발양토록 하는데 유리하고 서로 참고하고 장점을 취하고 단점을 보충케 한다. 동시에 국유 경제관리체제와 거버넌스 구조의 혁신에 유리하고, 국유경제의 활력과 경쟁력 향상에 유리하며, 비공유제 경제가 강대해 지는 것에 유리하고, 비공유제경제 규범의 발전과 건전한 발전을 보장하여 공유제경제와 비공유제경제의 협동적이며 신속한 발전을 실현하게 된다.

사회주의 기본경제제도를 견지하고 개선시키는 것은 중국경제사회의 발전에 중요한 의미가 있다. 첫째, 우리가 사회주의 기본경제제도를 견지하고 개선해야만 생산력을 잘 해방하고, 생산력을 잘 발전시킬 수 있고, 사회의 재부를 더욱 많이 증가시켜 인민들의 물질생활 요구를 만족시킬 수 있다. 자본주의 사회의 자유 시장경제에는 여러 가지 결점이 있다. 자본주의의 생산은 맹목성을 가지고 있으며, 낙후하고 시야가 좁아 사회생산력에 대한 거대한 파괴성을 가지고 있기에 사회재부의 분배 불균형이 쉽게 형성되어 양극분화 현상을 초래하게 된다. 중국이 사회주의 기본경제제도를 견지하고 공유제경제를 대대적으로 발전시키는 것은 정부의 관여와 지도 작용을 잘 보여주는 것이며, 생산의 맹목성·낙후성·근시성 극복에 유리하고, 규모적인 경제효과를 형성시키는데 유리하며, 국가 산업구조 개선에 유리할 뿐만 아니라, 산업의 조화로운 발전을 보장하고, 지역의 균형적인 발전을 보장하여 재부의 분배격차를 피하게 하여 전체 인민의 공동부유를 실현하는데 유리하다. 그 외에도 국유경제 발전에 힘을 다하는 것은 국민경제의 명맥을 통제하는데 유리하고, 국가경제의 안전과 국가의 안전을 보장함으로써 전쟁이 일어나거나 돌발사건이 발생할 경우 타인의 지배를 받지 않도록 하는 것이다. 이에 시진핑 총서기는 이렇게 지적했다. "국유자본의 투자와 운영은 국가의 전략목표를 위해야 한다. 국가의 안전, 국민경제의 명맥과 관련된 중요 업계와 관건 분야에 투자하여 중점적으로 공공 서비스를 제공하고 전망적 전략적 산업, 생태환경보호, 과학기술 진보 지원, 국가 안전 보장 중요한 분야를 발전시켜야 한다."[45]

비공유제 경제는 중국사회주의 시장경제의 중요한 구성부분이다. 강력하게 비공유제 경제를 발전시키는 것은 경제활력을 높이고 인민의 수입을 늘일 수 있다. 이는 중국의 생산력 해방과 생산력 발전에서 매우 중요한 "촉진케 한다."는 의미이다. 이에 관련해 시진핑 총서기는 2016년 3월 4일에 이렇게 강조했다. "우리나라 비공유제 경제의 신속 발전은 안정적인 성장·혁신 촉진·일자리 증가·민생 개선 등의

45) 習近平, 「關于『中共中央關于全面深化改革若干重大問題的決定』的說明」, 人民網, 2013-11-16.

방면에서 중요한 작용을 한다. 비공유제경제는 경제를 안정시키는 중요한 기초이고, 국가 세금의 중요한 근원이며, 기술혁신의 중요한 주체이고, 금융발전의 중요한 기둥이며, 경제가 지속적으로 건전하게 발전할 수 있는 중요한 역량이다."[46]

둘째, 사회주의 기본경제제도를 견지하고 개선하는 것은 중국이 사회주의 시장경제 체제를 건립하고 개선하는 중요한 전제이며 기초이다. 중국 사회주의 시장경제는 사회주의 기본제도와 시장경제가 결합한 것으로 오직 사회주의 기본제도를 견지하고 개선해야만 사회주의 시장경제의 성질을 보장할 수 있고, 시장경제 개혁의 정확한 방향을 보장할 수 있으며, 시장의 "보이지 않는 손"의 인도 작용과 정부의 "보이는 손"의 조정기능을 잘 수행할 수 있다. 이에 시진핑 총서기는 2016년 3월 4일 이렇게 강조했다. "공유제를 주체로 여러 가지 소유제경제가 공동으로 발전을 실행하는 것은 기본경제제도이다.……사회주의 시장경제체제를 개선하는 필연적인 요구이다."[47] 사회주의 기본경제제도를 견지하고 개선함에 있어서 견지해야 할 뿐만 아니라 더욱 중요한 것은 부단히 개선하는 것이다. 우선 공유제 경제를 개선해야 한다. 현재 중국 국유기업의 발전과정에는 여전히 여러 가지 문제가 존재한다. 핵심경쟁력이 약하고, 기술의 혁신수준이 높지 못하며, 관리체제와 관리구조 역시 불완전하며, 부패현상이 수시로 발생한

---

46) 習近平,「毫不動搖堅持我國基本經濟制度推動各种所有制經濟健康發展」, 新華网, 2016-03-09.
47) 위와 같음.

다. 이런 문제는 국유기업의 건전하고 빠른 발전을 저해하고 있다. 그렇기 때문에 국유기업 경영관리체제 개혁은 피할 수 없는 추세인 것이다. 이와 관련하여 시진핑 총서기는 이렇게 지적했다.

> "정부와 기업의 분리, 정부와 국유자산 관리 소유자의 직책 분리, 특허경영, 정부 감독 관리를 실행하는 것을 주요 내용으로 하는 개혁은……협조적인 운행을 건전히 하고 효과적인 회사법인 거버넌스 상호제어를 완성하며, 전문경영인 제도를 건립하여 기업가의 작용을 충분히 발휘케 하고, 장기적인 효력을 가진 장려와 제약할 수 있는 구조를 건립하여 국유기업 경영투자 책임 추궁제도를 강화하며, 국유기업 재무 예산 등 중대한 정보의 공개 촉진을 탐색하고, 국유기업이 합리적으로 시장화 채용 비례를 증가하며, 합리적으로 엄격하게 국유기업 관리인의 월급·직무 대우·직무 소비·엄부 소비들을 확정한다."[48]

다음으로 비공유제경제를 개선한다. 수십 년간의 발전을 거쳐 중국 비공유제경제는 거대한 발전을 가져왔다. 일련의 기술연구 개발수준이 높아졌고, 경쟁력이 강하며, 경영관리가 규범적이고, 규모 있는 민영기업이 나타나 경제의 발전을 대대적으로 촉진시켰다. 하지만 동

---

48) 習近平, 「關于 『中共中央關于全面深化改革若干重大問題的決定』的說明」, 人民网, 2013-11-16.

시에 우리는 중국의 민영기업 특히 중소민영기업의 발전에 여전히 여러 가지 문제들이 존재하고 있음을 직시해야 한다. 예를 들어 기술수준이 낮고, 가족 관리로 인한 관리 수준이 낮으며, 악성 경쟁이 격렬하고, 중복 건설이 심각하며, 관리자의 소질이 높지 않고, 시장의식이 강렬하지 않으며, 부분 기업에서는 위조품을 생산하는 현상이 심각할 정도이고, 환경오염이 비교적 엄중하다. 이런 문제는 민영경제의 지속적인 발전을 심각하게 방해하고 있다. 비공유제 기업은 중국의 경제발전에 중요한 의미를 가지고 있다. 우리는 응당 정책 법규를 개선하여 공유제 기업과 비공유제 기업을 평등하게 대하고, 시장의 진입을 확대하여 융자와 관련한 난제를 해결하며, 비공유제 기업관리자의 소질을 제고하여 기업의 규모를 크고 강대하게 성장시켜 기업 경쟁력을 높여야 한다.

이에 관련하여 시진핑 총서기는 2016년 3월 4일에 이렇게 강조했다.

"첫째, 중소기업의 융자가 어려운 상황인데, 이 문제를 해결하는 일에 힘을 모아 중소기업의 융자를 위해 탄탄하고 효율이 높으며 간편한 서비스를 제공해야 한다. 둘째, 시장의 진입을 개방하여 법률이 명확하게 금지하는 업무와 분야 외에는 민간자본의 진입을 장려해야 한다. 우리나라 정부가 외국자본에 대해 개방했거나 개방을 승낙한 분야에서는 응당 국내의 민간자본에게도 개방해야 한다. 셋째, 공공서비스 체계의 건설에 힘을 다해야 하고, 민영기업을 위한 공통성 기술서비스 플랫폼 건립을 지지하며, 민영기업의 자주적 혁신을 위해 기술적인 지지를 하고, 전문적인 서비스를 제공해야 한다. 넷째, 민영기업에서 소유권 시장을 이용하고, 민간자본을 조합하여 특색 있고, 시장경쟁력이 강한 기업 그룹을 배양해야 한다. 다섯째, 민간투자 관리에 관련된 행정심사의 비준사항과 기업관련 수금을 정리하고, 간편화하고 중간과정과 중개조직을 규범화시켜 기업의 부담을 줄여 기업 원가를 낮춰주어야 한다."[49]

광대한 비공유제경제 인사들은 정확하게 중국의 경제발전 추세를 파악하여 자신의 종합소질을 향상시키고, 기업 경영관리 제도를 개선하여 기업가 정신을 불러일으켜 기업가의 재능을 보여주도록 하고, 기업의 내생적 활력과 창조력을 강화시키며, 기업이 더욱 새롭고 더욱 좋은 발전을 취하도록 한다. 시진핑 총서기의 강화는 비공유제경제에 대한 중시와 관심을 보여주는데, 그 사상은 반드시 중국 비공유제 경제의 건전하고 신속한 발전을 더욱 추진하게 될 것이다.

4. 사회주의 시장경제의 개혁방향을 견지해야 한다

20세기 여러 국가의 경제발전 실천은 이미 계획경제에 일정한 국한성이 있음을 증명했다. 개혁개방을 견지하고 사회주의 시장경제 발전

49) 習近平, 「毫不動搖堅持我國基本經濟制度推動各种所有制經濟健康發展」, 新華网, 2016-03-04.

을 견지하는 것은 경제의 지속적인 신속 발전을 실현하는 전제조건이다. 이에 관련하여 시진핑 총서기는 이렇게 지적했다. "사회주의 시장경제의 개혁방향을 견지하는 것은 경제체제 개혁의 기본을 따르는 것일 뿐만 아니라, 전면적으로 개혁을 심화하는 중요한 지지대이다."[50] 2015년 11월 3일 시진핑 총서기는 『국민경제와 사회 발전의 제13차 5개년 계획에 관한 중국공산당 중앙의 건의』관련 설명』에서 이렇게 강조했다. "시장화 개혁방향을 견지하고, 현대 금융의 특점에 부합되고, 총괄 협조 관리와 유력하고 효과적인 현대 금융 감독관리 프레임을 구축하며, 시스템적인 리스크가 발생하지 않는 마지노선을 굳건하게 지켜야 한다."[51] 2015년 11월 10일 시진핑 총서기는 '중앙 재정 지도소조' 제11차 회의에서 이렇게 지적했다. "사회주의 시장경제 개혁방향을 견지하여 시장이 자원을 배치하는 중에서 결정적인 작용을 하도록 하며, 각 측의 적극성을 동원하여 기업가들이 경제발전을 추진하는 과정에서 중요한 작용을 하도록 하며, 혁신 인재와 각급 간부의 적극성·창조성을 충분히 보여주어야 한다."[52] 2015년 9월 22일 시진핑 주석은 미국 워싱턴주 현지 정부와 미국 우호단체가 연합으로 진행한 환영만찬에서 이렇게 강조했다. "우리는 확고부동하게 시장경제의 개혁방향을 견지할 것이며, 계속하여 시장·세무·금융·투자와 융

---

50) 習近平,「切實把思想統一到党的十八屆三中全會精神上來」, 中國共産党新聞网, 2014-01-01.
51) 習近平,「關于『中共中央關于制定國民經濟和社會發展第十三个五年規划的建議』的說明」, 人民网, 2015-11-04.
52) 習近平,「主持召開中央財經領導小組第十一次會議」, 新華网, 2015-11-10.

자·가격·대외개방·민생 등의 영역에서 집중적으로 일련의 강력한 조치와 실행 가능한 개혁방안을 제기할 것이다."[53] 시진핑 총서기의 이 강화는 그의 사회주의 시장경제 규칙에 대한 깊이 있는 인식과 이해를 충분히 보여준다. 오직 경제개혁의 큰 방향과 큰 원칙을 단단히 장악해야만 경제가 지속적으로 건전한 방향으로 발전하도록 보장할 수 있다는 것이다. 사회주의 시장경제의 개혁방향을 견지하는 핵심 문제는 정부와 시장의 관계를 잘 처리하여 시장이 자원배치에서 결정적인 작용을 하도록 정부가 작용을 잘 하는 것이다. 이에 관련하여 시진핑 총서기는 이렇게 지적했다. "사회주의 시장경제의 개혁방향을 견지하는 핵심문제는 정부와 시장의 관계를 잘 처리하여 시장이 자원배치에서 결정적인 작용을 하도록 정부의 작용을 잘 하개 하는 것이다. 이는 우리 당이 이론과 실천에서 또 하나의 중대한 진보이다."[54]

먼저 우리는 응당 시장이 자원을 배치하는 과정에서 결정적 작용을 하도록 해야 한다. 이는 사회주의 시장경제의 개혁방향을 견지하는 중요한 전제이고 원칙이다. 우리는 사회주의 제도의 장점을 발양시키면서 사회주의 시장경제의 규칙을 충분히 인식하고 파악하여, 시장이 가격구조·공급구조·경쟁구조 등을 통해 자원배치에서 결정적 작용을 하도록 하며, 시장이 충분하고 효율적으로 자원을 배치할 수 있도록 해야 한다. 자원을 배치하는 과정에서 기초적인 작용을 하던

---

53) 習近平, 「在華盛頓州当地政府和美國友好團体聯合歡迎宴會上的演講」, 新華网, 2015-09-23.
54) 習近平, 「切實把思想統一到党的十八届三中全會精神上來」, 中國共産党新聞网, 2014-01-01.

시장의 작용이 결정적 작용을 하도록 해야 한다. 이는 중국공산당이 시장기능에 대한 인식이 한층 업그레이드되었다는 것을 알려준다. 이런 변화는 우리가 시장이 자원배치를 하는 과정에서 작용을 하는데 유리하다. 시진핑 총서기는 이렇게 지적했다.

> "시장이 자원배치에서 결정적 작용을 하도록 한다고 제기한 것은 우리 당이 「중국 특색의 사회주의」 건설규칙에 관한 인식의 새로운 돌파로 마르크스주의 중국화의 새로운 성과이며, 사회주의 시장경제 발전이 새로운 단계에 진입했음을 상징한다."[55]

우리가 자원배치에서 시장의 결정적 작용을 강조하는 것은 시장이 모든 작용을 하라는 의미가 아니다. 시장은 자원배치에서 여전히 적지 않은 문제가 존재한다. 시장의 조절은 국부적이고, 단기적이기에 만약 시장의 조정에 경제를 맡긴다면, 상품의 적체·상품의 중복생산 등의 문제를 초래하기 때문에 경제의 건전한 발전에 영향을 미치게 된다. 이에 시진핑 총서기는 「"전면적으로 개혁을 심화시키는데 있어서 약간의 중대한 문제에 대한 중국공산당의 결정"에 관한 설명」에서 이렇게 강조했다. "우리나라는 사회주의 시장경제 체제를 실행하고 있으며, 우리는 여전히 우리나라 사회주의 제도의 우월성을 보여주고, 당과 정부의 적극적인 작용을 해야 한다. 시장은 자원배치에서

---

55) 習近平, 「在十八屆中央政治局第十五次集体學習時的講話」, 人民日報, 2014-05-28.

결정적 작용을 하는 것이지 모든 작용을 하는 것이 아니다."[56]

다음으로는 정부의 작용을 더 잘해내야 한다. 현재 중국에는 여전히 시장체계의 불완전, 시장규칙의 불건전, 시장질서의 불 규범, 시장경쟁의 불충분 등의 문제가 존재한다. 중국은 반드시 사회주의 시장체계를 개선하여 건전한 시장경제 체제를 건립하고, 정부의 역할을 명확히 하여 정부의 행위를 규범화 시켜야 한다. 정부의 간섭이 과다한 문제를 방지하는 한편 번잡한 허가 절차, 감독 관리의 과잉, 미시경제 주체의 경영행위에 대한 관여로 인해 기업에 불필요한 부담을 주게 되고, 정부의 간섭이 너무 적어 감독과 관리가 적절하지 않거나 감독과 관리가 잘못되어 기업의 위법경영으로 소비자의 권익을 위협하는 상황이 나타나게 된다. 이에 시진핑 총서기는 「"전면적으로 개혁을 심화시키는데 있어서 약간의 중대한 문제에 대한 중국공산당의 결정"에 관한 설명」에서 이렇게 강조했다.

> "정부의 직책과 작용을 강조하는 것은 주로 거시경제의 안정을 유지하고 공공서비스의 최적화를 강화하며 공정한 경쟁을 보장하고 시장의 감독과 관리를 강화하며 시장의 질서를 고수하여 지속적인 발전을 촉진시키고, 공동 부유를 추진하여 시장에서의 실패를 모면하기 위해서이다."[57]

---

56) 習近平. 「關于 『中共中央關于全面深化改革若干重大問題的決定』 的說明」. 人民网, 2013 11-16.
57) 習近平. 위의 글

시장이 자원배치에서 결정적 작용을 하는 것과 정부가 작용을 잘 하는 것은 서로 보완하고, 서로 완성시켜주기에 어느 하나를 따로 떼어 놓을 수 없다. 정부가 작용을 잘하면 시장의 자원배치 과정에서의 결정적 작용에 도움이 된다. 동시에 시장체계의 개선도 정부의 자아적인 규범행위에 도움이 되어 감독 관리와 조정 기능을 잘 하도록 한다. 이에 시진핑 총서기는 2014년 5월 26일 제18기 중국공산당 정치국 제15차 집체학습 시에 이렇게 강조했다.

> "시장이 자원배치에서 결정적 작용을 하는 것과 정부가 그 작용을 더 잘하는 것은 유기적으로 통일되는 관계로 서로 부정하고 두 가지를 분할하고 대립시키지 말아야 한다. 시장의 자원배치에서의 결정적 작용으로 정부의 작용을 부정할 수 없을 뿐만 아니라 더 나은 정부의 작용으로 시장의 자원배치에서의 결정적 작용을 대체하거나 부정하지 말아야 한다."[58]

5. 체제개혁의 목적과 조건

전면적으로 개혁을 심화시키는 데에는 반드시 실행 가능한 총목표가 있어야 한다. 2014년 2월 17일 시진핑 총서기는 「성부급 주요 지도간부 중국공산당 제18기 중앙위원회 제3차 전체회의에서 정신 학습과 전면적인 개혁을 심화시키는 것을 관철시켜야 한다는 주제를 가지

---

58) 「習近平, 在十八屆中央政治局第十五次集体學習時的講話」, 『人民日報』, 2014-05-28.

고 토론하는 세미나의 강화」에서 이렇게 강조했다. "전면적으로 개혁을 심화시키는 총 목표는 「중국 특색의 사회주의」 제도를 개선 발전시키고, 국가 거버넌스 체계와 거버넌스 능력의 현대화를 추진하는 것이다."[59] 이는 「중국 특색의 사회주의」 제도를 개선 발전시키는 필연적 요구이며, 사회주의 현대화를 실현하는 당연한 의미이다.

전면적으로 개혁을 심화시키는 것은 어느 한 영역에서 단독으로 진행하는 개혁이 아니라 모든 영역에서 전면적으로 진행하는 개혁이다. 그렇기 때문에 그 총 목표는 응당 국가 거버넌스의 차원에서 전반적으로 고려하고 종합적으로 고려해야 한다. 시진핑 총서기가 전면적으로 개혁을 심화시켜야 하는 총 목표를 제기한 것은 사회주의 현대화 건설의 의미와 요구를 풍부히 하고 심화시키는 것일 뿐만 아니라 동시에 사회주의 개혁의 성질을 설명하고, 사회주의 개혁의 근본임무를 확정하는 것이며, 사회주의 개혁의 총체적 방향을 명확히 하는 것이기에 금후 전면적인 사회주의 개혁 추진에 중요한 지도적 의미가 있는 것이다.

개혁개방 실천이 충분히 증명하다시피 「중국 특색의 사회주의」 제도의 개선과 발전을 견지하는 것은 중국 현대화를 실현하는 근본적인 보장이다. 중국은 국가 현대화 과정의 규칙과 추세에 부단히 순응해야만 나라를 다스리는 능력을 부단히 향상할 수 있고, 부단히 국가 거버넌스 체계를 개선시킬 수 있으며, 현대화 과정에 나타나는 각

---

59) 「完善和發展中國特色社會主義制度推進國家治理体系和治理能力現代化」, 人民网, 2014-02-18.

종 모순과 문제를 더욱 잘 해결할 수 있으므로 현대화를 실현하고 전면적인 샤오캉사회를 완성할 수 있는 것이다. 한 국가의 질서 있고 안정적인 운행은 국가 거버넌스 체계의 부단한 개선을 떠나서 실현될 수가 없고, 강대한 국가 거버넌스 능력을 떠나 실현될 수 없는 것이기 때문에 국가 거버넌스 체계를 완비하고, 부단히 국가 거버넌스 능력을 향상시키는 것은 국가의 건전한 운행을 확보하는 제도적 보장이다. 현재 중국이 건설한 국가 거버넌스 체계와 서방국가의 거버넌스 양식은 본질적으로 구별된다. 중국 거버넌스 체계는 완전하게 중국경제사회 발전의 현실에 맞게 부단히 건설하고 정비한 중국특색의 거버넌스 체계이다. 이는 중국의 발전에 순응하는 요구이고, 인민의 요구에 순응한 것이며, 시대의 요구에 순응하는 것으로 「중국 특색의 사회주의」의 중요한 구성부분이다.

전면적으로 개혁을 심화시켜야 하는 목적에 대해 시진핑 총서기는 웅대한 '중국의 꿈'을 실현해야 한다는 점을 쉽게 이해할 수 있는 목표로 귀납시켰다. '중국의 꿈'의 의미는 매우 풍부하지만, 제일 핵심적인 사상은 국가가 강대하고 민족이 흥성하고 인민이 부유한 것이다. '중국의 꿈' 실현은 중국의 전면적인 샤오캉사회 완성을 의미할 뿐만 아니라 중국이 초보적으로 부강하고 민주적이며 문명되고 조화로우며 아름다운 사회주의 현대화 국가를 건설했다는 것을 의미한다. 이와 관련하여 시진핑 총서기는 2013년 12월 30일 중국공산당 중앙정치국에서 주최한 국가문화 소프트파워 향상을 위한 연구와 관련한 제12차 집체학습을 할 때에 이렇게 강조했다. "'중국의 꿈'은 중국인민과 중화민족의 가치에 대한 깊이 있는 이해와 가치 추구를 의미하며, 전면적으로 샤오캉사회를 완성하고 중화민족의 위대한 부흥을 실현했다는 것을 의미하고, 모든 사람들이 '중국의 꿈'을 위해 분투하는 과정에 자신의 꿈을 실현할 수 있다는 것을 의미하며, 중화민족이 단결하여 분투해야 하는 최대 공약수를 의미하며, 중화민족이 인류와 평화 및 발전을 위해 더 큰 공헌을 하려는 진심어린 염원을 의미하기도 한다."[60]

2013년 12월 31일 시진핑은 「확실하게 사상을 중국공산당 제18기 중앙위원회 제3차 전체회의 정신의 높이로 통일하자」에서 이렇게 지적했다. "더욱 사상을 해방시키고, 더욱 사회생산력을 해방시키고 발전시키며, 더욱 사회 활력을 해방시키고 증진시켜야 한다. 전체회의에서 제기한 이 '세 가지 더욱 해방'은 개혁의 목적이기도 하고 개혁의 조건이기도 하다." "세 가지 더욱 해방"의 제기는 시진핑이 신 형세에서의 전면적으로 개혁을 심화시켜야 하는 것에 대한 이해를 보여준다. 이 "세 가지 더욱 해방"에서 첫 번째 "더욱 해방"인 "더욱 사상을 해방시켜야 한다"는 전제조건으로서 "더욱 사상을 해방"시키지 않으면 사회생산력을 해방시키고 발전시킬 수 없으며, 사회의 재부를 증가시킬 수 없고, 인민의 생활수준을 향상시킬 수 없으므로 더욱 사회의 활력을 해방시키고 증진시킬 수가 없다. 두 번째의 "더욱 해방"은 "더욱 사회 생산력을 해방시키고 발전"시키자는 것인데, 이는 현재 중국에서 제일 근본적이고 제일 주요한 임무이다.

---

60) 「提高軟實力實現中國夢」, 『人民日報(海外版)』, 2014-01-01.

중국은 여전히 사회주의 초급단계에 처해있기에 생산력을 해방시키고, 생산력을 발전시키는 것은 여전히 제일 긴박한 임무이다. 그렇기 때문에 사상을 해방시켜야 한다는 것은 각종 생산요소의 활력을 더욱 활성화하기 위함이다. 이를 통해 더욱 자원배치의 효율을 제고시켜 생산력을 더욱 해방시키고 발전시켜야 더욱 훌륭하게 이 근본 임무를 완성할 수 있는 것이다.

세 번째의 "더욱 해방"은 "더욱 사회의 활력을 해방시키고 증진시키는 것"이 중국 경제사회의 발전과 앞의 두 개 "더욱 해방"의 중요한 기초가 된다. 중국이 더욱 사회의 활력을 해방시키고 증진시키려면 사회의 활력이 더욱 진보하고 발전할 수 있도록 도모해야 할 뿐만 아니라, 질서정연한 사회의 질서를 수호하여 국가의 안정과 사회의 장기적인 태평과 생활의 안정을 보장함으로써 사상 해방과 생산력 해방과 발전을 위해 양호한 외부환경을 마련해야만 하는 것이다.

6. 전면적으로 개혁을 심화시키는 노선도

2013년 11월 12일 시진핑 총서기는 이렇게 지적했다. "'여섯 가지 중심'이라는 전면적으로 개혁을 심화시키는 노선도를 그렸는데 이는 경제체제 개혁이라는 중점을 확실하게 강조하고, 경제체제개혁의 견인작용을 보여주는 것을 의미한다. 중국은 여전히 장기간 사회주의 초급단계에 처해있다는 기본 국정은 변하지 않았다. 인민들의 날로 늘어나는 물질문화에 대한 요구와 낙후한 사회 생산력 간의 모순이라는 사회의 주요 모순도 변하지 않았다. 중국은 여전히 세계에서 제일 큰 발전도상국이라는 국제적 지위도 변함이 없다.

이는 경제건설이 여전히 전 중국공산당의 사업 중심이라는 것을 결정한다."[61] "여섯 가지 중심"은 중국공산당 제18기 중앙위원회 제3차 전체회의에서 통과된 「전면적으로 개혁을 심화시키는데 있어서 약간의 중대한 문제에 대한 중국공산당 중앙의 결정」에서 제기한 전면개혁심화의 노선도이다. 그 주요 내용은 다음과 같다.

> "시장이 자원배치에서 결정적 작용을 하도록 하는 '경제체제의 개혁을 심화시키는 것'을 중심으로 하고, 중국공산당 영도를 견지하고 인민을 나라의 주인으로 하며, 법치에 따라 나라를 다스리는 것을 유기적으로 통일시키는 정치체제의 개혁을 심화시키는 것을 중심으로 하고, 사회주의 핵심 가치관의 체계와 사회주의 문화강국을 건설하기 위한 문화체제에 대한 개혁을 심화시키는 것을 중심으로 하고, 민생을 더욱 훌륭하게 보장하고 개선하며 사회의 정의를 촉진시키기 위한 사회체제의 개혁을 심화시키는 것을 중심으로 하고, 아름다운 중국 건설을 위한 생태문명체계에 대한 개혁을 심화시키는 것을 중심으로 하고, 과학적 집정과 민주집정 및 법에 따른 집정 수준을 제고시키기 위한 당 건설제도의 개혁을 심화시키는 것을 중심으로 해야 한다는 등의 여섯 가지가 있다."

---

61) 習近平, 「切實把思想統一到党的十八屆三中全會精神上來」 『中國靑年報』, 2014-01-01.

시진핑 총서기는 이 "여섯 가지 중심"을 통해 전면적으로 개혁을 심화시키는 노선도를 그렸고, 경제체제 개혁을 중점으로 경제체제개혁이 견인작용을 할 수 있기를 강조했다. 사실 이는 전면적으로 개혁을 심화시켜야 하는 총체적인 사유를 명확히 한 것이다.

경제체제 개혁은 전면적으로 개혁을 심화시키는 것을 중심으로 한다면서 시진핑은 이렇게 지적했다. "현재 과학적 발전을 제약하는 체제구조는 경제영역에 적지 않게 집중되어 있다. 그렇기 때문에 경제체제개혁의 임무를 완성하는 것과는 거리가 멀다. 경제체제 개혁의 잠재력은 아직 충분히 표출되지 않았다. 경제건설을 중심으로 하는 것을 확고부동하게 견지하려면, 반드시 경제체제의 개혁을 중점으로 하는 것을 확고부동하게 견지해야 한다."[62]

경제체제의 개혁은 전면적으로 개혁을 심화시키는 중점내용이다. 하지만 경제체제의 개혁이 개혁의 모든 내용은 아니다. 시진핑 총서기는 이렇게 지적했다.

"경제체제의개혁은 기타 개혁에 중요한 영향을 미치고 전달 작용을 한다. 중대한 경제체제개혁의 진도는 기타 여러 가지 체제개혁의 진도를 결정하는 바로미터이다. 따라서 한 부분의 움직임이 모든 면을 움직일 수 있는 것이다.……전면적으로 개혁을 심화시키는 것에서 우리는 경제체제개혁

62) 習近平, 「切實把思想統一到党的十八屆三中全會精神上來」『中國靑年報』, 2014-01-01.

을 주축으로 하나 중요 영역과 관건적인 부분의 개혁에서 부터 새로운 돌파를 가져오도록 노력해야 한다. 이를 통해 기타 영역의 개혁을 이끌어 기타 방면 개혁과 협동하여 추진하는 것을 실현함으로써 그 힘을 모아야지 각자 제멋대로인 개혁이나 분산된 힘을 키우지 말아야 한다."[63]

전면적으로 개혁을 심화시키는 과정에서 경제체제의 개혁이 일정한 수준에 도달하면 반드시 호적제도를 개혁해야 하고, 사회보장제도를 개혁하는 등 사회체제의 개혁도 실행할 것을 요구하게 된다.

중국은 사회체제의 개혁을 통해 사회의 공정성을 촉진시켜 전체 인민들이 공정한 권리와 공평한 기회를 가질 수 있도록 실현하며, 재부의 분배 격차를 줄이고, 중산계층 가정의 비중을 늘려 노년에 부양해줄 사람이 있고, 노년에 의탁할 곳이 있도록 하여, 사회의 조화롭고 균형적이며 공평한 발전을 촉진토록 해야 한다.

전면적으로 개혁을 심화시키기 위해서는 반드시 명확한 개혁의 총체적인 사유와 개혁의 노선도가 있어야 한다. 이는 중국이 전면적으로 개혁을 심화시키는 주요 내용을 명확히 하는 것에 유리하다. 따라서 개혁의 전면성과 체계성을 뚜렷하게 할 뿐만 아니라, 중국이 전면적으로 개혁해야 하는 중점 내용과 주요 경로를 명확히 하는 것에 도움이 된다. 또한 개혁의 전면성을 보장하고, 개혁의 중점성을 보장해주기에 주요 모순을 해결할 수 있게 할 뿐만 아니라, 전체적인 면에서

---

63) 위의 글.

문제를 잘 해결할 수 있도록 하므로 전면적으로 개혁을 깊이 있게 진행될 수 있도록 촉진시킬 수 있게 되는 것이다.

제3장

정확하게 전면적으로 경제체제의 개혁을 심화시키기 위해
서는 약간의 중대한 관계를 잘 처리해야 한다.[64]

---

64) 본장의 집필자는 양뤠이룽(楊瑞龍)이다.

전면적으로 경제체제 개혁을 심화시키는 목적은 사회주의 시장경제 체제를 구축하기 위함이다. 즉 사회주의 기본경제제도를 견지해야 한다는 조건에서 시장의 기능이 자원배치에서 결정적인 작용을 하도록 하는 것이다. 개혁의 근본은 이익구조를 대대적으로 조정하는 것이다. 초기의 좋은 것으로 개혁하고, 개혁할 수 있는 것을 개혁하던 상황에서 지금은 개혁의 관건적인 단계에 들어섰기 때문에 모든 개혁은 적지 않은 이익 주체의 기득의 이익을 건드리게 되고, 이로 인해 개혁의 저항과 개혁의 원가는 확연하게 커지게 된다. 그렇기 때문에 경제체제 개혁을 더욱 심화시키기 위해서 시진핑 총서기는 여러 장소에서 전 당과 전국인민이 체제개혁을 결정하는 과정에서 각 측의 이익을 모두 고려하면서 부단히 개혁의 내측 규칙을 탐색하여 전면적인 경제체제 개혁의 심화를 위해 중대한 관계를 정확하게 처리해야 한다고 했다.

1. 사상해방과 실사구시의 관계를 잘 처리해야 한다

시진핑 총서기는 개혁개방을 대대적으로 진행할 때에 입장과 태도만으로 되는 것이 아니라 반드시 확실한 조치가 있어야 된다고 거듭 강조했다. 전면적으로 개혁을 심화시키는 데서 새로운 돌파를 가져오려면 우선적으로 사상을 더욱 해방시켜야 한다. 왜냐하면 개혁을 더욱 심화시키는 것을 방해하는 제일 큰 저항은 기득 이익의 고정화에서 오기 때문이다. 만약 사상을 해방시키지 않으면 중국은 각종 이익의 고정화에 대한 문제점을 확실하게 인식하기 어렵고, 개혁의 돌파

방향과 작용점을 정확하게 찾지 못하므로 창조적인 개혁 조치를 제기하기 어렵다. 이 때문에 시진핑 총서기는 사상관념의 장해를 벗어내고, 이익 고정화의 울타리를 벗겨버리기 위해 사상을 해방시키는 것이 우선이라고 했다. 즉 "반드시 자아 혁신의 용기와 마음가짐으로 전통의 속박을 벗어나고 부문 이익의 간섭을 극복하면서 적극적이고 주동적인 정신으로 개혁조치를 연구하고 제기해야 한다."[65]고 했던 것이다. 사실상 중국 개혁개방의 과정은 어느 정도 사상해방의 과정이라고 할 수 있다. 사상의 대대적인 해방이 없다면 개혁은 큰 돌파를 가져올 수 없다. 4인방(4人帮, 중국 문화대혁명시기의 왕홍원[王洪文], 장춴챠오[張春橋], 장칭[江清], 야오원위안[姚文元]) 이후, 중국의 사업 중심은 계급투쟁에서 경제건설로 옮겨졌고, 전통체제에 대한 개혁을 준비하게 되었다. 하지만 전통사상의 틀에 얽매여 개혁은 한 발자국도 나아갈 수가 없었다. 예를 들면 기업의 자주권을 내어주고, 자영업 경제와 시장체제 인입 등의 조치가 자본주의를 발전시키는 것은 아닌지? 나라의 문을 열고 외자를 유치하는 등의 조치가 맹목적인 숭배이고, 자력갱생에 위배되는 것은 아닌지? 이와 같은 원칙적인 문제에 직면했을 때, 고전 저작에서 답안을 찾아야 하는지, 아니면 실천에서 해결책을 찾아야 하는지? 이러한 문제와 관련하여 「실천은 진리를 검증하는 유일한 표준이다」라는 제목으로 『광명일보(光明日報)』에 발표된 문장을 계기로 당 중앙은 전국적인 사상의 대 해방운동을

65) 習近平, 『習近平談治國理政』 第1卷, 앞의 책, 87쪽.

발기했다. 이를 통해 "두개의 무릇(兩个凡是)"[66]을 돌파하고, 마르크스주의의 생산력 관점과 실천의 관점으로 전통체제의 폐단을 전면적으로 재 고찰하게 되었다. 개혁개방 이전에 중국은 수량을 증가시키는 것만을 강조하고, 외연적인 방식을 위주로 하는 조방형 경제성장의 모델을 실행했었다. 이런 조방형 경제성장의 모델은 서로 적응하면서 중국 1950년대 말에 시장기능을 배척하고 높은 국가정부의 집권을 특징으로 하는 계획경제 체계가 초보적으로 완성되었다. 이런 경제체제는 결책 구조에서 중앙집권 통제를 실행했고, 중앙에서 신속하게 비교적 큰 경제구조의 변화를 실행하기 위해 거시적 혹은 미시적인 모든 경제적 결책을 국가가 결정했다. 원동력 구조에서 국가는 주로 각 부문과 경제활동에 대해 각급의 행정기구가 영향을 주거나 직접 지령을 하달하는 형식을 선택했기에, 물질 이익에 대한 자극 을 경시하고 평균주의 분배원칙을 적용하며, 행정역량에 의존하여 국가의 경제발전 전략을 관철시켰다. 정부구조에서 정부의 상하 전달은 국가가 한 단계씩 한 단계씩 차례로 지령적으로 계획을 지시하고 전달하는 방식으로 경제 활력을 계획에 귀납시켰기에 미시 주체의 행위는 거의 시장에서 오는 신호의 제약을 받지 않았다. 구조를 조정하는 과정에서 이용 가능한 제한적인 자본을 우선 발전시켜야 하는 부문을 이용하여 이런 부문이 확대 재생산을 진행할 충분한 자본을 갖도록

---

66) 두 개의 무릇: 마오쩌둥의 결정과 지시를 절대시하는 것으로, "무릇 모 주석이 한 결책은 우리가 굳건히 옹호해야 하며, 모 주석의 지시는 우리가 시종 변함없이 따라야 한다.
(凡是毛主席作出的決策, 我們都要堅決擁護. 凡是毛主席的指示, 我們都要始終不渝地遵循)에서 온 말."

하기 위해, 인위적으로 저 이율·저 환율·저 임금 및 최저생활 필수품과 원자재 가격을 제정하는 특징을 가진 거시경제 정책을 제정하고, 공업과 농업상품의 가격에 대한 협상가격의 차이 확대를 통해 농업부문이 공업의 발전을 위해 자금을 축적하도록 했다. 국영기업제도는 이처럼 높은 집권 계획 경제 체제의 미시적 기초였고, 소유제 구조에서 '1대 2공(一大二公, 규모가 크고 집단화 수준이 높다)'을 추구하는 '궁과도(窮過渡, 가난한 상태에서 공산주의 사회로 넘어가는 것)"를 실행했다. 실천이 증명하다시피 사상 대해방의 결과는 광대한 당원과 군중들로 하여금 실천을 통해 이와 같은 고도 집권의 계획경제 체제가 생산력의 발전을 엄중하게 가로막는 사실을 충분히 인식하게 되었다. 또한 이로 인한 폐단은 모두가 명백히 알고 있는 사실이다. 예를 들면 관료주의는 엄중하면 원동력이 부족하고, 경제구조가 융통성이 없고, 부족 현상이 엄중하며, 생산자들이 소극적이고, 경제의 효율이 낮아진다는 등의 폐단이 있다. 그렇기 때문에 국민경제의 붕괴를 막으려면, 전통 계획경제 체제에 대한 개혁을 통해 생산력을 해방시켜야 하는 것이다. 사상의 대 해방은 전국인민의 개혁 결심을 집중시켰고, 중국공산당 제11기 중앙위원회 제3차 전체회의를 형성함으로써 개혁개방의 신호탄을 쏘아 올리게 되었다.

사상의 해방은 의식형태에서 표현될 뿐만 아니라 행동에서도 나타나기에 "입만 살아 있고 실행하지 않는 상황"이 나타나지 말아야 한다. 시진핑 총서기는 이렇게 지적했다.

"개혁개방의 기치를 높이 든 상황에서 입장과 태도만 있는 것이 아니라 반드시 확실한 조치들이 있어야 한다. 행동은 제일 강한 설득력을 가지고 있다. 개혁개방 과정에서는 이러저러한 곤란에 직면하게 된다. 곤란 앞에서 이것저것 두려워하고 소심하게 앞으로 나아가지 못하고 뒷걸음질 칠 것이 아니라 용감하게 밀고 나아가야 한다."

시진핑 총서기는 또 이렇게 지적했다. "개혁을 진행함에 있어서 기존의 사업 구조와 체제 운행을 하나도 바꾸지 않고 모든 것이 안정적이고 아무런 위험이 없을 수는 없다. 오직 충분한 논증과 평가를 통해 실제에 적합하고 필요하며, 응당 해야 할 것들에 대해서는 과감하게 실행해야 한다."[67] 사상해방은 허튼 생각도 아니고 문을 닫아걸고 수레를 만드는 식으로 현실을 고려하지 않고 자기 주관대로 하는 것이 아니라 생산력을 더욱 잘 해방시키고 발전시키기 위해 사회 활력을 불어 넣음으로써 사람들의 전면적인 발전과 혁신을 위해 유리한 조건을 창조하는 것이어야 한다. 때문에 반드시 실사구시의 원칙을 견지해야 한다. 시진핑 총서기는 2012년 11월 15일의 제18기 중국공산당 중앙 정치국 상임위원회 중외 기자 간담회에서 이렇게 전 중국공산당에 경고했다.

"우리의 책임은 전 당과 전국 각 민족의 인민들을 이끌어

---

67) 習近平, 『習近平談治國理政』, 앞의 책, 2018, 87쪽.

계속하여 사상을 해방시키고 개혁개방을 견지케 함으로써 부단히 사회생산력을 해방시키고 발전시켜 군중들의 생산과 생활상의 곤란을 해결하도록 노력하면서 확고부동하게 공동부유의 길로 나아가야 한다."[68]

시진핑 총서기는 개혁개방을 추진하는 과정에서 사상해방과 실사구시의 유기적인 통일을 견지해야 한다고 요구했다. 사상해방의 목적은 실사구시를 위한 것이라고 할 수 있다. 이는 중국공산당이 줄곧 마르크스주의의 기본원리와 중국의 실천을 결합하고 이론과 현실을 결합시키는 원칙을 견지한다는 것이다. 경제체제에 대한 개혁을 심화시켜야 한다는 사상을 해방시켜야 할 뿐만 아니라 또한 실사구시도 해야 한다. 모든 것은 현실로부터 출발해야 하며, 모든 것은 인민군중의 이익에서 출발해야 한다. 오직 이렇게 해야만 중국은 순조롭게 개혁개방을 추진할 수 있는 것이다. 개혁개방 이후로 중국공산당 인들은 마르크스주의 기본원리와 중국의 구체적인 현실을 결합시키는 것을 견지하고, 사상을 해방시키는 것과 실사구시를 결합하는 것을 견지하여 「중국 특색의 사회주의」를 건설함으로서 중국이 점차 전통 사회주의 경제이론과 모델의 구속에서 벗어나 중국특색 현대화 사회주의의 신국면을 개척하도록 해야 한다. 또한 「중국 특색의 사회주의」를 건설하는 실천과정에서 부단히 이론에 대한 혁신을 진행하여 「중국 특색의 사회주의」 경제이론을 형성함으로써 마르크스주의 경

---

68) 「習近平等十八屆中共中央政治局常委同中外記者見面」, 中國政府网, 2012-11-15.

제 이론이 당대의 발전에 중요한 공헌을 하도록 해야 한다. 시진핑 총서기는 이렇게 지적했다.

> "「중국 특색의 사회주의」는 방향·이론체계·제도의 삼위일체로 구성되었음을 깊이 있게 이해해야 한다. 「중국 특색의 사회주의」 방향은 우리나라 사회주의의 현대화를 실현하기 위해, 인민들의 아름다운 생활을 창조하기 위해 반드시 거쳐야 하는 길이다. 「중국 특색의 사회주의」 이론체계는 마르크스주의 중국화의 최신 성과이다. 당대 중국에서 중국특색의 사회주의 이론체계를 견지하는 것은 진정으로 마르크스주의를 견지하는 것이다. 「중국 특색의 사회주의」 제도가 우리나라의 국정에 적합하다는 것은 「중국 특색의 사회주의」의 특점과 장점을 집중적으로 보여주며, 중국이 발전 진보하도록 하는 근본적인 제도적 보장이다. 「중국 특색의 사회주의」 사업의 부단한 발전은 「중국 특색의 사회주의」 제도의 부단한 개선을 요구하므로 「중국 특색의 사회주의」의 새로운 승리를 위해 더욱 효과적인 제도적 보장을 제공할 수 있다."[69]

개혁개방 초기에 중국공산당은 사회주의 초급단계 이론과 신시대 사회주의에 대한 주요 모순을 제기했다. 이런 판단은 사상해방과 실

---

69) 習近平, 「在中共中央政治局第一次集体學習時的講話」, 中國共産党新聞网, 2012-11-19.

시구시가 유기적으로 결합된 대표적인 사례이다. 중국공산당은 중국공산당 제11기 중앙위원회 제3차 전체회의 이후, 사회주의 발전이 처한 역사단계에 대해 새로운 인식과 탐색을 한 결과 중국은 여전히 사회주의 초급단계에 처해있음을 확인했다. 이는 중국공산당이 당대 중국의 기본국정에 대해 내린 과학적인 판단이다. 이러한 과학적 판단은 중국의 사회주의 성질을 표명하고, 중국이 이미 사회주의 사회에 진입했다는 것을 설명한다. 또한 중국의 사회주의는 여전히 저발전 단계에 처해있음을 표명한 것이다. 사회주의 초급단계에서 반드시 공유제경제의 주체적 지위를 견지하는 것과 비공유제 경제의 발전을 촉진시키는 것을 사회주의 현대화 건설의 과정과 통일을 시켜야 하지 이 두 가지를 대립시키지 말아야 한다. 이에 관련하여 중국공산당 제15차 전국대표대회에서는 "공유제를 주체로 여러 가지 소유제경제를 공동으로 발전시키는 것"을 "우리나라 사회주의 초급단계 기본경제제도의 하나"라고 확정지었으며, 공유제의 실현형식은 응당 다양해야 하며, 주식제와 주주 합작제는 공유제의 효과적인 실현형식이라고 제기했다. 「중국 특색의 사회주의」를 건설하는 실천과정에서 사회주의 초급단계의 기본경제제도에 대한 인식도 부단히 깊어지고 있다. 「전면적으로 개혁을 심화하는 데에 있어서 약간의 중대한 문제에 관한 중국공산당 중앙의 결정」에서 공유제를 주체로 하여 여러 가지 소유제경제가 공동으로 발전하는 기본 경제제도를 「중국 특색의 사회주의」 제도의 중요한 기둥이고, 사회주의 시장경제제도의 뿌리라고 했으며, 공유제경제와 비공유제경제 모두가 사회주의 시장경제의 중요한 구성부분이라고 제기했다. 이 두 가지 모두는 중국경제사회 발전의 중요한 기초이다. 반드시 확고부동하게 공유제경제를 발전시키고, 공고히 해야 하며 공유제경제의 주체적 지위를 견지하고, 국유경제의 주도적 지위를 발양하여 부단히 국유경제의 활력·통제력·영향력을 강화해야 한다. 반드시 확고부동하게 비공유제경제의 발전을 장려하고 지지하고 인도하여 비공유제경제의 활력과 창조력을 불러일으켜야 한다. 시진핑 총서기는 이렇게 경고했다. "우리가 개혁에 대한 발전을 추진하고, 방침과 정책을 제정할 때 사회주의 초급단계라는 제일 큰 현실에 확고히 입각해야 한다. 이 기본 국정의 필연적 요구를 충분히 체현해야 하며, 모든 것은 이 기본 국정에서 출발해야 한다는 것을 견지해야 한다."[70] 중국공산당 제19차 전국대표대회 보고에서는 「중국 특색의 사회주의」는 신시대에 진입했으며, 중국사회의 주요 모순은 이미 날로 늘어나는 인민들의 아름다운 생활에 대한 요구와 불균형적이고 불충분한 발전 간의 모순으로 변화되었다고 명확하게 지적했다.

2. 신중하게 일을 처리하는 것과 상부설계와의 관계를 잘 처리해야 한다.

돌다리도 두드려가며 강을 건널 정도로 신중하게 일을 처리하는 방식은 덩샤오핑(鄧小平)이 처음에 제창한 개혁방식이다. 이는 착실하게 실천을 존중하면서 실천과정에서 규칙을 탐색하고 노력해서 실사구

---

70) 習近平, 「在紀念毛澤東同志誕辰120周年座談會上的講話」, 人民网, 2013-12-27.

시를 실현하는 것을 형상적으로 설명한 것으로 개혁의 건전하고 질서
적인 발전을 추진하는 중요한 개혁 방법의 일종이다. 시진핑 총서기
는 이렇게 지적했다.

> "개혁개방은 누구도 해본 적이 없는 새로운 사업으로 반드
> 시 정확한 방법론을 견지하면서 부단히 실천을 통해 나아
> 가야 한다. 돌다리도 두드려가며 강을 건너는 것은 중국특
> 색을 지닌 중국 국정에 적합한 개혁방법이다. 돌다리도 두
> 드려가며 강을 건너는 것은 규칙을 탐색하고 실천 중에서
> 참된 지식을 알아가는 과정이다."[71]

돌을 더듬으며 강을 건너는 규칙에는 아래 몇 가지 의미가 내포되
어 있다.

첫째는 이 강은 반드시 건너야 한다는 것인데, 이는 개혁에서 반드
시 확고부동한 믿음을 가져야 한다는 의미이다. 이론과 실천의 각도
에서 볼 때, 계획경제가 강국·부국의 목표를 실현할 수 없다는 것을
증명할 수 있다. 상품화폐의 관계를 배척하고, 정부가 모든 것을 도
맡아 하며, 기업과 개인의 자주적인 결책권이 없는 체제는 필연적으
로 심각한 부족과 저효율을 초래하게 된다. 사회주의 초급단계에서
반드시 상품경제를 힘껏 발전시키고, 시장기능이 자원배치에서 결정
적인 작용을 하도록 하게 하면, 자원배치 효율을 대폭적으로 향상시

71) 習近平, 『習近平談治國理政』, 앞의 책, 67~68쪽.

킬 수 있을 뿐만 아니라 사회주의가 더욱 생명력을 가질 수 있게 된다. 전통 기획경제 체제에서 사회주의 시장경제 체제로의 이전을 완성하는 것은 사회의 정치경제 관계를 건드리는 위대한 변혁이기에 수많은 곤란이 존재하게 된다. 그렇지만 반드시 확고부동한 믿음으로 확실하게 개혁을 추진해야 한다. 시진핑 총서기는 이렇게 지적했다. "확실하게 개혁을 진행해야 한다. 각 지역 부문에서는 사업을 확실하게 움켜쥐어 인민 군중들이 실질적인 개혁의 성과를 누리도록 하고, 여러 간부와 군중들이 함께 개혁을 위해 방법을 고려하고, 함께 개혁을 위해 힘을 다하도록 인도해야 한다."[72]

　개혁과정에서는 시행착오가 나타나기 마련이다. 중국이 확립한 개혁목표는 사회주의 시장경제 체제를 건립하는 것이다. 즉 사회주의 기본경제제도를 견지하는 조건위에서 시장경제를 발전시키는 것이다. 이는 누구도 해본 적이 없는 일이다. 현대 서방의 주류 경제학에서는 시장경제를 발전시키려면 사유화를 실행해야만 한다고 여긴다. 전통적 경제학에서는 계획경제, 공유제와 노동에 따른 분배가 사회주의 경제의 기본특징라고 여기기에 사회주의와 시장경제가 결합하기 어렵다는 결론을 내리고 있다. 「중국 특색의 사회주의」 개혁과 발전의 여정은 사회주의와 시장경제가 결합하는 방식과 방법을 모색하는 과정이다. 이를 위해 참고할 수 있는 기존의 양식은 존재하지 않을 뿐만 아니라 이를 지도할 수 있는 비교적 완전한 이론도 없다. 오직 실천·인식·재 실천·재인식을 반복하는 과정에서 점차 규칙적인 인식을 얻

---

72) 위의 책, 97쪽.

게 된다. 그렇기 때문에 과감하게 시험해야 하기도 하고 안정적으로 진행하기도 해야 한다. 시진핑 총서기는 각급 영도자들에게 이렇게 당부했다. "개혁을 움켜쥐는 것을 중대한 정치임무로 여겨야 한다.

개혁에 대한 결심과 믿음을 단단히 하여 개혁을 추진하는 사상과 행동에 대한 자각심을 향상시켜야 한다. 즉 개혁의 촉진파와 개혁의 행동파가 되어 못을 박는 정신으로 개혁을 실시해야 하는 것을 확실히 해야 한다."[73]

마지막으로 강을 건널 때에 방향이 정확해야만 강의 건너편에 도착할 수 있다. 즉 정확한 개혁방향을 견지해야 한다. 중국이 진행하고 있는 개혁이 전례가 없던 위대한 개혁이기에 확고하게 개혁의 발걸음을 내딛어야만 한다. 만약 고개를 숙이고 돌만 두드리면서 강을 건너려고 고개를 들어 방향을 확인하지 않는다면, 강 건너기가 점점 어려워질 수 있기 때문에, 개혁의 정확한 방향을 유지하는 것은 최종 임무인 사회주의 시장경제 체제를 완성하는데 특히 중요한 부분이다. 중국경제의 체제개혁은 전통체제에 대한 보수가 아닐 뿐만 아니라 전부를 부정하고 새로 만들어 내는 개혁도 아니다. 시진핑 총서기는 이렇게 지적했다. "「중국 특색의 사회주의」제도 개선과 발전을 견지하는 것은 국가 거버넌스 체계와 거버넌스 능력의 현대화가 전면적으로 개혁을 심화시키는 것을 총체적 목표로 추진하는 것이다."[74] 이를 위해서는 "경제발전의 원동력에 유리한 개혁을 많이 추진하고, 사회 공

---

73) 習近平, 『習近平談治國理政』 第2卷, 위의 책, 105쪽.
74) 習近平, 『習近平談治國理政』 第1卷, 위의 책, 90쪽.

정을 촉진시키는데 유리한 개혁을 많이 추진해야 하며, 여러 간부와 군중의 적극성을 향상시키는데 유리한 개혁을 많이 추진해야 한다."[75] 오직 정확한 개혁의 방향을 확실하게 파악해야만 최종적으로 수심이 깊은 곳을 건너 개혁의 목적지에 도달할 수 있는 것이다.

　돌을 더듬으며 강을 건너는 방법은 개혁 실천과정에서 먼저 시험적으로 진행한 후 보편화하는 개혁 탐색을 진행했다. 다시 말하면 개혁 실천과정에서 반드시 돌파를 해야 하지만, 아직 확신할 수 없는 개혁에 대해서는 먼저 국부적인 범위에서 돌을 던져 길이를 재는 방식으로 시험적으로 진행하여 개혁경험을 얻은 후에야 전반적으로 개혁경험을 보편화시키는 방법이다. 돌을 더듬으며 강을 건너는 개혁방식은 개혁실천에 대한 종합이다. 즉 중국은 "모든 것을 버리고 다시 시작"하는 과격한 개혁을 진행하는 것이 아니라, 기존의 조직체계와 정치 프레임을 유지하는 전제하에서 진행하는 시장화 개혁인 것이다. 이와 같이 위에서 내려오면서 진행되는 개혁에서 하급에서 차례로 상급으로 개혁에 필요한 메시지를 전달하고, 마지막에 중앙정부에서 자신의 제한적인 조건과 목표에 따라 이런 메시지를 선별한 후 일련의 개혁방안을 설계하고 보편화하게 된다. 모든 하급기관은 모두 자신의 독립적인 이익이 있기에 동급 프레임에서 전달하고, 접수한 메시지는 대칭되지 않는 경우가 있기 때문에 메시지를 전달하고 개혁방안을 실시할 때에 "진실이 아니거나" "모양이 변한" 상황이 나타나게 된다. 개혁의 조직자나 개혁의 위험을 감당해야 할 중앙정부 모두 시장

---

75) 習近平, 『習近平談治國理政』 第2卷, 위의 책, 103쪽.

취향의 개혁과정을 되돌릴 수 없다는 조건에서 개혁효과의 불확실성으로 인한 리스크를 감당할 수 있어야 하므로 먼저 시험을 한 후에 보편화하는 개혁방식을 선택하게 된다. 다시 말하면 기업 혹은 지역을 시점으로 진행한 후 개혁이 대체 얼마나 큰 수익과 원가를 필요로 하는지를 확인한 후 개혁의 수익과 원가를 비교하여 수익이 원가보다 크다면 전면적으로 이 개혁을 진행하고, 그렇지 않은 경우에는 개혁을 중단하게 된다. 중국의 개혁개방은 농촌에서 도시로, 연해지역에서 내륙지역으로, 국부지역에서 전체지역으로 부단히 심화시켜 가는 과정이다. 경제특별구, 경제기술개발구, 주식제 등은 먼저 시험을 한 후에 점차적으로 보편화시킨 개혁형식이다. 시장화 개혁의 시작과 보급단계에서 미시 주체와 지방정부의 개혁에 대한 적극성을 충분히 불러일으키고, 개혁의 돌파구를 찾아 개혁이 '공담(空談)'으로만 그치지 않도록 해야 한다. 돌을 더듬으며 강을 건너는 개혁방식이 효과적이라는 것은 이미 실천을 통해 증명되었다. 하지만 개혁이 "그릇된 길"에 들어서지 않고, 개혁이 "되풀이 식"의 개혁이 되지 않고, 특히 개혁이 수심이 깊은 관건적인 시기에 들어서면서 시장화 개혁의 '상부설계'는 매우 중요하게 되었다. 시장화 개혁이 부단히 깊이 있게 추진됨에 따라 개혁이 해결해야 할 문제는 날로 복잡해졌다. 전통체제에서 형성된 기존의 기득이익 집단과 증량 식 개혁에서 형성된 새로운 기득이익 집단은 서로 엉켜질 수가 있어 개혁의 저항은 날로 커지게 된다. 시진핑 총서기는 이렇게 지적했다.

"개혁은 이미 깊이 있는 개혁을 진행해야 할 관건적인 시기
에 들어섰다. 쉽고 모두가 만족하는 개혁이 이미 완성되었
다고 할 수 있기에 먹기 쉬운 고기를 이미 먹어 버렸으므
로 남은 것은 먹기 어려운 뼈다귀뿐이다."[76]

만약 거듭 돌을 더듬으며 강을 건너는 방법으로 개혁을 진행한다
면, 깊이 있는 구역에서 돌을 만지지도 못할 수 있다.

이렇게 계속하여 맹목적으로 앞으로 나아간다면 물은 키를 넘어
가게 되고, 물속에서 재간이 없다면 강 반대편의 목적지에 다다르기
는커녕 물에 빠져 죽게 된다. 동시에 더 깊은 차원의 개혁에서 지방정
부가 진행하는 개혁 시험의 수익이 줄어들거나 원가가 더 높은 상황
이 나타날 수 있기에 중앙정부가 약속한 문제는 지방정부 차원에서
엄중하게 왜곡되어 지방정부의 개혁열정이 현저히 줄어들기에 관련
개혁을 미루어야 한다.

그렇기 때문에 개혁이 깊이 있는 관건적 단계에 진입하면 특히 개혁
에 대한 중앙의 상부설계를 중시해야 한다. 시신핑 총서기는 이렇게
지적했다.

"전면적으로 개혁을 심화시키는 것은 복잡한 시스템공학이
기에 어느 하나 혹은 몇 개 부문의 힘으로는 완성하기 어

---

76) 「中共中央宣傳部.習近平總書記系列重要講話讀本」, 北京, 學習出版社, 人民出版社,
2016, 70쪽.

렵다. 때문에 더욱 높은 차원의 지도기구를 건립할 필요가
있다."[77]

이 지도기구가 바로 '중앙 전면개혁 심화 지도소조'이다. 2018년 3월
부터 이 기구 이름은 '중앙전면개혁심화위원회'로 개명되었다. '중앙전
면개혁심화위원회'는 개혁의 상부설계를 담당한다. 구체적으로 "개혁
의 총체적 설계, 총괄적 협조, 전반적 추진, 실시 독촉을 책임진다."[78]
시진핑 총서기는 이를 위한 구체적인 설계방법을 정했다.

> "대세에 대한 관찰과 대사에 대한 도모를 잘 해야 한다. 국
> 내와 국제 두 개 국면, 당과 국가의 사업 국면, 전면적으로
> 개혁을 심화시켜야 한다고 하는 차원의 전반적인 국면에서
> 문제를 연구해야 한다. 개혁의 정확한 방향을 확실하게 파
> 악하고, 과정·이론·제도 등의 근본적인 문제의 원칙에 대
> 해 반드시 입장을 확고하게, 태도는 선명하게 해야 한다.
> 엄격하게 규칙과 절차에 따라 일을 처리하며, 여러 사람의
> 의견을 모으는 것과 민주 집중을 견지해야 한다. 토의하
> 여 결정한 일에 대해서는 분담하여 실시해야 하며, 확실하
> 게 효과를 움켜쥐어야 한다. 개혁에 대한 책임을 견지하고,
> 확정한 일에 대해서는 정치적인 용기로써 확고부동하게 실

---

77) 習近平, 『習近平談治國理政』 第1卷, 86쪽.
78) 위의 책.

행해야 하며, 충분히 각 측의 적극성을 동원해야 한다. 개혁의 임무는 날로 번잡하고 어렵다. 인민군중의 지지와 참여에 의지하여 정확한 개혁조치를 제기하고 관철시켜 이를 통해 인민들을 영도하여 앞으로 나아가도록 해야 하고, 인민의 실천 창조와 발전에 대한 요구를 통해 개혁과 개선 정책을 잘 실시해야 한다."[79]

상부설계의 주요 내용은 다음과 같다.

(1) 전면적으로 개혁을 심화시켜야 하는 총체적 목표에 대해 파악해야 한다.

시진핑 총서기는 이렇게 제기했다. "「중국 특색의 사회주의」 제도를 개선과 발전을 견지하고, 국가 거버넌스 체계와 거버넌스 능력의 현대화를 추진하는 것을 중심으로 전면적인 개혁을 심화시켜야 하는 것을 총체적 목표로 해야 한다."[80] 상부설계에서 매우 중요한 기능의 하나가 바로 개혁의 기본방향을 확실하게 파악하는 것이다. 개혁의 기본방향이 바로 사회주의 기본경제제도를 견지하고, 「중국 특색의 사회주의」 과정에서 부단히 개혁을 심화시키는 것이다. 「중국 특색의 사회주의」 제도의 우월성을 더욱 잘 발양하기 위해서는 각 영역의 개혁이 실천 발전의 요구에 적응하지 못하는 체제구조·법률규칙에서

---

79) 習近平, 「主持召開中央全面深化改革領導小組第一次會議幷發表重要講話」, 中國共産黨 新聞網, 2014-01-23.
80) 習近平, 『習近平談治國理政』 第1卷, 앞의 책, 90쪽.

부터 국가 거버넌스 체계와 거버넌스 능력까지의 현대화를 추진해야 한다.

(2) 사회주의 시장경제 개혁의 방향을 견지해야 한다.

실천이 증명하다시피 전통 계획경제체제는 출로가 없다. 사회주의 기본경제제도를 견지하는 전제하에서 시장경제를 대대적으로 발전시키는 것은 「중국 특색의 사회주의」를 건설하는 과정에서의 중대한 이론과 실천에 대한 혁신이다. 이를 통해 경제 총량이 세계 제2위로 역사적인 비약을 실현했으며, 사회의 생산력을 대대적으로 발전시켰다. 그러나 비록 개혁에서 거대한 성과를 거두었지만 시장체계는 여전히 불완전하고, 시장의 발전도 불충분하기에 사회주의 시장경제 체제는 더 나은 개선이 필요하다. 그렇기 때문에 반드시 개혁의 상부설계를 통해 사회주의 시장경제의 개혁방향을 견지해야 한다. 이는 시장이 자원배치에서 결정적인 작용을 하고, 정부가 작용을 더 잘 하도록 하기 위함이다.

(3) 경제체제 개혁을 중점으로 경제체제 개혁의 견인작용을 발양토록 해야 한다.

중앙에서 배치한 "개혁 노선도"는 시장이 자원배치에서 결정적인 작용을 하도록 하는 경제체제 개혁을 심화하는 것을 중심으로, 당과 국가의 영도를 견지하고 인민이 주인을 주인으로 하며 법에 따라 나라를 다스리는 것의 유기적인 통일된 정치체제 개혁을 심화하는 것을 중심으로, 사회주의 핵심가치 체계의 건설과 사회주의 문화강국을 심화시키기 위한 문화체제 개혁을 중심으로, 민생보장과 개선 및 사회의 공정을 심화하는 것을 촉진시키는 사회체제 개혁을 중심으로, 아름다운 중국을 건설하기 위한 생태문명 체제의 개혁을 심화하는 것을 중심으로, 과학적 집정의 제고와 민주적 집정 및 법에 따른 집정의 수준 제고를 위한 당 건설 제도 개혁을 심화하는 것을 중심으로 한다.

(4) 경제체제 개혁 방식을 최적화해야 한다.

중국의 개혁은 '워싱턴 컨센서스'[81]의 논리에 따라 모든 것을 바꾸는 과격한 개혁이 아니라 당 중앙의 영도 하에 절차적으로 위에서부터 아래로 하는 개혁이다.

(5) 조직 실시와 감독 실시의 개혁을 해야 한다.

다시 말하면 "통일적으로 전국적인 중대한 개혁을 배치하고 총괄적으로 각 영역의 개혁을 추진하며, 각 측 역량의 협조를 통해 개혁의 합력을 형성하고, 독촉과 검사를 강화하여 전면적으로 개혁 목표의 임무를 실시하도록 추진해야 한다."[82] 돌을 더듬어서 강을 건너는 것

---

81) 워싱턴 컨센서스 : 미국과 국제 금융 자본이 미국식 시장 경제 체제를 개발 도상국의 발전 모델로 삼게 한 합의. 1989년 미국의 정치 경제학자 윌리엄슨(Williamson, J.)이 중남미 국가들의 경제 위기에 대한 처방으로 처음 사용한 개념이다. 이후 미국의 행정부와 국제 통화 기금, 세계은행 등 워싱턴의 정책 결정자들의 논의를 거쳐 정립되었으며 정부 규모 축소, 관세 인하, 시장 자유화와 개방, 민영화 등을 주요 내용으로 하고 있다.
82) 習近平, 『習近平談治國理政』第1卷, 86쪽.

과 상부설계는 변증법적 통일이다. 개혁은 충분히 미시주체와 지방정부의 적극성을 불러일으켜야 한다. 미시주체와 지방정부에 의한 직접 개혁의 원가와 수익을 감지할 수 있기에 정보 우세로 시험하고 탐색하며, 돌을 던져 길을 묻는 개혁방식이 쉽게 돌파를 가져올 수가 있다. 개혁의 상부설계는 경제체제 개혁의 정확한 방향 파악에 유리하기에 조직적으로 개혁을 실시하고, 개혁 조치의 협조성을 강화한다. 돌을 더듬으며 강을 건너는 개혁은 상부설계를 강화하는 체제에서 진행되어야 개혁이 그릇된 길로 들어서지 않도록 할 수 있으므로 작은 성과를 모아 큰 성과를 이루어 개혁 목표를 실현하게 된다. 또한 개혁의 상부설계는 기층에서 적극 진일보 적으로 사상을 해방시키고, 적극 탐색하며, 돌을 더듬으며 강을 건너는 개혁 실천을 장려하는 기초위에서 기획해야 미시 주체와 지방정부가 개혁을 진행하는 적극성을 충분히 동원할 수 있는 것이다.

3. 증량을 추진하는 국부적인 개혁과 전면적으로 추진하는 전반적인 개혁과의 관계를 잘 처리해야 한다.

어떻게 계획경제 체제에서 시장경제 체제로의 이행을 완성할 것인가에 대해 경제학자들은 서로 다른 이론기초에 근거하여 정책에 관한 주장을 제기했다. 그중 '워싱턴 컨센서스'의 주장이 제일 영향력이 있다. '워싱턴 컨센서스'를 최초에 주장한 사람은 당시 세계은행 경제학자였던 John Williamson이다. 1980년대 절대다수의 라틴아메리카 국가는 10여 년간의 인플레이션과 채무위기가 빈번하게 일어나는 곤란한 국면에 처해있었다. Williamson은 체계적으로 이런 라틴아메리카 국가가 경제개혁을 통해 곤경을 해결하는데 유리한 각항의 정책에 대한 주장을 제기했다. '워싱턴 컨센서스'의 핵심 내용은 사유 소유권 조건에서의 자본과 시장의 전면개방이다. 이는 애덤 스미드(Adam Smith)의 자유경쟁을 주장한 경제사상을 계승한 것으로 서방 자유주의 주류 경제학의 전통과 일맥상통하다. 그렇기 때문에 사람들은 소위 이런 공통의 인식을 "신자유주의 정책선언"이라고 한다. 미국을 대표로 하는 선진국과 국제조직의 추진 하에 상술한 이 정책은 라틴아메리카와 동유럽 국가에서 실시되었다. 하지만 실제 효과는 희망과는 달리 일련의 문제가 나타났다. 분배가 심각하게 불공정하고 양극분화현상이 날로 엄중해지고, 국유기업의 사유화와 정부의 관제가 전면적으로 느슨해지면서 일부 기둥산업과 기초산업이 개인자본과 외국자본의 손에 집중되어 수많은 민족기업이 곤경에 처해 실업현상이 심각해져 국가의 경제안전을 위협하는 정도에 이르렀고, 정부의 직능이 선명하게 쇠약해져 사회발전이 심각하게 경시되었기에 사회의 불안정 요소는 증가되었으며, 금융 자유로 인한 일련의 금융위기가 폭발하는 등의 문제가 나타났다.

중국은 기존의 이론에서 출발한 것이 아니라 중국의 구체적인 국정에 근거하여 당 중앙의 영도 하에 질서 있게 순차적으로 시장화를 진행하는 단계적인 개혁의 길을 택했으며, 고도의 집권적 통제 하에서 계획경제 체제를 시장경제 체제로 이행했다. 이런 단계적인 개혁은 기존의 경제체제의 잔가지를 처리하는 보수작업도 아니고, 사회주의 제도를 부정하는 것도 아니라, 근본적으로 중국의 생산력 발전을 속박하는 전통경제 체제를 변화시켜 생기가 넘치는 사회주의 시장경제 체제를 건립함으로써 중국경제 및 사회의 현대화와 사회주의 제도의 자아 개선을 실현하기 위한 것이다. 이를 위해서 한편으로 중앙부터 지방까지 각급의 영도는 반드시 개혁의 선두가 되어야 한다. 시진핑 총서기는 전 당에다 아래와 같이 호소했다.

> "반드시 '네 가지 전면'의 전략적인 배치의 실시를 고도로 관철시키고, 전면적으로 개혁을 심화시키기 위한 관건적인 지위와 중요한 작용을 엄중하게 파악해야 하며, 용기와 기백으로 자각적으로 개혁사유의 기획과 사업추진을 진행하면서 부단히 개혁지도·기획·추동·실시의 능력과 수준을 높여 인민들의 부름에 개혁으로 응답할 수 있도록 해야 한다."[83]

다른 한편으로는 개혁과 관련된 깊은 차원의 기득이익과의 관계 때문에 실질적으로 개혁을 추진하려면 반드시 개혁의 돌파구를 찾아야 한다. 중국은 개혁 초기에 국부적으로 증량하는 식의 개혁을 진행하여 소유권·가격 등의 개혁에서 개혁의 돌파구와 착력점을 찾았다.

증량개혁이란 즉 우선 기득이익의 구조를 다치지 않게 한다는 전제 하에서 그 주변으로부터 시장 취향의 개혁을 추진하는 것으로 중국

---

83) 習近平, 『習近平談治國理政』 第2卷, 앞의 책, 102~103쪽.

은 이를 "늙은이에게는 낡은 방법으로, 젊은이에게는 새로운 방법으로"라고 하는 전형적인 증량에 의한 개혁방식이다. 사실 개혁이라는 것은 이익구조에 대한 재조정이다. 중국은 기존의 등급 프레임을 변화시키지 않는 상황에서 시장의 기능을 들여왔다. 이는 중국은 이익구조의 조정을 통해 "모든 것을 버리고 다시 만드는" 방식이 아니라, 증량하는 형식의 개혁 방식임을 결정한 것이다. 즉 등급규칙의 작용이 비교적 적은 변두리에서 Vilfredo Pareto[84]가 개진한 의미가 있는 이익을 조정하는 방식으로 체제개혁을 진행하면서 점차 시장경제 체제로 과도하는 것이다. 예를 들면, 소유제 구조를 조정할 때 먼저 집체경제나 향진기업도 공유제 경제임을 인정하고, 그 다음에 점차 사유경제·사영경제·합자경제·외자경제를 개방하고, 가격구조에서 먼저 이중가격의 개혁을 시험한 후에 점차 이중가격에서 시장가격체제로 과도 하며, 국유기업 개혁에서 먼저 이윤의 일정한 비율을 남기는 제도를 실시하여 기업에 권리와 이익을 넘긴 후, 기업의 경영책임제와 주주제를 보급하여 국유기업의 활력을 찾아 주는 등이 있다.

이런 국부적으로 추진하는 증량식 개혁은 정치와 경제체계에 상대적인 안정을 가져다주었고, 소유권 개혁의 정치 압력을 줄였다. 과격한 개혁처럼 경제의 심각한 쇠퇴를 대가로 하는 것이 아니라 경제의 지속적인 신속 성장을 유지하여 개혁을 위해 물질적인 보장을 제

---

84) 빌프레도 페데리코 다마조 파레토(Vilfredo Federico Damaso Pareto, 1848 - 1923): 이탈리아 출신의 정치학자, 사회학자, 경제학자, 정치학자이자 철학자이다. 경제학에 있어 그의 중요한 기여 중에는 부의 분배에 대한 그의 이론과 개인 차원에서 이뤄지는 선택에 관한 분석이 있다. 또한 사회학에 있어 '엘리트'란 개념을 널리 쓰이게 한 당사자이기도 하다.

공하는 것이다. 하지만 개혁의 부단한 심화 및 중국경제의 성장조건의 변화와 더불어 기존의 개혁 경로는 새로운 도전에 직면하게 되었다. 예를 들면 기존의 조직을 이용하여 개혁을 추진하는 것이다. 경제의 발전과 더불어 조직은 일부 시장의 주체와 동맹을 맺어 특정 이익집단을 형성했으므로 기득 이익자가 개혁을 지속하려는 동력은 이미 쇠퇴해 버렸다. 예를 들면, 예전에 지방정부를 통해 개혁을 추진했지만, 지방정부가 주도하는 개혁의 부작용도 날로 선명해졌고, 새로운 증량개혁이 Vilfredo Pareto식[85] 개혁이 아니기에 일부 사람들의 이익도 손실을 입게 되었다. 새로운 개혁은 정부의 권력을 제한하고 정부의 투명도를 높이기에 이는 관리들의 개인이익에 손해를 주기 때문에 개혁의 저항도 날로 커지게 된다. 과거에 시험을 해보고 후에 보편화하는 개혁은 시험을 해본다는 권한으로 인해 독점적인 제도수익을 얻게 되었다. 경제의 발전과 더불어 이런 시험으로 인한 지대의 추구행위가 날로 심각해져 시장화 개혁의 사실 원가와 수익을 왜곡시켰다. 이 때문에 개혁이 깊이 있게 진행되는 관건적인 단계에 들어서면서 전면적이고 전반적인 개혁 추진은 날로 중시되게 되었다. 시진핑 총서기는 이렇게 지적했다.

---

85) 빌프레도 페데리코 다마조 파레토(Vilfredo Federico Damaso Pareto, 1848년 7월 15일 - 1923년 8월 19일) : 이탈리아 출신으로 부의 분배에 대한 그의 이론과 개인 차원에서 이뤄지는 선택에 관해 분석하여 경제학에 큰 기여를 하였다. 사회학 차원에서는 '엘리트'라는 개념을 널리 쓰이게 한 당사자이기도 하다. 역사는 진보하지 않고 반복된다는 사관을 견지한 그는 인류 역사를 소수 엘리트가 다수의 대중을 지배하는 가운데 그저 그 엘리트 계층을 교체되는 틀이라고 했다. 또한 당시 부흥하고 있던 사회주의 운동을 일종의 종교적 정서에 휩싸인, 소수의 사회주의 운동가들이 견인하는 가운데 다수 노동자 대중이 끌려오는 현상으로 보면서 비판하는 동시에 이에 대한 부르주아의 무능한 대응 또한 지적했다.

"전면적으로 개혁을 심화시키는 것은 당과 국가사업 발전의 전반 상황과 관련된 중대한 전략 배치로 어느 한 영역이나 어느 방면의 단일적인 개혁이 아니다. 전반적인 것을 꾀하지 않는 자는 어느 한 부분도 잘 해내지 못할 것이다. 여러분들은 서로 다는 부문과 단위에서 왔지만, 전반적으로 문제를 고려해야 한다. 우선 중대한 개혁조치가 전반적인 수요에 적합한가, 당과 국가사업의 장원한 발전에 유리한가를 고려해야 한다. 확실하게 미래를 전망하고 전위적인 사유를 가지고 사전에 대책을 마련해야 한다. 이렇게 해야만 마지막에 완성된 문서가 당과 인민의 사업발전에 대한 요구에 부합될 수 있다."[86]

증량을 추진하려는 국부적인 개혁과 전면을 추진하려는 전반적인 개혁은 변증법적 통일의 관계이다. 증량을 추진하려는 국부개혁이 없다면 개혁의 돌파구를 찾기 어렵고, 개혁은 문건의 글로만 남아 있고 행동으로 옮겨지지 않을 수가 있다. 만약 개혁이 실질적인 진전을 가져오지 못하면 백성들은 개혁의 좋은 점을 느낄 수가 없게 되어 개혁을 지지하는 적극성이 줄어들기에 개혁은 개혁이 깊이 있게 발전할 수가 없다. 하지만 개혁을 항상 국부적인 범위에서 추진하게 되면, 이익만을 추구하는 울타리를 전면적으로 돌파할 수가 없고, 각 국부개혁은 서로 제약하고 어느 것도 제대로 돌볼 수 없는 상황이 나타나

---

86) 習近平, 『習近平談治國理政』第1卷, 앞의 책, 87~88쪽.

거나 이익 충돌이 일어나게 된다. 따라서 대국을 위해서는 상부의 설계를 강화하고, 전면적으로 전반적인 개혁을 추진할 필요가 있다. 시진핑 총서기는 증량을 추진하려는 국부적인 개혁과 전면적으로 추진하려는 이 정반개혁의 관계 조절에 관하여 서술할 때, 특별히 아래의 세 가지 관계를 잘 처리해야 한다고 강조했다.

첫째, 국부적인 개혁과 전반적인 개혁의 관계를 잘 처리해야 한다. 유물변증법이 알려주다시피 국부적인 것과 전반적인 것은 서로 의존하는 변증법적 통일체로 국부적인 것은 전반적인 것 속에 존재하며, 전반적인 것은 부분적인 것을 포함하고 있고, 전반적인 것은 부분적인 것을 간단히 더한 총체적인 것이 아니고, 부분적인 것이 간단하게 전반적인 것을 보여주는 것도 아니다. 부분적인 것이 없으면 전반적인 것이 없다는 말은 의심할 여지가 없다. 중국의 경제체제 개혁은 전통 계획경제 체제에 대한 근본적인 개혁으로 수많은 개혁은 "하나를 건드리면 전체가 움직이게 되는 것이므로" 여러 방면의 이익과 관련된다. 이 때문에 전반적으로 추진할 수 있는 조건이 마련되기만을 기다려 "한 번에 완성할 수 있는" 전반적인 개혁방안을 실시하려고 한다면, 어느 것도 제대로 완성할 수 없기에 개혁을 할 수가 없게 된다. 따라서 국정에 적합한 개혁방식은 쉬운 개혁을 먼저 시작하고, 개혁할 수 있는 것을 개혁하면서 적당한 시기에 전반적으로 개혁을 시작해야 하는 것이다. 그렇기 때문에 전통체제의 박약한 부분에서 국부적인 개혁을 진행하여 시장체제를 도입하여 경제 효율을 높여야 한다. 그러나 이런 국부적인 개혁이 시작이 빠르고 효과도 빠르다고는 하지만, 적지 않은 이익 충돌을 일으키므로 관건적인 난제를 개혁하는데서 큰 돌파를 가져오기가 어렵다. 때문에 개혁 실천과정에서 전국을 '하나의 바둑판'처럼 전반적인 경제체제 개혁에 대한 총목표가 있어야 하고, 개혁의 진도와 강약을 통일적으로 배치해야 하며, 전체성이 있는 조직을 통해 대책을 추진해야 한다. 그렇기 때문에 개혁방안의 상부설계 및 개혁의 총괄적인 조정, 순차적인 추진을 중시해야 하는 것이다. 시진핑 총서기는 이렇게 강조했다. "개혁개방은 시스템공학이다. 반드시 전면적인 개혁을 견지하며, 각항의 개혁이 서로 협동하면서 추진되어야 한다."[87] "지방에서 개혁을 움켜쥐고 개혁을 추진해야 한다. 당 중앙이 배치한 개혁임무를 실시하는 한편 혁신 탐색을 잘해야 한다. 전국을 하나의 바둑판으로 여기는 것을 견지하는 전제하에서 개혁의 중점·경로·순서·방법을 확정하고, 창조적으로 중앙의 정신을 실시하여 개혁이 더욱 정확하게 발전의 수요와 기층의 희망·민심이 향하는 곳에 맞물리도록 해야 한다."[88]

둘째, 전반적 추진과 중점 돌파의 관계를 잘 처리해야 한다. 전반적인 추진과 중점적인 돌파 역시 대립 통일의 변증법적 관계이다. 유물변증법이 말해주다시피 사업에서는 주요 모순과 모순의 주요 방면을 잘 장악해야 하고, 개혁의 중점돌파에서는 주요 모순과 모순의 주요 방면을 움켜쥐어야 한다. 중점적인 돌파가 없으면 전반적으로 개혁을 추진하는 실질적인 효과를 얻기가 힘들다.

---

87) 習近平, 『習近平談治國理政』 第1卷, 위의 책, 68쪽.
88) 習近平, 『習近平談治國理政』 第2卷, 위의 책, 108쪽.

시진핑 총서기는 이렇게 지적했다.

"개혁은 중점을 뚜렷하게 초점을 맞추어 목표를 정확하게 명중하여 신용이 있고 뿌리를 내릴 수 있으며, 군중들이 인정하는 확실하고 실질적인 방법으로 '첫 1킬로미터'와 '마지막 1킬로미터'의 관계를 잘 처리하여 '막힘'을 돌파하고, 부작위를 방지함으로써 개혁방안의 실질적인 가치를 충분히 보여주어 인민들이 더 많은 획득감을 느끼도록 해야 한다."[89] 만약 전반적인 협조와 추진 없이 독불장군이거나 국부적인 돌파를 진행한다면 국부적 이익의 주체에 대한 간섭과 상호 충돌을 일으킴으로 전반적으로 경제체제 개혁을 추진하기가 어려우며, 심지어 중점적으로 돌파해야 하는 방향이 개혁의 최종 목표와 멀어지는 상황이 나타나게 된다. 반면에 전반적인 추진은 여러 중점적 돌파의 개혁방향과 전반적인 개혁방안을 서로 조정하여 각항의 개혁이 서로를 촉진시키고 양적인 상호작용과 상호협조를 실현하도록 촉진시켜야 한다. 시진핑 총서기는 이렇게 지적했다. "계통성·전반성·협동성을 중시하는 것은 전면적인 개혁을 심화시켜야 하는 내적 요구이며, 개혁을 추진하는 중요한 방법이다. 개혁이 심화될수록 협동하는 것을 주의해야 한다. 즉 개혁방안의 협동을 움켜쥐어야 할 뿐만 아니라 개

---

89) 위의 책, 102쪽.

혁 실시의 협동을 움켜쥐어야 하며, 특히 개혁의 효과적인 협동을 움켜쥐어 각항의 개혁 조치가 정책이 실시되어 나아가는 과정에서의 상호 배합, 실시 과정에서의 상호 촉진, 개혁 효과에서의 상부상조를 실현하면서 전면적으로 개혁을 심화시켜야 하는 총체적 목표를 향해 힘을 모을 수 있도록 해야 한다.[90]

셋째, 과감함과 안정적인 관계를 잘 처리해야 한다. 경제체제 개혁은 역사적인 중대한 개혁으로 정치·경제·사회·문화 등 모든 방면의 변혁이 관련되기 때문에 각 계층의 이익구조를 건드리게 된다. 그렇기 때문에 전략적 면에서 위험을 무릅쓰고 용감하게 용기와 담력을 가지고 확실하게 개혁을 추진해야 한다. 시진핑 총서기는 이렇게 호소했다. "전 당은 개혁의 믿음을 확고히 하고, 더 큰 정치적 용기와 지혜로, 더 강력한 조치와 방법으로 개혁을 추진해야 한다."[91] 오직 전략면에서 개혁에 대한 용기를 갖추어야만 실질적으로 개혁을 추진할 수 있다. 물론 개혁은 용기가 필요하다. 하지만 두서없이 무턱대고 진행하는 '마구잡이식'은 되지 말아야 하고, 안정적이고 신중한 전술로 개혁이 넘어지지 않고, 안정적으로 진행되도록 해야 한다.

시진핑 총서기는 이렇게 지적했다. "우리는 과감하고 안정적이어야 한다. 걸음걸이가 안정적이어야 한다는 것은 전반적인 것을 고려하

---

90) 習近平, 『習近平談治國理政』 第2卷, 위의 책, 109쪽.
91) 習近平, 『習近平談治國理政』 第1卷, 위의 책, 87쪽.

고, 전면적으로 논증하며, 과학적으로 결책을 내리는 것을 말한다."[92]
"개혁과정에서 나타났거나 나타날 수 있는 문제에 대해 하나씩 극복하고, 하나씩 해결해야 한다. 과감하게 조치를 내려야 하며, 방도를 적극 마련하여 '빠르고도 안정적인 걸음'을 실현해야 한다."[93]

특히 개혁이 깊이 있는 관건적인 단계에 진입하면서 부딪치는 곤란과 저항은 점점 커지고 있다. 이런 시기에는 특히 전술적으로 안정적으로 진행하여 한걸음씩 앞으로 나아가야 한다. 시진핑 총서기는 우한(武漢)에서 진행된 성시(省市) 책임자 좌담회에서 각급 지도자들에게 중국의 개혁은 난관 돌파기와 관건적인 단계에 진입했으므로 해결해야 할 문제가 매우 번잡하고 중요하다고 경고했다. 조사연구는 일을 도모하는 기본이고 성공하는 이치이다. 조사가 없다면 발언권도 없고, 더구나 결책권도 없다. 전면적으로 개혁을 심화시켜야 한다는 사유와 중대한 조치를 연구하고 사고하며 확정함에 있어서 각주구검(刻舟求劍)하거나 문을 닫고 차를 만드는 격이 아니어야 하며, 기상천외 적이어서도 안 된다. 그렇기 때문에 반드시 전면적으로 조사와 연구를 깊이 있게 진행해야 하는데, 이는 개혁의 안정적인 발걸음을 위해 과학적인 정의를 내린 것이다.

---

92) 위의 책, 88쪽.
93) 「把握大局審時度勢統籌兼顧科學實施堅定不移朝着全面深化改革目標前進」, 人民网, 2014-01-23.

4. 개혁·발전·안정의 관계를 잘 처리해야 한다

　개혁·발전·안정은 「중국 특색의 사회주의」 건설에 필요한 세 가지로서 서로 밀접한 관련이 있는 중요한 기둥이다. 체제개혁은 생산력해방과 발전에 강대한 원동력을 불어 넣고, 경제발전은 종합국력의향상과 인민군중 생활수준의 제고를 위해 반드시 거쳐야 할 길이다. 안정적인 사회 환경은 개혁개방과 경제발전의 필요한 전제이다. 시진핑 총서기는 이렇게 지적했다.

> "안정은 개혁발전의 전제이기에 반드시 개혁발전의 안정된통일을 견지해야 한다. 오직 사회가 안정적이 되어야만 개혁발전을 부단히 추진할 수 있다. 오직 개혁발전이 부단히추진되어야만 사회 안정의 튼튼한 기초가 마련될 수 있는것이다. 개혁의 강도, 발전의 속도와 사회가 받아들일 수있는 정도를 통일시키는 것을 견지하면서 인민생활을 개선하는 것을 정확하게 개혁발전의 안정적 관계상에서 처리하는 귀결점이 되도록 해야 한다."[94]

　오직 개혁개방 만이 생산력을 해방시키고 발전시킬 수 있고, 경제발전을 위해 강대한 원동력을 제공할 수 있으며, 사회주의를 발전시킬 수 있다. 경제체제 개혁은 경제운행구조 개혁과 관련될 뿐만 아니라 생산관계와 상부구조 등 방면의 개혁과 관련된 것으로 그 목적

---

94) 習近平, 『習近平談治國理政』 第1卷, 앞의 책, 68쪽.

은 사회주의 시장경제 체제를 건립하고, 국가 거버넌스 체계와 거버넌스 능력의 현대화를 추진하는 것이다. 중국의 개혁은 시종 당 중앙의 영도 하에 순차적으로 진행되었다. 이는 기존의 조직자원을 이용하여 개혁을 추진하고, 증량을 통한 개혁과 먼저 시험한 후에 보편화하는 특점을 가지고 있다. 또한 개혁을 실천하는 과정에서 중국특색의 경제체제 개혁의 길을 탐색하면서 개혁의 성질, 개혁의 목표, 개혁의 내용, 개혁의 방식, 개혁의 전략, 개혁의 효과를 포함한 평가 표준 등을 포함한 중국특색 경제체제 개혁이론을 형성했다.

중국 개혁의 성질은 사회주의제도에 대한 부정이 아니라 사회주의제도의 자아완성과 자아발전이고 개혁은 새로운 혁명이다. 또한 기존의 경제체제의 잔가지를 보수하는 것이 아니라 근본적으로 중국 생산력 발전을 속박하는 총체적인 경제체제를 변화시켜 생동적인 사회주의 시장경제체제를 건립하는 것이다. 개혁의 목표에서는 사회주의 기본경제제도를 견지하는 조건에서 공유제와 시장경제, 노동에 따른 분배와 시장경제가 결합된 경로와 방식을 모색하여 시장기능이 자원을 배치하는 과정에서 결정적인 작용을 하도록 하고, 개혁의 내용에서는 체제의 개혁과 제도 혁신을 결합하여 사회주의 시장경제의 제일 훌륭한 조합을 실현하는 것이고, 개혁의 방식에서는 실제로부터 출발하여 점차적인 개혁을 통해 돌을 더듬으며 강을 건너는 개혁의 상부설계를 결합시키고, 국부 추진의 증량개혁과 전면 추진의 전반적인 개혁을 결합시키는 것을 강조하고, 개혁에 전력을 기하기 위해서는 개혁발전과 안정을 모두 고려하는 정확한 방침을 제기하는 것이다.

개혁의 효과를 판단하는 표준에 대해 덩샤오핑은 '세 가지 유리'의 표준을 제기했다. 즉 사회주의 사회의 생산력 발전에 유리한지의 여부, 사회주의 국가의 종합적인 국력을 강화하는데 유리한지의 여부, 인민의 생활수준 향상에 유리한지의 여부이다. 이 '세 가지 유리'의 여부가 개혁과 각 방면 사업의 시비득실을 판단하는 표준이다. 개혁은 경제발전에 강대한 원동력을 가져다주었기에 중국은 빈곤하고 낙후한 국가에서 일약 세계 제2대 경제체로 발돋움했으며, 1인 평균 국민수입도 대폭적으로 증가되었다. 시진핑 총서기는 이렇게 지적했다. "중국인민의 면모, 사회주의 중국의 면모, 중국공산당의 면모가 이와 같이 엄중하게 변하고, 우리나라가 국제사회에서 중요한 지위를 차지하게 된 것은 포기 없이 개혁개방을 견지했기 때문이다."[95]

발전은 모든 경제사회 문제를 해결하는 관건이다. 「중국 특색의 사회주의」의 근본임무는 생산력을 발전시키는 것이다. 발전은 인민을 위한 것이며, 인민이 발전의 성과를 공유해야 한다. 덩샤오핑은 발전만이 확실한 도리라고 재차 강조했다. 경제체제 개혁의 주요목표는 생산력을 해방시키고 발전시키는 것으로 전체 인민의 날로 늘어나는 물질과 문화요구를 만족시켜 인민군중의 생활수준을 높이는 것이다. 경제발전 수준과 효율은 발전양식과 관련된다. 중국 전통계획경제체제에는 조방형 경제발전 방식으로 진행되었다. 이런 방식의 폐단은 확실하다. 예를 들면 경제효과와 이익이 낮고 구조가 불합리하며, 공급과 수요의 구멍이 크고, 경제 활력이 부족하며, 주기성 파동이

---

95) 習近平, 『習近平談治國理政』 第1卷, 71쪽.

선명하게 나타나는 문제가 나타났다. 덩샤요핑 동지는 이렇게 지적했다. "다년의 경험이 보여주다시피 생산력을 발전시키려면 과거의 경제체제로는 문제를 해결하기 어렵다."[96] 그렇기 때문에 경제성장의 잠재력을 충분히 발굴하여 국민경제와 사회발전을 실현함으로써 하루빨리 샤오캉사회를 완성하려면 객관적인 면에서 계획경제를 사회주의 시장경제 체제로 변화시켜 경제의 발전방식을 조방형에서 집약형으로 변화시킬 것을 요구한다. 신 발전 방식은 전면적이고 협조적이며 지속 가능한 발전임을 강조한다. 전면적인 발전은 경제건설을 중심으로 전면적으로 경제·정치·문화건설을 추진하여 경제발전과 사회의 전면적인 진보를 실현하는 것이다. 협조발전은 도시와 농촌의 발전을 총괄하고 지역 간 발전을 총괄하며, 경제사회의 발전을 총괄하고, 사람과 자연의 조화로운 발전을 총괄하며, 국내발전과 대외개방을 총괄하여 생산력과 생산관계, 경제기초와 상부구조의 상호 협조를 추진하고, 경제·정치·문화 건설의 각 부분·각 방면의 상호 협조를 추진하는 것이다. 지속가능한 발전이란 사람과 자연의 조화로움을 추진하는 경제발전과 인구·자원·환경의 협조를 실현하고, 생산을 발전시키고 생활을 부유하게 하며, 양호한 생태환경의 문명발전의 길을 견지하면서 후세의 영원한 발전을 보장하는 것이다.

중국공산당 제19차 전국대표대회 보고에서 중국경제는 이미 고속 성장단계에서 고품질의 발전단계로 전향되어 발전방식의 변화, 경제구조의 최적화, 성장 원동력의 전환이라는 난관을 극복해야 하는 돌

---

96) 鄧小平, 『鄧小平文選』 第3卷, 1993, 149쪽.

파기에 처해있으므로, 현대화 경제체제의 건설은 난관을 돌파해야만 하는 절박한 요구와 중국발전의 전략적 목표이기도 하다. 따라서 신형 공업화·정보화·도시화·농업 현대화의 상호 협조를 추진해야 하고, 신형·협조·녹색·개방·공유의 신 발전이념을 수립하고 실시해야 한다. 발전목표의 고효율적인 달성을 실현하려면 경제발전형식의 변화에 의존해야 하며, 발전형식의 변화는 시장이 나아갈 방향에 대한 깊이 있는 개혁에 의존해야 한다. 체제 요소가 경제성장을 추진하거나 방해하고, 경제성장 방식의 변화를 제약하게 된 것은 체제의 변화가 수입 분배를 변화시키고, 경제 자원효율의 잠재적 가능성을 변화시키기 때문이다. 시진핑 총서기는 이렇게 지적했다.

> "경세성장의 품질과 효익을 향상시키는 것을 중심으로 안정적으로 진보하고 혁신적으로 개혁하며 착실하게 시작하여 진일보 적으로 개혁개방을 심화시키고, 진일보 적으로 혁신 구동을 강화함으로써 경제의 지속적인 건전한 발전과 사회의 조화로움과 안정을 실현해야 한다."[97]

안정은 개혁발전의 전제이다. 개혁발전은 안정적인 사회 환경을 필요로 하고, 개혁발전은 사회 안정을 위해 튼튼한 기초를 마련해준다. 중국 개혁개방과 경제발전의 40년간 취득한 거대한 성과는 중국의 양호한 사회질서와 사회 안정과 큰 관계가 있다. 경험이 알려주다시

---

97) 習近平, 『習近平談治國理政』 第1卷, 앞의 책, 112쪽.

피 오직 사회가 안정되어야만 개혁발전이 순조롭게 추진될 수 있고, 개혁이 심화될수록·경제가 발전할수록 사회의 안정은 더욱 튼튼한 물질적 기초를 가지게 된다. 시진핑 동지는 저장성(浙江省) 성위서기를 맡고 있을 때, 안정적으로 사업을 유지하는 것을 매우 중시했다.

그는 2006년 11월 27일의 강화에서 이렇게 지적했다. "사회의 안정은 조화로운 사회의 전제이고 기초이다. 오직 사회가 안정적이어야만 경제사회발전에서의 조화롭지 않은 문제해결에 집중할 수 있다." "조화로운 사회는 모순이 없는 사회가 아니다. 사회는 언제나 모순에 대한 해결을 통해 부단히 전진한다. 사회의 안정을 수호하고 조화로운 사회를 구축하는 것은 최대한도로 조화롭지 않은 요소를 제한하고, 최대한도로 조화로운 요소를 증가시키는 과정이다."[98] 개혁이 부단히 깊이 있게 진행됨에 따라 특히 개혁이 관건적인 단계에 진입한 후로 전통체제시기에 남겨진 각종 이익 충돌과 모순이 여전히 존재할 뿐만 아니라 신구체제의 전통으로 산생된 새로운 모순도 부단히 나타났다. 군중들이 관심을 두고 있는 부패, 사회보장의 부족, 수입 분배의 격차 악화, 실업, 부동산 가격의 과속적인 상승 등의 문제는 여전히 어느 정도 존재하고 있다. 이런 문제는 어느 정도 사회의 안정에 영향을 미치고 있다. 시진핑 총서기는 거듭 강조했다. "발전만이 확실한 도리이고, 안정 역시 확실한 도리이다. 발전과 안정을 모두 움켜쥐어

98) 習近平, 『之江新語』, 杭州, 浙江人民出版社, 2007.

야 한다."⁹⁹ 불안정 요소가 '만성적인 병'이 되는 것을 막아야 한다.

경제체제의 개혁은 당연히 경제발전의 동력이다. 하지만 개혁은 어디까지나 이익구조의 조정이다. 특히 개혁이 깊이 있는 관건적인 단계에 진입하면서 많은 개혁은 Vilfredo Pareto의 개선이기에 자원배치의 효율을 개선하는 개혁은 일부 사람들의 이익 희생이나 감소를 대가로 하게 된다. 동시에 경제발전의 속도가 빠를수록 좋은 것이 아니다. 만약 경제발전 속도가 잠재적인 성장률을 초과하면 인플레이션과 가격의 버블화를 초래한다. 이는 중저등 소득계층에 큰 타격을 준다. 특히 경제가 뉴노멀에 진입하면서 경제성장 속도의 하락으로 인한 일부 사회모순이 나타날 수 있다. 이익충돌과 사회모순의 격화는 사회의 불안정 요소를 증가시키기에 개혁과 발전에 악영향을 미친다.

그렇기 때문에 시진핑 총서기는 개혁의 강도, 발전의 속도와 사회가 감당할 수 있는 정도의 통일을 재삼 강조하면서 사회 안정을 유지하는 가운데서 개혁발전을 추진하고 개혁발전을 통해 사회의 안정을 촉진시켜야 한다고 했다. 그렇다면 개혁발전과 안정의 관계를 정확하게 처리하는 결합점은 어디에 있는가? 시진핑 총서기는 부단히 인민군중의 생활수준을 개선하여 인민군중이 개혁발전의 과정에서 더 큰 획득감을 얻도록 하는 것이라고 했다. 사회의 공정과 인민복지의 향상은 체제개혁과 경제발전의 출발점과 입각점이다. 오직 공정한 원칙을 체현할 수 있는 개혁을 하고 발전시키고 인민군중의 복지를 더

---

99) 習近平, 「堅持走中國特色社會主義社會治理之路确保人民安居樂業社會安定有序」, 『人民日報』, 2017-09-20.

욱 향상시킨다면 개혁발전은 인민군중의 더 큰 지지를 얻게 되고 사회 안정은 더욱 탄탄한 민심을 얻게 된다. 2012년 11월 15일 시진핑은 제18기 중국공산당 중앙 정치국 상임위원회의 중외 기자회견에서 개혁발전의 방향을 설명하면서 재삼 강조했다. "우리의 책임은 전당, 전국 각 민족 인민들을 이끌어 계속하여 사상을 해방시키고 개혁개방을 견지하여 부단히 사회생산력을 해방시키고 발전시킴으로써 군중의 생산, 생활의 곤란문제를 해결하는 것을 위해 노력하고 확고부동하게 공동 부유의 길을 견지하는 것이다." 때문에 사회를 안정시키는 사업을 잘하기 위해서는 국가 거버넌스 체계와 거버넌스 능력의 현대화라는 요구에 따라 모순 해결에 있어서 법률의 권위적인 지위를 강화하고, 각항의 안정을 유지하기 위한 사업제도를 개선하여 부단히 안전을 유지할 수 있는 사업능력과 안정유지의 효과를 제고시켜 개혁과 발전을 보장해야 할 뿐만 아니라 개혁과 발전을 추진하는 과정에서 여러 인민군중의 이익에 영향을 주거나 상응하는 사회 안정에 영향을 미치는 각항의 중대한 결책과 중대한 정책, 중대한 프로젝트를 성실하고 세밀하게 평가하여 시작점에서부터 사회모순을 예방하고 없앰으로써 사회의 조화로움과 안정을 촉진시켜야 한다. 시진핑 총서기는 각급 간부들에게 간곡하게 부탁했다.

"중대한 개혁 특히 인민군중과 긴밀하게 연관된 이익을 위한 개혁을 실시하기 위한 결책에 대한 사회 안정을 평가하는 구조를 건립해야 한다. 관계가 복잡하고 영향이 넓으며 모순이 선명한 개혁에 대해서는 군중의 실제생활 상황과 군중들의 요구가 무엇인지를 깊이 있게 이해하여 개혁이 군중들에게 어느 정도의 이익을 가져다 줄 수 있는지를 예측하면서 인민들의 이익에 입각하여 기획하고 조치를 제정하고 실시해야 한다. 과학적인 평가구조를 건립하여 개혁의 효과를 전면적으로 평가해야 한다. 개혁의 새로운 진전, 새로운 효과의 홍보에 힘써 정확하게 개혁정책에 대한 조치를 해석함으로써 전면적으로 개혁을 심화시키기 위해 양호한 여론 분위기를 조성해야 한다."[100]

---

100) 「把抓落實作爲推進改革工作的重点眞抓實干蹄疾步穩務求實效」, 『光明日報』, 2014-03-01.

제4장

신시대 전면적 경제체제 개혁의 심화[101]

1. 신 발전 이념의 개혁적 관철 : 전면적 개혁의 심화단계.

(1) 시종 새로운 발전이념이 경제발전을 인도하도록 견지하자.

시진핑은 이념이 행동을 이끌기에 일정한 발전을 실천하려면 일정한 발전이념으로 이를 인도해야 한다고 했다. 발전이념의 정확성 여부는 근본적으로 발전의 효과를 가져 오게 하고, 심지어는 발전의 성패까지를 결정한다. 실천이 알려주다시피 발전은 부단히 변화하는 과정이다. 발전환경이 변화하고 있기에 발전조건도 변화하게 된다. 그렇기 때문에 발전이념도 변화해야 하는 것이다. 먼저 어떠한 발전이념을 수립해야 하는가를 확정지어야 한다. 발전이념은 전략성·원칙성·인도성의 문제이기에 발전의 사유, 발전의 방향, 발전의 착력점을 집중적으로 체현토록 해야 한다. 발전이념이 정확하면 목표임무를 정하기가 쉽고, 정책적인 조치도 정하기가 쉽다.[102]

「국민경제와 사회발전 제13차 5개년 계획 제정에 관한 중국공산당 중앙의 건의」에서 혁신·협조·녹색·개방·공유의 5대 신 발전이념을 견지해야 한다고 했다. 이 5대 발전이념은 근거 없이 나타난 것이 아니라 시진핑 동지를 핵심으로 하는 당 중앙에서 국내외 발전경험과 교훈을 깊이 있게 총결한 기초위에서 형성된 것이고, 국내외 발전의 대세를 이해하고 파악한 기초위에서 형성된 것이며, 더욱이 중국 경제사회 발전과정에서 뚜렷하게 나타난 모순과 문제에 견주어 형성된 것이다. 이는 경제사회 발전의 과학적 규율에 대한 중국공산당 인식의 심화를 보여준다.

---

102) 「『求是』雜志發表習近平總書記重要講話」, 人民网, 2016-01-04.

혁신 발전, 협조 발전, 녹색 발전, 공유 발전을 견지하는 것은 중국 경제사회 발전의 전반적인 깊이 있는 변혁이고, 중국이 금후 비교적 긴 시기의 경제체제 개혁의 총 지도 원칙이다. 이 5대 발전이념은 상호 관통되고 상호 촉진하는 보편적인 내적 연계기능을 지닌 집합체이기에 통일적으로 관철해야지 어느 하나에 치우치지 말고 서로 대체하지 말아야 한다. 어느 한 발전이념의 관철이 적절하지 못하면, 중국의 경제발전에 방해가 되거나 영향을 미치게 된다.

이 5대 신 발전 이념이 갖고 있는 과학적 의미와 내적 논리로 본다면 다음과 같다.

첫째, 혁신발전은 발전원동력의 문제해결을 중요시해야 한다.

중국의 혁신능력은 강하지 못하고, 과학기술의 발전수준은 전반적으로 높지 못하며, 과학기술이 경제사회 발전에 대한 지지 능력이 부족하고, 경제성장에 대한 기여도도 선진국보다 현저하게 낮다. 이는 경제 대국인 중국의 '아킬레스건(Achilles' Heel, 유일한 약점)'이다. 새로운 경제혁명은 더욱 치열한 과학기술 경쟁을 불러올 것이다. 만약 과학기술 혁신을 향상시키지 못하면 발전원동력은 전환을 하지 못하기에 글로벌경제의 경쟁에서 열세에 처하게 된다. 그 때문에 반드시 혁신이 발전을 이끄는 제1 원동력으로 하고, 인재가 발전을 지탱하는 제1 자원으로 하고, 혁신이 국가발전 전반의 핵심적 위치에 놓아 부단히 이론혁신·제도혁신·과학기술혁신·문화혁신 등 각 방면의 혁신을 추진함으로써 혁신이 당과 국가의 모든 사업에 미치도록 하

고, 혁신이 사회의 트렌드가 되도록 해야 한다.[103]

둘째, 협조발전은 발전 불균형의 문제해결을 중요시해야 한다. 중국발전의 불협화음은 장기적으로 존재하고 있는 문제이다. 주로 지역·도시와 농촌·경제와 사회·물질문명과 정신문명·경제건설과 국방건설· 등의 관계에서 나타난다. 경제발전 수준이 낙후한 상황에서의 주요 임무는 빨리 전진하는 것이다. 하지만 한동안 전전한 후에는 관계조정에 힘써 발전의 전반적인 효과를 확인해야 한다. 그렇지 않으면 '미니멈 효과'가 뚜렷하게 나타나 일련의 사회적 모순이 더욱 악화되게 된다. 그렇기 때문에 반드시 「중국 특색의 사회주의」 사업의 전반적인 배치를 단단히 움켜쥐고, 발전과정에서의 중대한 관계를 정확하게 처리하여 부단히 발전의 전체성을 강화해야 한다.[104]

셋째, 녹색발전은 사람과 자연의 조화로운 발전문제를 중요시해야 한다. 녹색 순환 저탄소 방면의 발전은 요즘 시대가 요구하는 과학기술 혁명과 산업변혁의 방향이고, 제일 유망한 발전분야이다. 이 방면에서 중국의 잠재력은 어마어마하기에 수많은 새로운 경제 성장점이될 수 있다. 중국에서의 자원 제약이 날로 커지고, 환경오염이 엄중하며, 생태계통의 퇴화문제도 매우 가혹한 상황에서 인민군중의 맑은 공기·깨끗한 식수·안전한 식품·아름다운 환경에 대한 요구도 날로 강렬해지고 있다. 이를 위해 반드시 자원을 절약하고 환경을 보호하는 기본 국책을 견지하여 생산이 발전하고, 생활이 부유하며, 생태

---

103) 위의 글.
104) 위의 글.

가 양호한 문명발전을 견지하며, 자원 절약형·환경 우호형의 사회를 건설함으로써 아름다운 중국건설을 추진하여 세계 생태의 안전을 위해 새로운 공헌을 해야 한다.[105]

넷째, 개방발전은 발전의 내외적인 연동문제를 중요시해야 한다. 국제경제 협력과 경쟁 국면은 큰 변화가 일어나고 있다. 글로벌 경제 거버넌스 체제와 규칙은 중대한 조정에 직면했기에 '들어오고' '나아가는' 깊이와 범위, 리듬은 예전과 비교할 수 없을 만큼 변했다. 지금의 문제는 대외개방을 해야 하느냐가 아니라 어떻게 대외개방의 품질을 높이고, 발전의 내외적 연동을 실현시키느냐 하는 것이다. 중국의 대외개방 수준은 총체적으로 부족한 면이 많다.

국제와 국내 두 시장, 두 가지 자원을 이용하는 능력이 아직 강하지 못하고, 국제무역 마찰에 대응하고, 국제경제에서 발언권을 쟁취하는 능력이 비교적 약하며, 국제무역의 규칙을 응용하는 재주도 강하지 못하기에 빠른 시일 안에 보완해야 한다. 따라서 반드시 대외개방의 기본국책을 견지하고, 호혜공영의 개방전략을 실행하며, 인문교류를 심화시키고, 대외개방 지역의 배치, 대외무역의 배치, 투자 배치를 개선하여 대외개방의 새로운 체제를 형성함으로써 더욱 높은 차원의 개방형 경제를 발전시켜 확대 개방으로 혁신을 이끌고, 개혁을 추진시키며 발전을 촉진시켜야 한다. "일대일로"의 건설은 확대 개방의 중대한 전략적 조치이고, 경제외교의 상부설계이다. 정확한 돌파구를 찾아 점을 선으로, 선을 면으로 차근차근 진행해야 한다.

---

105) 위의 글.

글로벌경제 거버넌스체계에 대한 개혁과 개선을 추진하고, 글로벌경제 의사일정을 인도하며, 다자무역 체제를 수호하고, 자유무역구에 대한 전략을 실시하는 것을 촉구하여 중국의 능력과 지위와 그에 상응하는 국제적인 책임과 의무를 적극 이행토록 해야 한다.

다섯째, 공유발전은 사회공정의 문제를 해결하는 것을 중요시한다. "천하를 다스리려면 반드시 공정해야 한다. 공정해야만 천하가 평화롭다." 광대한 인민군중이 개혁발전의 성과를 공유하도록 하는 것은 사회주의의 본질적 요구이며, 사회주의 제도의 우월성을 집중적으로 표현하는 것이며, 중국공산당이 전심전력으로 인민을 위해 복무하는 것을 견지하는 근본취지의 중요한 체현이다. 이 방면의 문제를 잘 해결하여 전체 인민의 발전을 추진하려는 적극성·주동성·창조성을 충분히 불러일으켜야만 국가발전은 단단한 위력을 가지게 된다.

중국경제 발전의 맛있는 '케이크'는 날로 커지고 있지만, 분배 불균형의 문제가 점차 뚜렷해지고 있으며, 수입 격차와 도시와 농촌지역의 공공서비스 격차도 비교적 크다. 공유를 위한 개혁의 발전성과 관련된 현실이나 제도설계 등에서 모두 불완전한 부분이 있다. 그렇기 때문에 반드시 인민을 위한 발전, 인민에 의존한 발전, 발전성과를 인민이 공유해야 한다는 것을 견지하고, 더욱 효과적인 제도의 안배를 통해 전체 인민이 공동으로 부유해지는 방향을 향해 안정적으로 전진하여 "부유한 자가 거액을 가지고 있고, 가난한 자들이 겨를 먹는 현상"이 나타나지 않도록 해야 한다.[106]

---

106) 위의 글.

(2) 시종 사회주의 기본경제제도를 견지하고 개선해야 한다.

신시대 경제체제 개혁사상체계의 영혼과 근본은 시종일관 사회주의 시장경제 개혁방향을 견지하고 개선하는 것을 중국 경제체계 개혁의 입각점과 출발점으로 하는 것이다. 사회주의 시장경제 체제를 건립한다는 개혁목표를 제기한 것은 중국공산당이 「중국 특색의 사회주의」를 탐색하고 건설하는 과정에서의 중대한 이론실천에 대한 혁신으로 세계 기타 사회주의 국가가 장기간 해결하지 못한 중대한 문제를 해결한 것이다. 개혁개방 40년간 사회주의 시장경제체계 건설이라는 근본 목표를 중심으로 중국은 경제체제 및 기타 각 방면 체제에 관한 일련의 개혁을 추진하여 중국이 고도 집중의 계획경제 체제에서 활력이 넘치는 사회주의 시장경제 체제로, 봉폐와 반 봉폐에서 전면적인 개방으로의 위대한 역사적 전환을 성공적으로 실현함으로써 의식주를 해결하던 생활에서 샤오캉으로의 역사적인 비약을 실현했고, 국가 경제 총량이 세계 제2위로 역사적인 도약을 실현하여 수많은 인민의 적극성을 불러일으켰고, 사회의 생산력 발전을 대대적으로 촉진시켰으며, 당과 국가의 생기를 대대적으로 강화시켰다. 시장은 자원배치에서 결정적 작용을 할 뿐 모든 작용을 하지 않았다.[107]

사회주의 성질의 기본경제제도를 시종 견지하고 개선하는 핵심은, 공유제를 주체로 여러 가지 소유제 경제의 공동발전을 견지하고 개선하는 것이다. 이는 「중국 특색의 사회주의」 제도를 공고히 하고 발전

---

107) 習近平, 「關于 "中共中央關于全面深化改革若干重大問題的決定" 的說明」, 人民网, 2013-11-16.

시키는 중요한 기둥이다. 개혁개방 이후 중국은 소유제 구조를 조정하게 되었다. 공유제 경제와 비공유제 경제는 경제 발전, 취업 촉진 등 방면에서의 비중은 부단히 변화하면서 경제사회 발전에 활력을 가져다주었다. 이런 상황에서 어떻게 공유제의 주체적 지위를 체현하고 견지하며 나아가 기본경제제도의 효과적인 실현형식을 모색하는 것은 우리 앞에 놓인 중대한 과제이다. 「중국 특색의 사회주의」 기본 경제제도를 견지하고 개선하려면 반드시 "두 가지 확고부동"을 견지해야 한다. 한편으로 여러 층면에서 비공유제 경제의 발전을 장려하고 지지하고 인도하며 비공유제 경제의 활력과 창조력을 동원할 수 있는 개혁조치를 제기해야 한다. 기능역할을 선정함에서 공유제경제와 비공유제경제 모두 사회주의 시장경제의 중요한 구성부분이고, 모두 우리나라 경제사회 발전의 중요한 기초라는 것을 명확히 해야 한다.

소유권 보장을 위해 공유제경제 재산권은 불가침일 뿐만 아니라 비공유제경제 재산권도 마찬가지로 불가침이라고 명확히 해야 한다. 정책을 실천함에 있어서는 권리평등·기회평등·규칙평등 등을 견지할 것을 강조하여 통일적인 시장진입의 허가제도를 실행해야 한다. 비공유제 기업이 국유기업 개혁에 참여하는 것을 장려하고, 비공유자본의 주식소유의 혼합 소유제를 장려하고, 조건이 되는 개인기업에서 현대화 기업제도를 건립하도록 장려한다. 이는 비공유제경제의 건전한 발전을 촉진시키게 하기 때문이다. 또한 국유기업은 국가의 현대화를 추진하고 인민의 공동이익을 보장하는 중요한 역량이다. 다년간의 개혁을 거쳐 국유기업은 전반적으로 이미 시장경제와 융합되었다.

동시에 국유기업도 일부 문제가 축적되었고, 일부 폐단이 존재하므로 진일보 개혁을 추진할 필요가 있는 것이다.[108]

(3) 시종 정부와 시장의 관계를 잘 파악하고 처리해야 한다.

중국의 경제체제 개혁은 전면적으로 개혁을 심화시켜야 하는 중점 임무이고, 핵심문제는 정부와 시장의 관계를 잘 처리하는 것이다. 종합적으로 말하면 시장이 자원배치에서 결정적인 작용을 하도록 정부가 작용을 잘해야 한다는 것이다. "시장이 자원배치에서 결정적 작용을 하도록 한다"는 관점의 제기는 신시대 경제체제 개혁사상의 기초적 구성부분이며, 중국공산당의 「중국 특색의 사회주의」 건설규칙 인식에 대한 새로운 돌파이고, 마르크스주의 중국화의 새로운 성과로서 사회주의 시장경제 발전이 새로운 단계에 진입했음을 의미하는 것이다. 시진핑은 시장의 자원배치에서 결정적인 작용을 하고 정부가 더 나은 작용을 할 수 있도록 하기 위해서는 정확한 역할을 파악해야 한다고 했다. 이를 위해서는 반드시 시장의 작용과 정부작용의 관계를 정확하게 인식해야 한다. 정부와 시장의 관계는 중국경제 체제 개혁의 핵심문제이다. 중국공산당 제18기 중앙위원회 제3차 전체회의에서는 자원배치에서의 시장의 기초적 작용을 결정적인 작용으로 수정했다. 비록 한 단어의 차이지만 시장의 작용에 대한 완전히 새로운 역할을 부여한 것이다. '결정적 작용'과 '기초적 작용'이라는 역할은

---

108) 習近平, 「關于 "中共中央關于全面深化改革若干重大問題的決定" 的說明」, 人民网, 2013-11-16.

서로 이어지고 계승 발전의 관계이다. 시장이 자원배치에서 결정적인 작용을 하도록 하는 것과 정부가 작용을 잘 하는 것은 서로 유기적으로 통일된 것이지 서로 부정의 관계가 아니기에 양자를 결렬시키거나 대립시키지 말아야 한다. 시장이 자원배치에서의 결정적 작용으로 정부의 작용을 대체하고 부정하지 말아야 할 뿐만 아니라, 정부의 작용을 잘 해내는 것으로 시장이 자원배치에서의 결정적 작용을 부정하거나 대체하지 말아야 한다.[109]

우선 정부와 시장의 관계는 시종 중국 경제발전과 개혁개방 과정을 관통하는 기초적 문제이며, 더구나 중국 경제체제 개혁의 기본 문제이다. 중화인민공화국 성립 이후 경제발전의 성패득실이나 개혁개방을 추진한 40년간의 경험과 교훈으로부터 중국경제가 취득한 일련의 현저한 성과를 종합하여 얻은 관건적인 경험은 아래 몇 가지가 있다. 시종 사회주의 의식형태와 시장기능과 융합된 경제체제를 견지하는 원칙 하에서 부단히 정부와 시장의 관계를 정리하고 조절하며 혁신했으며, 과학적으로 중국경제가 다른 발전단계에서 드러난 뚜렷한 모순과 모순의 주요 방면을 인식하고 이해하며 처리했다. 특히 중국경제의 지속가능한 성장을 방해하는 각종 이익 울타리와 체제의 장애물 제거에 전력을 다 했기 때문이다. 중화인민공화국 성립 초기에는 중공업화 경향이 나타났고, 개혁개방 이후에는 수출 지향이었다. 지금 중국경제는 '뉴노멀' 단계에 진입했고, 혁신 구동의 발전전략을

---

109) 習近平, 「正確發揮市場作用和政府作用推動經濟社會持續健康發展」, 中國政府网, 2014-05-27.

실시하고 있다. 또한 중국공산당 제19차 전국대표대회 이후에는 전면적으로 고품질을 추진하는 발전단계에 진입했다. 매 특정 발전단계에의 경제발전 목표와 중심의 변화는 중국의 현실적 국정에 입각한 것이고, 경제발전 과정에 나타난 모순과 문제에 의한 것으로 시장경쟁의 구조를 불러일으켜 시장이 자원에 대한 결정적 작용을 방출시켰으며, 중국 보통 백성들의 부지런한 치부 정신과 창업 혁신의 새로운 혁신 원동력을 불러일으켰다. 동시에 정부는 시장의 불완전과 시장의 실패 등 관건적인 단점을 보완하도록 하는 독특한 기능을 정확하게 찾아서 거시경제에 대한 정부의 인도·조정·관여·통제의 착력점과 강도를 충분히 보여주도록 함으로써 중국경제가 현 단계에서 다른 단계로 순조롭게 전환할 수 있게 해야 할 뿐만 아니라, 중국경제가 부당한 국내외 제약조건에서 경제발전의 원동력 변화, 경제 발전 양식의 전환 및 경제구조의 업그레이드를 계속하여 촉진토록 해야 한다.

다음은 정부와 시장의 관계를 파악하고 처리함에 있어서 "시장이 자원배치에서 결정적 작용을 하도록"하는 것과 "정부의 작용을 더욱 잘 보여주도록 하는 것"을 확립해야 한다. 이는 중국공산당 제18차 전국대표대회 이후 사회주의 시장경제 규칙인식에 대한 중대한 돌파이고 「중국 특색의 사회주의」 시장경제 체제 개선의 중대한 혁신이다. 「중국 특색의 사회주의」 경제체제 탐색과 개선 과정은 정부의 '보이는 손'에 완전 의존하던 데로부터 충분히 시장의 '보이지 않는 손'에 의존하게 되는 과학적인 인지과정이다. 계획경제 사유와 양식의 구속에서 완전하게 벗어나기 위해 중국공산당 제11기 중앙위원회 제3차 전체회의 이후로 중국에서는 계획과 시장이 유기적으로 결합된 구조체제를 구축하기 시작했고 이를 「중국 특색의 사회주의」 경제체제의 탐색방향으로 했다. 중국공산당 제14차 전국대표대회에서 시장은 국가의 거시 조정 하에 자원배치에 기초적 작용을 하도록 해야 한다고 제기했다. 동시에 이와 상응하는 중대한 이론 돌파로는 사회주의 시장경제 체제 설립을 중국경제 체제개혁의 총 목표로 한 것이다. 중국공산당 제18기 중앙위원회 제3차 전체회의에서는 시장이 자원배치에서 결정적 작용을 하고 정부가 정부의 작용을 잘 하도록 해야 한다고 더욱 명확하게 제기하여 「중국 특색의 사회주의」 경제체제의 본질을 정함으로써 「중국 특색의 사회주의」 경제체제의 장기간 힘든 탐색과 중대한 이론의 혁신을 완성했다. 중국공산당 제19차 전국대표대회에서는 사회주의 시장경제 체제의 개선을 다그치기 위한 구체적 배치와 실시경로에 답함으로써 금후 중국이 사회주의 시장경제 체제 개선을 다그치기 위한 중점적 개혁방향과 사업 중점 및 실천을 작업 층면에서 분명하게 지적했다. 마지막으로 "시장이 자원배치에서 결정적 작용을 하도록 하는 것"과 "정부가 작용을 더욱 잘 보여주는 것"을 모두 중시하는 것은 중국 특색 사회주의 정치경제학 이론의 내부적 핵심이고 본질이며, 시진핑 신시대 「중국 특색의 사회주의」 경제사상의 중요한 구성부분이다. 서방 자본주의 국가경제 체제의 변화 논리를 들여다보면 시종 자유방임의 시장경쟁 경제이론이 주도적이고 국가의 관여주의는 소수 추월 국가 혹은 특정 경제위기시의 비 주류화 혹은 단기성 대체성적인 해결방안임을 알 수 있다. 일부 서방국가 학자와 정책

제정자들이 줄곧 시장경쟁의 구조를 믿고 선동하던 자유주의 논리의 경제학 체계와는 달리 마르크스주의 정치경제학의 핵심은 국가 정치 체제와 경제발전은 분할할 수 없음을 강조했다.

자원에 대한 시장의 배치를 통해 최고의 효율과 이익의 최대화를 추구하는 것을 강조했으며, 주동적으로 정부의 관여행위와 강력한 거시 조정 정책을 통해 재부를 소유한 경제 참여주체의 노동에 따른 분배 및 상대적인 공정분배의 촉진을 강조했다. 사실은 정부와 시장이 국민경제 운행에서의 유기적인 결합을 강조한 것이다. 이는 중국 현실의 국정기초에서 공정을 내적 핵심으로 하는 사회주의 의식형태의 강화와 시장기능의 재부를 창조하는 기능의 유기적 결합을 직접 체현한 것이고, 또한 이는 「중국 특색의 사회주의」 정치경제학 이론의 내적 핵심과 본질을 고도로 체현한 것이기도 하다. 「중국 특색의 사회주의」가 신시대에 진입하면서 중국사회의 주요 모순은 이미 아름다운 생활에 대한 인민들의 날로 늘어나는 요구와 불균형·불충분한 발전 사이의 모순으로 변화되었다. 「중국 특색의 사회주의」 정치경제학 이론의 지도하에 점차 시진핑 신시대 「중국 특색의 사회주의」 경제사상은 발전하고 형성되었다.

중국경제가 고속성장 단계에서 고품질 발전의 단계로 전향하는 특정 과정에 직면한 발전방식의 변화, 경제구조의 최적화, 성장 원동력 전환 등의 문제는 돌파기에 집중되어 있다. 중국경제가 현 발전 단계에 나타난 발전의 품질과 효익이 높지 않고, 자주혁신 능력이 강하지 못하며, 실체 경제의 국제경쟁력이 대폭 향상되어야 하는 등 일련의 뚜렷한 문제를 처리할 수 있는 제일 근본적인 해결 사유는 주동적으로 "시장이 자원배치에서 결정적 작용을 하도록 하고" "정부가 더욱 좋은 작용을 하도록 하는" 양대 구조와 기능의 융합 협력 및 이 두 가지가 지니고 있는 종합 장려 효과로 현대화 경제체계의 건설을 다 그치는 것이다.

(4) 시종 경제체제 개혁사업에 대해 중국공산당이 집중적이고, 통일적으로 영도하는 지위를 견지하고 강화해야 한다.

중국공산당 제18기 중앙위원회 제5차 전체회의 제2차 집체회의에서 시진핑 총서기는 이렇게 지적했다.

> "우리 당은 13억이 넘는 인민들을 거느리고 전면적인 샤오캉사회를 완성하려면 반드시 경제발전의 뉴노멀에 적응하고, 뉴노멀을 움켜쥐고, 뉴노멀을 인솔하여 당이 영도하는 경제사회 발전의 관념·체제·방식·방법을 혁신함으로써 당이 방향을 파악하고 전반을 기획하며 전략을 제시하고 정책을 제정하며, 개혁능력을 향상시켜 발전의 항행을 위해 방향을 정확히 하고 배의 키를 잘 잡도록 해야 한다."[110]

중국공산당 제19차 전국대표대회 보고에서는 아래와 같이 강조했다.

---

110) 「『求是』雜志發表習近平總書記重要講話」, 人民网, 2016-01-04.

"모든 사업에 대한 중국공산당의 영도를 견지해야 한다. 당은 당정군민학(党政軍民學), 동서남북중(東西南北中) 모든 것을 영도한다. 반드시 정치의식, 대국(大局)의식, 핵심의식, 정렬의식을 강화하여 자각적으로 당 중앙의 권위와 집중통일 영도를 수호하고 자각적으로 사상·정치·행동에서 당 중앙과 고도의 일치를 유지해야 한다. 중국공산당 영도를 견지하는 체제구조를 개선하고 안정 속에서 진보를 추구하는 사업의 총 기조를 견지하며 '오위일체(五位一体)'의 전반적인 배치 추진을 총괄하고, '네 가지 전면(四个全面)'의 전략 배치의 추진을 조정하여, 중국공산당의 방향 파악, 대국 기획, 정책 제정, 개혁 촉진의 능력과 정력(定力)을 향상시킴으로써 당이 시종일관 대세를 전체적으로 보고 각측을 조정하도록 보장해야 한다."[111]

지금 단계에서 중국 경제사회 발전분야는 부단히 넓어지고 분업도 날로 복잡해지고 있으며, 그 형태는 더욱 고급화되어 있고, 국제·국내의 연동과 상호 영향도 더욱 긴밀해져 발전을 영도하는 중국공산당의 능력과 수준에 더욱 높은 요구를 제기하고 있다. 세계 제2대 경제체를 잘 제어할 수 있는지? 경제사회가 지속적으로 건강하게 발전할 수 있는지? 여기에는 경제사회 발전과정에서 중국공산당의 영도

---

111) 習近平, 『決勝全面建成小康社會奪取新時代中國特色社會主義偉大勝利:在中國共産黨第十九次全國代表大會上的報告』, 北京, 人民出版社, 2017, 20~21쪽.

핵심 작용이 제대로 효력을 발생할 수 있는 여부에 달렸다. 반드시 전반과 전략의 높이에서 광대한 인민의 근본 이익에 착안하여 발전 방향을 단단히 움켜쥐고, 제때에 정책조치를 제기하면서 부단히 발전이 진척(進陟)을 추진토록 해야 한다.

경제사회발전 사업에 대한 중국공산당 당위원회의 영도를 강화하는 제도화 건설을 강화하고 당위원회가 경제사회 발전전략을 연구하고, 정기적으로 경제 형세를 분석하고, 중대한 방침정책을 연구하는 사업구조를 개선하여 중국공산당이 영도하는 경제사회 발전의 제도화·규범화·절차화를 촉진시켜야 한다. 각급 중국공산당 당위원회에서는 현지 경제사회의 발전 사업에 대한 영도를 강화하고 중대한 사항에 대한 결책권·감독권을 강화하여 당 중앙의 결책 조치가 실제적으로 실행되도록 확보해야 한다.[112]

형세분석이나 결책제정, 발전의 난제 해결이나 군중이익에 관련된 문제해결 모두 전업적인 사유·전업적인 소양·전업적인 방법이 필요하다. 주관적으로 결책을 내리고, 행정명령 혹은 법률규칙을 넘은 특수정책 제정에 의존하는 방법은 이미 새로운 형세와 새로운 임무의 요구에 적응하기 어렵다. 더욱 국내외 경제 형세에 대한 분석과 예측을 중시하여 정책구조를 개선하고, 브레인트러스트와 전문 연구기구의 작용발휘를 중시하여 과학적 결책능력을 제고시킴으로써 중대한 전략제정, 공포한 중요한 정책조치가 객관규칙에 부합되도록 해야 한다. 더욱 자각적으로 법치사유와 법치방식을 운용하여 개혁을 심화

---

112) 「『求是』雜志發表習近平總書記重要講話」, 人民网, 2016-01-04.

시키고 발전을 추진하며 모순을 해결하고 안정을 수호해야 하며, 법에 따라 경제를 다스리고 법에 따라 각종 이익의 문제를 조정하고 처리하여 문젯거리를 만들지 말아야 한다. 정치적 장점을 발양시키고, 사상정치 사업을 강화하고, 군중 사업체제 구조와 방식·방법을 혁신하며, 제때에 군중의 이익요구를 이해하고 군중의 사상인식 문제와 현실 이익문제를 해결해야 한다. 각급의 영도 간부는 학습을 강화하고, 조사연구 사고를 강화하며, 실천 연마를 강화하여 시장규칙, 사회 발전규칙, 자연규칙을 파악하고 운용하는 능력을 향상시킴으로써 경제사회 발전을 영도할 수 있는 전문가가 되도록 노력해야 한다.[113]

중앙의 전면개혁 심화 지도소조의 설립과 운행은 중국공산당이 경제체제 개혁사업에 대한 중국공산당의 집중통일지위를 견지하고 강화하는 중국의 지혜와 구체적 실천을 확실하게 보여주고 있다. 전면적으로 개혁을 심화시켜야 하는 복잡한 시스템공학이기에 어느 한 부분이나 몇 개의 부문으로는 완성하기 어려우므로 더 높은 차원의 영도 구조를 건립할 필요가 있다. 중앙에서는 '전면 개혁 심화 지도소조'를 성립하여 개혁의 총체적 설계·총괄 협조·전반 추진·실시 독촉을 책임지도록 했다. 이는 당이 전반을 살피고 각 측을 조정하는 영도의 핵심작용을 더욱 잘 발양토록 하기 위함이며, 개혁이 순조롭게 추진되고, 각항의 개혁임무가 순조롭게 실시되도록 하기 위함이다. '전면 개혁 심화 지도소조'의 주요 직책은 전국적인 중대한 개혁을 통일적으로 배치하고, 각 영역의 개혁을 총괄적으로 추진하며, 각

---

113) 위의 글.

측의 역량 형성을 조정하여 개혁을 추진하는 합력을 형성케 하고, 독촉 검사를 강화하면서 전면 개혁 실시의 목표 임무를 촉진케 하려는 것이다.[114]

(5) 시종 경제체제 개혁의 계통성을 강조하고 견지해야 한다.

시진핑은 이렇게 지적했다.

"개혁 임무의 총괄 조정을 움켜쥐고 개혁의 계통성·전반성·협동성을 중시하여 상징성, 관련성 작용을 할 수 있는 개혁조치를 중점적으로 제기함으로서 해결하기 어려운 문제들을 찾고, 해결해야 할 난관들을 표시하고, 다 구역·다 부문의 중대한 개혁사항에 대해 조정하는 것을 강화하여 단숨에 파죽지세로 개혁의 난제를 해결해야 한다."[115]

중국의 경제체제 개혁이 반드시 계통적 관점을 견지해야 하고 대립 통일의 규칙, 질적 변화와 양적 변화 규칙, 부정의 부정 규칙을 따르고 구체적인 문제를 구체적으로 분석하는 것을 견지하며, 발전의 보편성과 특수성, 점진성과 비약성, 전진성과 굴곡성을 잘 파악하고, 사업의 시효를 잘 파악해야 한다. 혁신의 수단으로 개혁과 법치를 통해, 신 발전이념의 관철과 실시를 통해 개혁의 추진 작용, 법치의 보

---

114) 習近平,「關于『中共中央關于全面深化改革若干重大問題的決定』的說明」, 人民網, 2013-11-16.
115) 習近平,「主持召開中央全面深化改革領導小組第八次會議」, 新華网, 2014-12-30.

장 작용을 잘 발양할 수 있도록 해야 한다. 마지노선을 단단히 고수하면서 신 발전이념을 관철시키는 과정에서 제 때에 모순 리스크를 해결하고 선수적(先手的)으로 게임을 잘 하면서 주동적인 싸움을 잘 해내야 하고, 겹겹으로 책임을 지고 사람마다 책임져야 한다.[116]

2. 신시대의 개혁 : 사회기층 모순의 변천을 파악해야 한다.

중국경제의 체제개혁을 전면적이고도 깊이 있게 이해하고 파악하는 관건은 과학적으로 신시대 중국경제사회의 기본모순 및 모순의 '변화'와 '무 변화'라는 두 가지 주요 방면의 내적 논리와 구체적인 표현을 과학적으로 인식하는 것이다. 우선 중국 경제사회의 기본 모순 및 모순의 주요 방면인 '무 변화' 요소와 모델은 경제건설이 여전히 중국이 발전하는데 있어서 중심적인 임무라는 것을 결정했으며, 경제체제의 개혁은 여전히 중국개혁의 관건적인 부분이라는 것을 결정했다. 중국공산당 제19차 전국대표대회 보고에는 이런 내용이 있다.

> "반드시 인식해야 할 점은 우리나라 사회의 주요 모순의 변화는 우리가 여전히 우리나라 사회주의가 처한 역사적 단계에 대한 판단은 변함이 없고, 여전히 또한 장기적으로 사회주의 초급단계에 처해있다는 기본국정은 변하지 않았으며, 우리나라는 세계에서 제일 큰 개발도상국이라는 국

---

116) 習近平, 「在省部級主要領導干部學習貫徹十八屆五中全會精神專題研討班開班式上發表重要講話」, 央視网, 2016-01-18.

제적 지위도 변함이 없다는 것이다. 전당은 사회주의 초급
단계라는 기본국정을 단단히 파악하고, 사회주의 초급단
계라는 제일 큰 실체에 입각하여 중국공산당의 기본노선
인 당과 국가의 생명선·인민의 행복선을 확고부동하게 견
지하면서 전국 각 민족 인민을 영도하고 단결시켜 경제건설
을 중심으로 네 가지 기본원칙을 견지하고, 개혁개방을 견
지하며, 자력갱생으로 고군분투하며 창업함으로써 우리나
라를 부강하고 민주적이며 문명되고 조화로우며 아름다운
사회주의 현대화 강국을 건설하기 위해 분투해야 한다."[117]

    중국이 여전히 그리고 장기간 사회주의 초급단계에 처해있다는 기
본국정은 변하지 않았고, 여전히 세계에서 제일 큰 개발도상국이라는
국제적 지위가 변하지 않았다는 것은 객관적인 사실이다. 이는 중국
경제 건설이 여전히 전당과 전국의 중심이라는 것을 결정한 것이다.
따라서 반드시 중국이 장기간 사회주의 초급단계에 처해있다는 제일
큰 사실에 입각하여 발전을 견지하는 것은 여전히 중국의 모든 문제
를 해결하는 관건이라는 중대한 전략적 판단을 견지하며, 경제건설을
중심으로 경제체제 개혁의 견인작용을 발양하여 생산력 관계와 생산
력, 상부구조와 경제기초의 상호적응을 촉진시키고, 경제사회의 지속
적이고도 건강한 발전을 추진해야 하는 것이다.

---

117) 習近平, 『決勝全面建成小康社會奪取新時代中國特色社會主義偉大勝利—在中國共産黨
第十九次全國代表大會上的報告』, 北京, 人民出版社, 2017, 12쪽.

다음으로 인식해야 할 점은 중국 경제사회 모순의 부차적인 면의 '변화' 요소와 모델은 경제발전의 단계성과 성장 원동력의 변화 특징을 결정하고, 경제체제 개혁의 중점 임무의 변화 특징을 결정한다는 점이다. 중국 개혁개방 40년 이후의 짧은 시간 동안 경제성장 원동력의 단계적 변화규칙을 이렇게 귀납할 수 있다. 곧 조방형 성장단계→집약형 성장단계→혁신 구동 발전 단계→고품질 성장 단계이다. 이와 동시에 비록 중국 경제사회의 기본모순에 근본적인 변화가 일어나지는 않았지만, 사회주의 초급단계의 기본 모순은 "날로 늘어나는 물질문화에 대한 인민들의 수요와 낙후한 생산력 간의 모순"에서 신시대 "아름다운 생활에 대한 인민들의 날로 늘어나는 요구와 불균형·불충분한 발전 간의 모순"으로 점차 진화되고 조정되어 왔다는 점이다. 그렇기 때문에 중국경제가 고속성장에서 고품질 발전이라는 특정 단계에서 경제발전 모델은 반드시 혁신 구동 발전모델의 빠른 형성과 실시를 추진했던 것에 착안하여 경제성장이 직면한 낡은 원동력에서 신 원동력으로의 변화와 신 원동력에 대한 지지 체계를 전면적으로 형성해야만 하는 것이다.

그러나 경제총량의 부단한 증가와 함께 발전과정은 일련의 새로운 상황과 새로운 문제에 직면하게 되었다. 경제발전은 속도 변속 노드(중심점), 구조 조정노드, 원동력 전환노드에 직면해 있다.[118] 향후 일정시간 동안 중국경제 발전의 주요 특점은 아래와 같을 것으로 추정

---

118) 習近平,「在省部級主要領導干部學習貫徹十八屆五中全會精神專題研討班開班式上發表重要講話」, 央視网, 2016-01-18.

된다. 성장속도는 고속에서 중고속으로, 발전방식은 규모 속도형에서 품질 효율형으로, 경제구조 조정은 증량능력 확대에서 재고 조정으로, 우수한 제품을 만들고 증량을 동시에 중시하고 경제발전 원동력은 자원과 저가 노동력 등 요소투입에서 혁신 구동으로 변화될 것이다. 이런 변화는 중국경제가 더 고급적인 형태, 더 최적화된 분공, 더 합리적인 구조단계로 진화하기 위해서 반드시 거쳐야 할 단계라는 것을 확실하게 보여준다.[119] 그렇기 때문에 경제성장 동력을 혁신구동과 내수 확대, 특히 소비의 수요에 두어야 하는 것이다.

하지만 '13차 5개년 계획' 및 그 후 한 동안 중국은 발전의 중요한 전략적 기회기에 처해있었고, 경제발전은 장기간 좋은 방향으로 나아갈 것이라는 점이 변하지 않았다. 경제의 탄성이 좋고 잠재력이 충분하며 여지가 많다는 기본 특징은 변하지 않았고, 경제성장의 양호한 지지 기초와 조건도 변하지 않았으며, 경제구조 조정 최적화의 전진 상태도 변하지 않았고, 글로벌 무역의 모델이 변화에도 근본적 제약을 완전하게 받지는 않기 때문에 이런 대세를 파악하고 경제건설을 중심으로 하는 것을 견지하고, 발전만이 진리라는 전략사상을 견지하며 변화과정에서 혁신을 도모하고, 혁신을 통해 진보하며, 진보로 돌파를 꾀하면서 중국의 발전이 새로운 단계로 올라가도록 추진해야 할 것이다.

3. 경제 뉴노멀에서의 발전 모델 : 혁신구동 발전전략을 실시해야 한다.

---

119) 위의 글.

(1) 혁신구동 발전전략은 경제 뉴노멀에서 경제가 지속적으로 발전할 수 있는 유일한 출로이다.

시진핑은 이렇게 강조했다.

"혁신은 한 나라와 한 민족의 발전을 추진하는 중요한 역량이다. 우리나라는 개발도상 대국으로 지금 대대적으로 경제 발전 방식 변화와 경제 구조 조정을 추진하고 있다. 이 과정에 반드시 혁신 구동 발전 전략을 잘 실시해야 한다. 혁신 구동 발전 전략은 과학기술 혁신을 핵심으로 하는 전면적인 혁신이다. 시장이 자원배치에서의 결정적 작용과 사회주의 제도의 우월성을 잘 발양하고 과학기술 진보가 경제 성장에 대한 기여도를 강화하여 새로운 성상 동력 원천을 형성함으로써 경제의 지속적인 건전한 발전을 추진해야 한다."[120]

혁신으로 발전을 인솔하고 구동하는 것은 중국경제가 지속적으로 발전할 수 있는 결정적인 요소이며 절박한 요구이다. 시진핑은 반복적으로 강조했다. "혁신을 움켜쥐는 것은 발전을 움켜쥐는 것이고 혁신을 도모하는 것은 미래를 도모하는 것이다."[121] 거시적인 각도에서

120) 習近平, 「主持召開中央財經領導小組第七次會議」, 中國政府网, 2014-08-18.
121) 習近平, 「在省部級主要領導幹部學習貫徹十八屆五中全會精神專題研討班開班式上發表重要講話」, 央視网, 2016-01-18.

볼 때 다년간의 노력을 통해 중국 과학기술의 전반 수준은 선명하게 제고되었고, 수량성장에서 품질향상으로 전환하는 중요한 시기에 처해 있다. 일부 중요한 분야에서는 이미 세계 선진행렬에 진입했다.

하지만 총체적으로 볼 때 중국의 관건적인 핵심 기술이 사람의 제약을 받는 국면은 아직 근본적으로 변하지 않았다. 또한 혁신 산업과 미래의 발전을 이끄는 과학기술의 비축은 한참 부족하고, 산업은 여전히 글로벌 가치사슬의 중하단에 처해 있으며, 군사, 안전 영역의 첨단기술은 선진국과 비교적 큰 차이가 있다. 반드시 발전의 기본을 혁신에 놓고 혁신을 통해 발전의 신 원동력을 배양하고 선발 우세를 잘 발양할 수 있는 리드형 발전을 형성해야 한다. 이 외에도 미시적인 각도로 한 지방, 한 기업이 발전의 슬럼프를 이겨내고 깊은 차원의 모순과 문제 해결의 근본 출로는 혁신이다. 이를 위해 과학기술의 힘에 의존해야 한다. 기업을 주체로, 시장을 지향으로, 생산과 과학기술 연구가 결합한 과학기술 혁신체계 구축을 다그쳐 혁신 인재대오 건설을 강화하여 혁신 서비스 플랫폼을 형성해야 한다. 또한 과학기술과 경제가 긴밀히 결합할 수 있도록 추진하여 우세영역, 공정기술, 관건기술에서의 중대한 돌파 실현을 위해 노력하고, 중국 제조가 중국 창조로 변화하도록 추진하여 중국 속도가 중국 품질로 전화하고 중국 상품이 중국 브랜드로 진화하도록 추진해야 한다.[122]

---

122) 習近平,「在河南考察時强調: 深化改革發揮优勢創新思路統籌兼顧 确保經濟持續健康 發展社會和諧穩定」, 『人民日報』, 2014-05-11.

(2) 혁신형 국가는 혁신구동 발전전략의 총 강령을 실시해야 한다.

중국공산당 제19차 전국대표대회 보고의 제기는 혁신형 국가 건설을 재촉했다. 혁신은 발전을 이끄는 제1 원동력이고 현대화 경제체계를 건설하는 전략적 지지이다. 세계 첨단 과학기술을 목표로 기초연구를 강화하여 전망성 기초연구, 리드하는 오리지널 성과에서의 중대한 돌파를 실현해야 한다. 응용기초연구를 강화하고 국가의 중대한 과학기술 프로젝트 실시를 개척하여 관건적인 공통적 기술, 첨단 리드형 기술, 현대 공정기술, 전복적인 기술혁신을 뚜렷이 하고, 과학기술 강국, 품질 강국, 우주비행 강국, 인터넷 강국, 교통 강국, 디지털 강국, 스마트 사회건설을 위해 유력한 지지력을 형성해야 한다. 국가 혁신 체계건설을 강화하고 전략적 과학기술 역량을 강화해야 한다. 과학기술체제 개혁을 심화시켜 기업을 주체로 시장의 가이드 역할과 생산 업체, 학술 연구가 심도 깊게 융합된 기술혁신 체계를 건립함으로써 중소기업 혁신에 대한 지지를 강화하고, 과학기술의 성과 전환을 촉진시켜야 한다. 문화혁신을 제창하고 지식소유권 창조·보호·운용을 강화해야 한다. 국제적 수준을 가진 전략 과학기술 형 인재, 과학기술을 인솔할 수 있는 인재, 청년 과학기술 인재와 높은 수준의 과학기술 혁신 단체를 많이 배양해야 한다.

혁신은 복잡한 시스템공학으로 경제사회의 각 분야에 관련된다. 혁신발전을 견지하는 것은 전면적인 시스템의 관점을 견지하는 것이고, 관건을 틀어쥐고, 중요 영역과 관건적인 부분에서의 돌파를 통해 전반을 이끄는 것이다. 미래 지향적으로 기획하고 배치해야 한다. 경제

경쟁력의 핵심적 관건과 사회발전의 슬럼프 제약 및 국가 안전의 중대한 도전을 중심으로 발전 전반에 관련된 기초연구와 공통적인 관건 기술연구를 강화하고 자주적 혁신능력을 전면 제고시켜 과학기술 혁신에서 중대한 돌파를 가져옴으로써 중국 과학기술 수준이 국제와 어깨를 겨루던 상황에서 리드하는 상황으로의 변화를 이끌어내도록 해야 한다. 생산 능력 과잉을 해결하는 근본적인 출로는 혁신이다. 여기에는 기술 혁신, 상품 혁신, 조직 혁신, 비즈니스 모델 혁신, 시장 혁신이 포함된다. 환경을 창조하여 기업이 확실하게 혁신의 주체가 되도록 해야 한다. 장려를 강화하고 인재를 잘 이용하여 발명자, 혁신자가 합리적으로 혁신의 수익을 향유하도록 하고, 기술성과 전환의 슬럼프를 이겨내야 한다. 중대한 과학기술 혁신의 인솔 하에 과학기술 혁신 성과가 빠른 시일에 생산력 발전으로 전환하도록 하고, 산업의 신 체계 구축을 다그쳐 남들이 있으면 우리도 있고 우리가 강하고 우리가 우수하도록 함으로써 중국경제의 전반적인 소질과 국제경쟁력을 향상시켜야 한다.[123]

현재 과학기술체제 개혁을 전면적으로 추진하고 심화시키는 것은 혁신구동 발전전략의 기초이다. 우선 원시적 혁신, 집성 혁신, 소화 흡수하여 재 혁신하는 체제구조를 유입하도록 장려하고, 기술혁신 시장지향구조를 건전히 하여 시장이 기술연구의 개발방향, 노선의 선택, 요소의 가격, 각종 혁신 요소의 배치에 대한 가이드 역할을 충분히 발양하도록 하는 점에서 표현된다. 산업과 학술연구의 협동 혁

---

123) 習近平, 『習近平談治國理政』 第2卷, 204쪽.

신구조를 건립하고, 기업이 기술혁신에서의 주체적 지위를 강화하며, 대형기업의 혁신적 골간작용을 발양하도록 하여 중소기업의 새로운 활력을 불러일으키고, 응용형 기술연구 개발기구의 시장화·기업화 개혁을 추진하여 국가의 혁신체계를 건설해야 한다. 다음으로 지식 소유권 응용과 보호를 강화하여 기술혁신을 장려하는 구조를 건전히 하고, 지식소유권 법원의 건립을 탐색해야 한다.

행정 주도와 부문 분할을 타파하여 시장이 기술혁신 프로젝트와 경비분배를 결정하고, 성과를 평가하는 구조를 건립해야 한다. 기술 시장을 발전시키고 기술의 이전구조를 건전히 하며, 과학기술형 중소 기업의 융자조건을 개선하고 벤처투자의 구조를 보완하며, 상업 모델 을 혁신하여 과학기술 성과의 자본화·산업화를 촉진시켜야 한다.

마지막으로 과학기술 기획과 자원을 통합하고, 기초적·전략적·첨 단적인 과학기술연구와 공동적 기술연구에 대한 지원 구조를 보완해 야 한다. 국가의 중대한 과학기술연구 기초시설은 규정에 따라 응당 개방해야 할 것은 일괄적으로 사회에 개방해야 한다. 조사제도 혁신 과 보고제도 혁신을 건립하고, 공개적이고 투명한 국가 과학기술 자 원 관리와 프로젝트 평가구조를 건립해야 한다. 동시에 원사(院士)의 선발과 관리체계의 개혁을 촉구하여 학과의 배치를 최적화함으로써 중년·청년 인재의 비율을 높이고, 원사의 휴직과 퇴출제도를 실시해 야 한다.[124]

---

124) 「中共中央關于全面深化改革若干重大問題的決定」, 人民网, 2013-11-16.

(3) 실체경제가 주도하는 혁신적인 극복방향을 정확하게 식별하고 파악해야
  한다.

　먼저 서로 다른 혁신 고리의 서로 다른 관건적으로 박약한 부분과
관건적인 단점 문제에 대해서는 응당 과학적으로 정부와 시장의 유
기적인 결합 점을 찾아야 하고, 정부와 시장의 착력점을 정확하게 파
악함으로써 '정부 주도'와 '정부 리드' 사이의 협조관계를 잘 조정해
야 한다. 특히 부동한 혁신에서의 서로 다른 관건적 부분과 관건적인
단점 문제에서의 발력점과 해결점을 정확하게 확정해야 한다. 혁신
에서의 기초연구와 원시적인 것에 대한 혁신부분, 현재 중국이 혁신
형 국가를 건설하는 과정의 제일 박약한 부분이다. 정부는 응당 모
든 투자의 주체 책임을 져야한다. 정부의 재정투자가 엄중하게 부족
한 국면에서 고등학교와 과학기술 연구기구의 원동력을 장려하는 구
조와 체도체제 설계를 잘 완성하는 기초위에서 하루 빨리 기초연구
경비가 R&D투자의 15%이상이 되도록 해야 한다. 혁신과정에서의 응
용혁신과 중간 테스트 과정에서 정부 주도와 시장 주도가 결합하는
특정 구조를 형성해야 한다. 외부성이 비교적 크고 시장의 불확정성
이 높은 응용 혁신 항목과 중간 테스트 항목에 대해 정부는 재정 지
원과 지지를 주도로 국유기업이 주요 담당자 및 선행자 역할을 하도
록 장려하는 특정 발전모델을 취할 수 있다. 혁신과정의 상품화 부분
에서 시장 주도와 정부가 제공하는 공공 서비스 및 지식 재산권 보
호환경 개선이 서로 결합하는 구조를 형성해야 하며, 정부는 제도 환
경의 개선과 향상으로 서로 다른 형태의 미시기업이 주동적으로 혁

신의 상품화 과정에 참여하도록 장려해 주어야 한다. 이와 동시에 외부성이 상대적으로 크고 시장의 불확실성이 비교적 높은 유형의 상품화 항목에 대해서는 적당한 정부의 재정지원 방식으로 미시기업의 참여를 장려할 수 있다. 혁신의 대규모 산업화 과정에 대해 전면적으로 정부의 관여행위를 줄이고, 각종 재정보조를 위주로 하는 산업정책과 혁신정책의 실시공간을 줄이고, 금융체계의 개선, 여러 차원의 인재체계 구축 및 지식소유권 보호제도의 강화 등 시장화 환경 향상에 의거하여 미시기업이 주동적으로 대규모 산업화의 항목을 맡도록 장려해야 한다.

다음으로 전통 제조업, 선진 제조업, 산업 장비 제조업 및 전략적 신흥산업의 서로 다른 산업체계에서의 박약한 부분과 관건적인 단점 문제에 대해 각 지역의 구체적인 실정에 따라 적절한 대책을 세우고 분류하여 관리하며, 관건적인 문제를 정확하게 찾아내는 원칙을 통해 정부와 시장이 서로 결합하는 차별화된 모델과 서로 다른 실시구조를 추진해야 한다.

그 구체적 방법은 다음과 같다. 전통 제조업 중 상품 품질이 상대적으로 낮고, 상품 설계 능력이 상대적으로 뒤쳐져 있고, 세밀한 제조를 해야 하는 공예의 축적이 부족하고, 브랜드로서의 능력이 부족하고, 전면 요소의 생산력과 노동 생산율이 시급히 대폭도로 상승해야 하는 등 방면의 핵심문제와 장애에 관련하여, 정부는 전통 제조업 산업집군 중 외부성이 있는 관건적인 공동성 기술·관건적 공동 공예 기술·관건적 공동 품질기술 등에 대한 집성적 혁신 및 기초적 혁신에서 중점적으로 힘을 모을 필요가 있다. 정부 재정자금이 직접 이런 외부적인 공공서비스 플랫폼 구축방면에 투자하도록 장려하고, 나악 특정기업을 특정하여 진행하는 정부재정자금을 지원하고, 기업이 자주적으로 관련된 기초연구와 관건적인 공동 기술서비스 방식으로 해결하도록 장려할 수 있다. 특히 문제 해결의 착력점은 응당 금융체계의 개선, 다차원 인재체계의 구축 및 지식 소유권 보호제도 강화 등 시장화 환경개선에 중점을 두어야 한다. 선진 제조업과 생산장비 제조업의 기초혁신, 핵심 생산 설비·관건 부품·관건 원자재·제조 공예 및 관련 생산방식 제조 체계 등 방면의 자주능력 부족 문제, 그리고 기술 유출정도가 크고, 혁신의 불확정 정도와 시장 리스크가 높고, 장기간 혁신적인 연구개발을 진행해야 하는 기업에 대해 정부는 혁신 보조금과 구조적 감세정책을 실시하는 방식으로 합리적인 장려를 해주어야 한다. 특히 직접융자 경로의 금융체계, 에인절 펀드 벤처펀드, 고차원 과학기술 연구 인재 및 고급 공정사와 고급 기술자 등 첨단 혁신 요소시장의 배양과 향상에서의 정부의 주도적 작용을 중시해야 한다. 전략적 신흥 산업에서의 원시적인 면에 대한 혁신, 기초 혁신, 첨단 기술·파괴적 기술 및 생산과 연구 개발과 연결된 관건적인 박약한 부분에 대해서 정부는 직접 관련 방면의 재정투자를 확대할 필요가 있고, 관련 기업의 관련 혁신연구 개발활동에 정부가 직접 자금을 지원함과 동시에 강력한 세금 감면정책으로 지지하고 장려함으로써 관련 영역의 "후발적으로 행하면서 얻어지는 '후발우세'를 불러일으키고" '코너 추월'이라는 혁신적인 추월 전략을 실시할 수 있다.

마지막으로 월드 클래스인 선진 제조군단을 조성하는 데서 뚜렷하게 박약한 부분과 단점적인 문제를 해결해야 하는 점에서 산업 정책과 혁신정책의 착력점을 점차 대중소기업의 혁신 협동과 협력이라는 생태체계의 구축을 촉진하고, 국유기업과 민영기업의 신형 혁신 협동·협력체계의 구축을 촉진시키는데 중점을 두어야 한다.

　점차 중국 각급 정부의 산업정책 보조금과 혁신 보조금이 국유기업에 치우치는 현상을 바로잡아 금후에는 산업정책과 혁신정책의 중점을 국유기업의 혁신 외부형과 기술유출 효과가 비교적 높고, 핵심 기초연구와 관건적인 공공 기술효과가 뚜렷하며, 장기적인 혁신 연구개발의 주기가 필요하고, 거액의 사전 투자와 지속적 연구의 개발이 필요한 부분에 두어야 하며, 시장의 산업화 위험이 비교적 큰 혁신과 산업부문에 두어야 하고, 대중소기업의 혁신사슬·산업사슬·요소사슬이 전면적으로 연결되고 융합 발전하는 협동·협력의 생태체계 구축을 장려하고 지원해야 하며, 국유기업과 민영기업의 혁신사슬·산업사슬·요소사슬이 전면 연결되고, 융합 발전하는 신형 협동·협력체계를 장려하는 일에 중점을 두어야 한다. 중국 산업사슬의 협력체계, 산업집단체계 및 세계적인 선진 제조집단의 저 원가 경쟁이라는 장점, 혁신경쟁의 장점 및 국제경제에서의 장점을 재건하고 활성화하여 중국공산당 제19차 전국대표대회에서 제기한 혁신형 국가를 전면적으로 건설하고, 효과적으로 혁신 구동하는 발전전략을 실시한다는 원래의 설정 목표를 관철시켜야 한다.

4. 경제 뉴노멀에서의 개혁: 현대화 경제체계 건설.

(1) 경제 뉴노멀은 신시대 경제체제 개혁사상 체계 형성의 중요한 배경과 기준이다.

시진핑은 다음과 같이 지적했다.

" '제13차 5개년 계획' 시기 중국경제발전의 선명한 특징은 뉴노멀에 진입한 것이다. 이는 중국경제의 형태가 더 고급적이고 분공이 더 최적화되고 구조가 더 합리적인 단계로 발전하기 위해서 반드시 거쳐야하는 과정이다. 이처럼 광범하고 심각한 변화를 실현하는 것은 중국이 직면한 새로운 거대한 도전이다. 뉴노멀은 객관적인 상태로 중국경제가 오늘의 단계로 발전한 후에 필연적으로 나타나는 상태이고 내적 필연성이기 때문에 중국은 상황에 따라 꾀하고 상황에 따라 움직이고 상황에 따라 진행해야 한다. '제13차 5개년 계획'을 기획하고 추진하는 중국경제 사회 발전은 뉴노멀 적응, 뉴노멀 파악, 뉴노멀 리드를 발전의 전반과 전 과정을 관통시키는 기본 논리에 따라 실행해야 한다. 역사의 기나긴 과정에서 볼 때 중국경제발전의 새로운 상태, 새로운 구조, 새로운 단계는 부단히 새로 형성되었다. 경제발전의 뉴노멀은 이 기나긴 과정의 한 개 단계이다. 이는 발전의 나선형 상승의 운동 규칙에 완전히 부합된다.”[125]

시진핑은 여러 번 강조했다. 뉴노멀을 인식할 때에는 정확하게 그 의미를 파악해야 한다. 아래와 같은 몇 가지 착오적인 인지와 착오적인 집행 경향이 보편적으로 존재한다. 첫 번째, 비교적 전형적인 인식 오류 : 뉴노멀은 사건이 아니기에 좋고 나쁨으로 간단하게 판단하지 말아야 한다. 뉴노멀은 좋은 상태인가 아니면 나쁜 상태인가 하고 묻는 사람이 있을 것이다. 뉴노멀은 객관적인 상태로 중국경제가 오늘날의 단계로 발전한 후 필연적으로 출현하게 되는 상태이고, 내적 필연성을 가지고 있기에 좋고 나쁨이 없기에 상황에 따라 꾀하고 상황에 따라 움직이고 상황에 따라 진행해야 한다. 두 번째, 비교적 대표적인 인식 오류 : 뉴노멀은 광주리가 아니기에 아무거나 안에 담지 말아야 한다. 뉴노멀은 주로 경제 분야에서 표현되기 때문에 뉴노멀이라는 개념을 남용하여 수많은 ‘뉴노멀’을 만들어내지 말아야 한다.

문화 뉴노멀이요, 여행 뉴노멀이요, 도시 관리 뉴노멀 등이 나타났다. 심지어 일부 안 좋은 현상을 모두 뉴노멀에 귀납시키는 상황도 나타나고 있다. 세 번째, 비교적 뚜렷한 인식 오류 : 뉴노멀은 대피항이 아니기에 어려운 사업을 뉴노멀에 귀속시켜 뉴노멀이기 때문에 해결할 수 없다는 이유를 만들어 내지 말아야 한다. 뉴노멀은 아무 일을 하지 않는 것이 아니고 발전을 하지 않는 것도 아니며, 국내 생산 총

125) 習近平,「在省部級主要領導幹部學習貫徹十八屆五中全會精神專題研討班開班式上發表重要講話」, 央視网, 2016-01-18.

액의 성장을 도모하지 않는 것이 아니라 주관적으로 능동성을 잘 발양하고 창조정신으로 경제의 지속가능한 발전을 추진하여 고품질 발전이라는 조건 하에서 더욱 빠른 경제성장을 실현하는 것이다.[126]

(2) 현대화 경제체계 건설은 중국경제 난관의 돌파기를 넘어설 수 있는 필연적인 전략적 선택이다.

중국경제는 이미 고속성장 단계에서 고품질의 발전단계에 접어들었기에 발전방식의 변화, 경제구조의 최적화, 성장 원동력 전환의 난관을 돌파해야 하는 시기에 처해있다. 현대화 경제체계 건설은 난관 돌파기를 넘어야 하는 절박한 요구이며, 중국 발전의 전략적인 목표이다. 반드시 품질 제일, 효율 우선을 견지하고 공급 측 구조개혁을 위주로 경제발전의 품질 개혁·효율 개혁·원동력 개혁을 추진하며, 전요소의 생산율을 제고하고, 경제 실체·과학기술 혁신·현대 금융·인력자원 협동발전의 산업체계 건설을 재촉하여 시장기능의 효과적이고 미시주체가 활력이 있고, 거시 조정이 적절한 경체제제 건설에 힘을 씀으로써 부단히 중국경제의 혁신력과 경쟁력을 강화해야 한다.[127]

현대화 건설체계의 6대 구체 임무는 신시대 경제체제 개혁사상 체계 계통론의 집중적인 체현이다. 시진핑 신시대 「중국 특색의 사회주의」 경제사상 체계는 시종 계통론의 방법론을 문제 발견·문제 인식·

126) 習近平, 「在省部級主要領導干部學習貫徹党的十八屆五中全會精神專題研討班上的講話」, 新華网, 2016-05-10.
127) 習近平, 『決胜全面建成小康社會奪取新時代中國特色社會主義偉大胜利 : 在中國共産党第十九次全國代表大會上的報告』, 北京, 人民出版社, 2017, 30쪽.

문제 해결과 논리를 실행하는 우선 순위에 놓았다. 과학 변증법의 내적 논리로 볼 때, 계통론의 방법론은 계통적인 관점으로 사회결제 활동을 연구하며 연구대상을 계통에 포함시키는 형식으로 계통과 요소·요소와 요소·구조와 기능·계통과 주위 환경 간의 상호 관계·상호 작용과 상호 제약으로부터 고찰하고, 변증 분석함으로써 문제를 최적화 해서 처리하도록 하는 연구 방법이다. 물론 현대화 경제체계의 건설은 시종일관 시진핑 신시대 「중국 특색의 사회주의」 경제사상 체계론의 방법론을 관철시켜야 한다.

현단계 중국의 경제사회 발전과정에서 나타난 일련의 관건적인 문제와 중대한 리스크의 상황으로부터 중국의 현 단계 현대화 경제체계 건설의 총 임무는 공급 측 구조개혁 심화와 혁신형 국가건설, 향촌진흥 전략의 실시, 지역간 협조 발전전략 실시 및 사회주의 시장경제 체제의 빠른 개선, 전면 개방의 신국면 형성 추진은 어느 하나도 없어서는 안 되는 여섯 개의 계통적 구성부분이다. 만약 어느 방면의 개혁사업이 제대로 진행되지 못하고, 어느 관건적인 단점 사업이 제때에 적절한 보완을 받지 못하면 현대화 건설체계의 전반적인 대국에 영향을 미치게 되어 현대화 경제체계 건설을 위한 전략적 임무의 추진은 복잡하고 예기치 못한 문제·방해·리스크에 직면할 수 있다.

현대화 경제체계 건설의 6대 구체적 임무는 신시대 경제체계 개혁 사상체계의 변증법과 실천론을 집중적으로 체현하는 것이다. 구체적으로 볼 때, 공급 측 구조개혁의 심화는 현대화 경제체계 건설 사업의 주선율이다. 현대화 경제체계 건설의 착력점은 반드시 실체경제에 두어야 한다. 또한 주요 방향은 공급 측 품질 향상을 통해 중국경제 품질의 우세를 현저하게 제고시키는 것이다. 마침 공급 측 구조개혁의 착력점은 제조업을 위주로 하는 실체경제 부문에 있고, 단기적으로는 "삼거일강일보"를, 장기적으로는 산업구조 최적화와 개혁 업그레이드를 통해 제조업 체계의 관건적인 핵심 기술의 창출을 강화하며, 자주혁신 능력체계의 구축 및 국제 경쟁력을 현저하게 강화시키는 것이다. 혁신은 발전을 리드하는 제일의 원동력이다. 기초연구와 기초연구 응용능력의 강화, 국가 혁신체계 건설의 강화, 전략적 과학기술 역량의 강화, 과학기술체계의 개혁을 심화하는 일 등 일련의 개혁을 통해 과학기술 강국, 품질 강국을 건설해야 한다.

농촌진흥 전략과 지역간 협조발전 전략을 실시하는 것은 현대화 경제체계 건설의 두 가지 핵심 경로이다. 한편으로 농업과 농촌, 농민문제는 국가경제와 국민생활의 근본적인 문제이기에 반드시 '3농(三農)' 문제를 해결해야 하는 것을 전당 사업의 절대적인 중심으로 해야 한다. 또한 더욱 효과적인 지역간 협조발전의 새로운 구조를 건립해야 하는데, 특히 도시군을 주체로 하고 대중소 도시와 작은 도시가 협조 발전하는 도시 발전구조를 형성시켜야 한다. 사회주의 시장경제체계의 개선을 촉구하는 것과 전면 개방이라는 새로운 구조의 형성을 추진하는 것은 현대화 경제체제를 건설하는 두 가지 제도의 환경보장이다. 한편으로 경제체제 개혁은 반드시 소유권 제도 개선과 요소의 시장화 배치를 중점으로 소유권을 효과적으로 장려하고, 요소가 자유적으로 유동하며, 가격 반응이 민활하고 경쟁이 공정하며 질서

적이고 기업의 기본 경제체제를 실현하는 것이다. 다른 한편으로 '일대일로' 건설을 중점으로 '들여오는(引進來-중국의 외자도입 정책) 것'과 '나가는(走出去-중국 기업의 해외 진출) 것'을 모두 중시하고, 함께 상의하고 함께 건설하고 공유하는 원칙을 따르면서 혁신 능력에 대한 개방과 협력을 강화하여 육지와 해양의 내외 연동 및 동부와 서부가 서로 돕는 개방 구조를 형성함으로써 국제경제의 협력과 경쟁의 새로운 우위를 형성하여 최종적으로 중국을 업그레이드 된 무역 강국으로 건설하는 것이다.

5. 새로운 경제사업의 메인: 공급 측 구조적 개혁을 깊이 있게 추진하는 것이다.

시진핑은 이렇게 강조했다.

"공급 측 구조적 개혁의 중점은 사회 생산력을 해방하고 발전시키는 것이다. 개혁의 방법으로 구조 조정을 추진하여 효과가 없거나 저급적인 공급을 줄이고 효과적인 중고급 공급을 확대함과 동시에 공급 측 구조가 수요 변화에 대한 적응성과 영활성을 향상시켜 전 요소의 생산율을 제고시켜야 한다."[128]

---

128) 習近平, 「在省部級主要領導干部學習貫徹党的十八届五中全會精神專題研討班上的講話」, 新華网, 2016-05-10.

일련의 정책 조치, 특히 과학기술 혁신 추진, 실체 경제발전, 인민 생활의 보장과 개선 관련 정책에 대한 조치와 실시를 통해 중국경제 공급 측에 존재하는 문제를 해결해야 한다. 보통 공급 측 구조개혁은 공급을 강조하는 한편 수요도 중시하고 사회 생산력 발전을 명확히 하는 한편 생산 관계의 개선을 중시하며 시장이 자원배치에서의 결정적 역할을 중시해야 할 뿐만 아니라 정부의 작용을 잘 발양해야 하고, 현재에 포커스를 맞추어야 하며 미래도 중시해야 한다. 생산 측으로부터 시작하여 생산력 과잉에 대한 효과적 해결을 촉진하고, 산업의 최적화를 위한 재구성을 촉진하며, 기업의 원가를 낮추고 전략적 신흥 산업과 현대 서비스업을 발전시키며, 공공 제품과 서비스 공급을 증가하고, 공급 구조가 수요 변화에 대한 적응성과 융통성을 제고시켜야 한다. 첫째, 중국 공급 측 구조개혁 이론체계의 제기는 국내외 복잡한 형세와 글로벌 경제 패턴의 새로운 변화의 특징에 대한 심도 있는 파악과 정확한 대응이다. 지금 세계경제의 구조는 심각한 조정을 진행하고 있다. 국제 상황은 대체로 이러하다. 국제 금융위기로 유럽과 북미 선진 경제체가 대차 소비를 진행하고, 동남아시아 지역이 높은 저축과 저가 노동력 및 상품을 제공하며, 러시아와 중동 및 라틴아메리카가 에너지자원을 제공하던 글로벌 경제의 대 순환은 타파되었다. 주요 국가 인구의 노령화가 날로 심각해지고, 노동력 인구의 성장률이 나날이 줄어들고 있고, 사회원가와 생산원가의 상승 속도가 빨라지고, 전통 산업과 성장의 원동력이 부단히 줄어들어 신흥 산업의 규모와 성장 원동력의 축적도 아직은 부족하다. 이런 대 환경에서 중국은 공급 측에서부터 세계 공급시장에서의 위치를 정확하게 찾아야 한다. 국제적 경험으로 볼 때, 한 나라의 발전은 근본적으로 공급 측에 의해 움직인다. 과학기술과 공업혁명은 매번 생산력을 향상시켰고, 상상할 수도 없는 공급능력을 창조했다. 지금 시대의 사회화 대 생산의 뚜렷한 특점은 공급 측이 성공적으로 혁신을 실현하면 시장은 엄청난 교역량으로 화답한다는 것이다. 그렇기 때문에 공급 측 개혁을 추진해야 하며, 반드시 혁신발전의 이념을 확고부동하게 수립하고, 새로운 과학기술, 새로운 산업, 새로운 업계의 번영발전을 추진하여 경제의 지속적이고 건전한 발전을 위해 끊임없는 내생 원동력을 제공해야 한다. 국내의 상황은 대체로 이러하다. 경제발전은 '4강1승(四降一升)'에 직면해있다. 즉 경제의 급속한 하락, 공업상품 가격의 하락, 실체 기업이윤의 하락, 재정수입의 하락과 경제 리스크의 발생 확률이 상승하고 있다. 이런 문제의 주요 모순은 주기성이 아니라 구조성이고, 공급 구조의 그릇된 배치 문제가 엄중하다는데 있다. 따라서 한계 효익(效益)의 끊임없는 하락을 관리할 필요가 있는 것이다. 단순히 내부의 수요를 자극하는 방법으로 생산력 과잉 등 구조적 모순을 해결하기는 어렵다. 따라서 공급 측 구조개혁을 주요 해결 방향으로 낮은 수준의 공급과 수요의 균형에서 높은 수준의 공급과 수요의 균형을 실현해야 한다. 때문에 공급 측 구조개혁은 먼저 생산 측에서 시작하여 생산능력 과잉의 효과적 해결을 중점으로 산업의 최적화 재편성과 기업원가 절감을 촉진하고, 전략적 신흥산업과 현대의 서비스업을 발전시키며, 공공 제품과 서비스 공급을 증가시켜 공급구조가 수요 변화에 대한 적응성과 융통성을 제공해야 한다. 간략하게 말하면 공급과잉 해소, 재고 소진, 부채 축소, 원가 절감, 단점 보완 등이다.[129] 둘째, 중국이 주동적으로 추진하는 공급 측 구조개혁은 서방경제의 공급학파를 전면적으로 초월한 것으로 서방 공급학파의 복사본이 아니라 중국 특색 정치 경제학 체계 본질의 집중적인 표현이고, 중국 개혁 지혜의 완성이다. 서방 공급학파는 1970년대에 시작되었다. 당시 케인즈 주의의 수요 관리정책이 실패하면서 서방국가는 경제침체의 국면에 진입했다. 공급학파는 공급이 자동적으로 수요를 창조하기에 응당 공급으로부터 경제발전을 추진해야 하고 생산과 공급을 증가시키려면 세금을 줄여 사람들의 저축, 투자 능력과 적극성을 향상시켜야 한다고 했다. 이는 공급학파 대표인물인 래퍼(Arthur Betz Laffer)가 제기한 '래퍼곡선'인 '감세곡선'이다. 이 외에도 공급학파의 감세는 두 가지 조건이 따라야 한다. 하나는 정부 지출을 감소하여 예산 균형을 이루는 것이고, 다른 하나는 화폐 발행 수량을 제한하여 물가를 안정시키는 것이다. 공급학파는 세금인하가 중점이라고 강조했기에 과분하게 세율의 작용을 과도하게 강조하게 되었고 사상 방법이 비교적 절대적이기에 공급만 중시하고 수요를 홀시했으며, 시장의 기능만 중시하고 정부의 작용을 홀시했다.[130] 셋째, 중국이 제기한 공급 측 구조적 개혁은 특히 '구조적'이라는 특

129) 習近平, 「在省部級主要領導干部學習貫徹党的十八届五中全會精神專題研討班上的 講話」, 新華网, 2016-05-10.
130) 習近平, 「在省部級主要領導干部學習貫徹党的十八届五中全會精神專題研討班上的 講話」, 新華网, 2016-05-10.

별 가치를 강조하여 보여주고 있다. 공급 측 구조개혁의 중점은 사회 생산력을 해방시키고 발전시키는 것이다. 개혁의 방법으로 구조조정을 추진했으나 효과가 없거나 저급적인 공급을 줄이고 효과적이고 중고급적인 공급을 확대하여 공급구조가 수요 변화에 대한 적응성과 융통성을 높임으로써 전 요소의 생산율을 제고시키는 것이다. 이는 세수와 세율의 문제뿐이 아니라 일련의 정책 조치, 특히 과학기술 혁신의 추진, 실체 경제의 발전, 인민생활 정책에 대한 조치 보장과 개선을 통해 중국경제 공급 측에 존재하는 문제를 해결하는 것이다. 우리가 말하는 공급 측 구조개혁은 공급을 강조하는 한편 수요도 중시하고, 사회 생산력 발전을 명확히 하는 한편 생산관계 개선을 중시하며, 시장이 자원배치에서의 결정적 역할을 중시하는 정부의 작용을 잘 발양해야 하고, 현재에 포커스를 맞추어야 할 뿐만 아니라 미래도 중시하는 개혁이다.[131] 넷째, 공급과 수요는 시장경제 내적 관계의 두 개 기본 방면은 대립 통일의 변증법 관계로 이 두 가지는 어느 하나가 없어도 안 되는 서로 의존하고 서로 상대의 전제 조건이기도 한 관계이다. 수요가 없다면 공급은 있을 수 없다. 새로운 수요는 새로운 공급을 산생시킬 수 있다. 공급이 없으면 수요는 만족 될 수가 없기에 새로운 공급으로 새로운 수요를 창조해야 한다. 공급 측과 수요측은 거시경제를 관리하고 조정하는 두 가지 기본 수단이다. 수요 측 관리는 총량적인 문제를 해결하는데에 중점을 두고 단기적인 조정을 중시하는데 주로 세수조절, 재정지출, 화폐대출 등을 통해 수요를

131) 위의 글.

자극하거나 억제함으로써 경제의 성장을 추진한다. 공급 측 관리는 구조문제 해결에 중점을 두고 경제성장의 원동력을 불러일으킨다. 주로 요소 배치와 생산구조 조정의 최적화를 통해 공급체계의 품질과 효율을 향상시킴으로써 경제성장을 추진한다. 세계경제 발전사를 보면 경제정책은 주로 거시경제 형세 변화의 특징 및 경제 단계성 움직임 변화 특징에 근거하여 과학적인 판단을 하게 된다. 이 두 가지는 어느 하나 만을 선택해야 하는 단항 선택 문제거나 어느 하나로 다른 하나를 대체할 수 있는 관계가 아니라 서로 배합하고 조정하면서 추진하는 관계이다 또한 수요 측을 포기하고 공급 측만 언급하거나 공급 측을 포기하고 수요 측을 언급하는 것은 모두 편면적인 인식의 사유이다. 지금이나 금후 일정 기간 동안 중국경제가 직면하게 될 문제는 공급과 수요 모두에 있지만 모순의 주요 방면은 공급 측에 있다. 예를 들면 중국의 일부 업계와 산업의 생산능력은 엄중한 과잉상태가 존재하는 동시에 대량의 관건적인 장비와 핵심기술 및 첨단상품은 여전히 수입에 의존하고 있는 상황이기에 중국 국내의 방대한 시장, 특히 첨단시장의 수요는 본토 기업이 장악하고 있지 못하고 있다. 중국은 대량의 구매력을 자랑하는 중고급 소비 수요에 국내의 힘을 통해 스스로 효과적인 공급을 완성할 수는 없다. 사실이 증명하다시피 중국은 수요가 부족하거나 수요가 없는 것이 아니라 수요가 변한 것이다. 하지만 이런 상황에서 공급하는 상품이 변하지 않았고 품질과 서비스가 변화된 수요를 따르지 못한 것이다. 효과적인 공급 능력 부족으로 대량의 "수요가 대외로 표출"되고 소비능력이 엄중하게 대외로 흘러나가고 있다. 이런 구조적 문제를 해결하기 위해 중국은 반드시 공급 측 개혁을 추진해야 한다. 다섯째, 중국의 공급 측 구조개혁은 반드시 공급과 수요의 유기적 결합에 입각해야 한다. 또한 투자와 소비가 경제에 미치는 지지 작용의 유기적 균형 모델에 의거해야 하고, 공급 측 개혁을 통해 수요 측의 효과적인 수요의 규모를 늘리고 강화하여 지속 가능한 확대와 첨단 수요를 방대하게 키움으로써 최종적으로 수요 측 수입의 불균형 난제를 해결해야 한다. 공급 측 전통산업의 전형과 업그레이드 및 전략적 신흥 산업의 지속적인 확장은 중국이 금융 경제 중고속 성장을 유지할 수 있는 고품질 투자의 근원을 결정한다. 동시에 중국이 금후 상당히 긴 기간 동안 반드시 투자 구동형 성장모델을 계속 유지할 것이라는 객관적 사실을 결정한다. 전통 제조업 전형 업그레이드를 촉진하는 것이나 첨단 기술산업을 촉진 및 전략성 신흥산업의 지속적인 확장 모두 시장과 정부의 결합형태의 고품질을 위한 새로운 투자를 통해 실현해야 한다. 명확한 것은 투자 수량과 규모 확장의 전통적인 조방형 성장 모델과 달리 첨단 공업화와 신형 공업화를 위주로 하는 고품질 투자 성장모델의 형식 및 신형 경제구조 형성은 공업부문 생산율의 지속가능한 성장을 내적 핵심으로 하는 경제 내생 동력구조가 형성되도록 해야 한다. 또한 이를 통해 근본적으로 중국경제의 잠재적 성장률을 상승시키게 된다. 공업부문의 생산율 향상을 위주로 하는 경제 신동력 구조 형성은 중국이 금후 노동자 급여 수준의 성장 공간을 결정하며 중국 소비 구조의 업그레이드와 내수 규모 확장 공간 및 후속 내수 구동

경제 성장 패턴의 강화를 결정하며 최종적으로 중국 현 단계 경제발전 과정의 공급 측 구조개혁의 원동력 구조와 수요 측 원동력 구조 간의 상호 촉진의 내수 지지형 성장 모델을 형성하게 된다. 공급 측 구조개혁의 영향 작용은 수요 측에 영향을 미치게 된다. 그 영향은 금후 중국 노동자 수입의 상승 공간 및 수입 불균형 문제를 완화시키는 작용을 하게 된다. 한편으로 노동자의 수입성장 수준은 필연적으로 미시기업 노동 생산율이나 전 요소 생산율의 성장수준의 제약을 받게 된다. 오직 생산율의 지속적인 성장만이 중국의 금후 노동자 수입 수준의 성장에 기초를 마련해줄 수 있고, 노동자 수입 수준의 상승폭과 상승 공간을 결정한다. 또한 생산율의 향상 촉진을 주요로 하는 고품질 투자 활동은 중국의 미시 생산 부문이 첨단기술을 창조하고 수입이 높은 일자리를 마련할 수 있는 기본 능력을 결정한다. 때문에 신속하게 고품질 투자활동을 증가하면 중국을 위해 첨단기술과 고수익 일자리를 창조할 수 있다. 이 두 가지 작용구조의 중첩효과는 더욱 중국 본토 소비 수요 구조의 업그레이드를 촉진하고 중산계층의 확장으로 인한 첨단기술 수요속도도 더욱 늘어 날 것이며 "수요로 인한 투자"와 "수요로 인한 혁신"의 작용 경로를 통해 중국 투자 구동 발전모델과 혁신 구동 발전모델의 형식 형성을 다그쳐 중국 국내 수요 구동 발전모델의 형성을 앞당기게 된다.

제5장

정부와 시장의 관계를
정확하게 처리하자.[132]

---

132) 본 장의 집필자는 양뤠이룽(楊瑞龍)이다.

중국공산당 제19차 전국대표대회 보고에서는 중국경제는 이미 고속성장단계에서 고품질 발전단계에 들어섰고, 현대화 건설체계의 건설은 관건적인 시기를 넘을 수 있는 절박한 요구이며, 중국 발전의 전략적 목표라고 했다. 현대화 경제체제의 중요한 징표는 시장기능이 효과적이고 미시 주체가 활력이 있고, 거시 조정이 적절한 경제체제 건설을 완성하여 부단히 중국경제의 혁신과 경쟁력을 향상시키는 것이다. 미시기초가 충분한 활력을 유지하고 동시에 적절한 거시 조정과 효과적인 범위를 유지할 수 있는 여부는 중국이 어떻게 정부와 시장의 관계를 정확하게 처리하는 가에 달렸다. 시진핑 총서기는 이렇게 지적했다. "경제체제 개혁의 핵심문제는 여전히 정부와 시장의 관계를 잘 처리하는 것이다."[133]

1. 시장기능의 결정적 작용 발휘와 더 좋은 정부의 작용 발휘.

개혁개방 이후 계획과 시장의 관계에 대한 중국의 인식은 점차 심화되었다. 개혁목표는 시장기능이 포함된 계획경제체제, 계획적인 상품경제체제, 사회주의 상품경제체제 건설로부터 사회주의 시장경제체제로 변화되었으며, 탐구하는 핵심 명제의 하나가 바로 정부와 시장의 관계를 잘 처리하는 것이다. 계획(정부)과 시장의 관계에 대한 중국의 인식은 기나긴 과정이었다.

제1단계: 1978년~1983년. 이 시기에는 계획경제를 위주로 하고 시장조정을 보충으로 하는 개혁사상을 제기했다. 중국공산당 제11기

133) 習近平, 『習近平談治國理政』 第1卷, 앞의 책, 75쪽.

중앙위원회 제3차 전체회의 이후 많은 이론가들은 사회주의 경제에서 객관적으로 존재하는 화폐 관계와 가치 규칙은 유통 영역에 작용을 할 뿐만 아니라 생산 영역에도 작용을 하므로 응당 시장기능을 계획경제에 응용해야 한다고 했다. 하부기관에 일부 권력을 이양하고, 일정한 이윤을 양도하는 등의 방법으로 가치 규칙의 기초에서 계획해야 했다.

제2단계: 1984년~1987년 9월. 이 시기에는 계획적인 상품경제이론을 제기했다. 1984년 중국공산당 제12기 중앙위원회 제3차 전체회의의 『경제체제 개혁에 관한 중국공산당 중앙의 결정』에는 상품경제는 사회주의 경제에서 반드시 거쳐야할 단계이고 계획경제와 상품경제는 통일성이 있으며, 계획과 시장은 모듈형식[134]으로 결합된다고 했다.

제3단계: 1987년 10월~1992년 초. 이 시기에는 사회주의 상품경제 이론을 제기했다. 1987년에 열린 중국공산당 제13기 중앙위원회에서는 계획적인 상품경제 이론을 더 발전시켰고 계획과 시장의 작용은 전 사회적이라고 명확하게 지적했으며 계획 조절과 시장 조절은 응당 유기적으로 결합되어야 한다고 했다. 경제체제 개혁의 목표는 "국가의 시장 조절과 시장의 기업을 가이드"하는 경제 운행 모델을 건립하는 것이다.

제4단계: 1992년 초~2013년. 이 시기에는 사회주의 시장경제 이론을 제기했다.

---

134) 모듈형식 : 큰 전체 시스템 및 체계 중 다른 구성 요소와 독립적인 하나의 구성 요소를 종합한 형식.

덩샤오핑은 1992년 봄에 있은 남방담화에서 명확하게 지적했다.

> "계획이 많은지 아니면 시장이 많은지는 사회주의와 자본
> 주의의 본질적 구분이 아니다. 계획경제는 곧 사회주의라
> 고 할 수 없다. 자본주의에도 계획이 있다. 시장경제라고
> 해서 자본주의라고 할 수 없다. 사회주의에도 시장이 존재
> 한다. 계획과 시장은 경제의 수단이다."[135]

그렇기 때문에 시장이 거시 조정과 자원배치에서 결정적인 작용을
하고, 경제활동은 가치 규칙을 따르도록 요구하며 공급과 수요의 관
계 변화에 적응해야 한다. 2013년 이후에 중국은 자원배치에서 시장
기능의 결정적 작용을 더욱 강조해 신 발전이념을 관철하여 현대화
경제체계를 건설할 것을 제기했다. 2013년 11월에 열린 중국공산당
제18기 중앙위원회 제3차 전체회의에서는 「전면적으로 개혁을 심화시
키는데 있어서 약간의 중대한 문제에 대한 중국공산당의 결정」을 통
과시켰다. 시진핑 총서기는 이번 회의 설명에서 이렇게 지적했다. "정
부와 시장의 관계를 더욱 잘 처리해야 하는 실질적인 문제는 자원배
치에서의 시장의 결정적 작용을 잘 처리하고, 정부가 결정적 작용을
하는 문제이다."[136] 중앙은 "응당 자원배치에서 시장의 '기초적 작용'을

135) 鄧小平, 『鄧小平文選』 第3卷, 앞의 책, 373쪽.
136) 習近平, 『習近平談治國理政』 第1卷, 77쪽.

'결정적 작용'으로 수정해야 한다"[137]고 했으며, 동시에 정부의 작용을 잘 발휘토록 해야 한다고 했다. 중국공산당 제19차 전국대표대회 보고에서는 '두 개 백년'의 분투목표를 실현하고, 중화민족의 위대한 부흥의 '중국의 꿈'을 실현하기 위해 부단히 인민생활의 수준을 향상시켜야 하며, 반드시 확고부동하게 발전을 중국공산당의 집정과 나라를 부유하게 하는 절대적인 임무로 하고, 사회생산력 해방과 발전을 견지하면서 사회주의 시장경제의 개혁방향을 견지하여 시장기능이 효과적이고 미시주체가 활력이 넘치도록 거시 조정이 적절한 경제체제를 건설하는데 힘을 모아야 한다. 시진핑 총서기는 이렇게 말했다. "시장이 자원배치에서 결정적인 작용을 하도록 하는 것은 우리 당이 「중국 특색의 사회주의」 건설 규칙에 대한 인식의 돌파이며, 마르크스주의 중국화의 새로운 성과로 사회주의 시장경제 발전이 새로운 단계에 진입했음을 의미한다."[138] 마르크스주의 고전작가의 문헌에는 미래사회에서 정부와 시장의 관계를 처리하는 데에 관한 토론이 없다. 마르크스와 엥겔스사상은 미래사회에서 사회 소유제가 사유제를 대체하면서 상품화폐의 관계는 소멸되고, 사회를 중심으로 하는 사회노동시간에 대한 통일 분배가 상품경제를 대체할 것이라고 예측했다.

전통 정치경제학 패러다임에서 계획은 사회자원을 배치하는 중요한 방식이다. 중앙 정부는 절대 부분의 자원배치권을 가지고 있고, 상품화폐는 형식뿐이다. 비록 적당하게 일부 권력을 하부기관에 이양하고

---

137) 위의 책, 76.
138) 위의 책, 116.

일정 이윤을 양도하지만, 시장기능은 자원배치의 중요 방식이 아니기에 정부의 작용은 끝이 없다. 서방 자유주의 경제학은 교환의 본질은 소유권 교역이고, 개인 소유권이 없다면 진정한 시장이 없으며, 시장이 없으면 균형적인 가격도 형성할 수 없기에 기업은 합리적인 경제적 계산을 할 수 없다고 여긴다. 사회주의 공유제는 상품화폐 관계를 배제하기에 사회주의 경제는 시장기능을 합리적으로 이용하여 자원을 배치할 수가 없다. 「중국 특색의 사회주의」 경제이론은 창조적으로 시장이라는 "보이지 않는 손"과 정부라는 "보이는 손"이 유기적으로 결합할 수 있기에 사회주의 기본경제제도는 시장경제와 유기적으로 결합할 수 있다고 제기했다. 또한 구체적인 결합방식으로 각자가 작용할 수 있는 범위를 제기하여 창조적으로 마르크스주의 경제학을 발전시켰다. 사회주의 시장경제 조건에서 시장은 자원배치에서의 결정적 작용을 해야 할 뿐만 아니라 정부도 자신의 작용을 잘해야 한다. 그러나 자원배치에 있어서 시장의 결정적 작용으로 정부의 작용을 부정해서는 안 될 뿐만 아니라 강한 정부의 작용으로 자원배치에 있어서 시장의 작용도 부정해서는 안 된다. 시진핑 총서기는 이렇게 훈시했다. "시장의 작용과 정부의 작용문제에서 변증법과 양점론을 적용해야 한다. '보이지 않는 손'과 '보이는 손'을 모두 잘 사용하여 시장의 작용과 정부의 작용이 유기적으로 통일하고, 상호 보완·상호 협조·상호 촉진의 구조를 형성함으로써 경제사회가 지속적으로 건강한 발전을 추진해야 한다."[139]

---

139) 위의 책, 116쪽.

사회주의 초급단계에서 중국은 마르크스주의 고전작가가 예측한 상품화폐 관계 소멸의 전제적 조건이 마련되지 않았다. 즉 사회생산력이 아직 고도로 발전하지 못했고, 전 사회가 아직 생산 자료를 점유하지 못했으며, 개인 노동은 아직 직접 총 노동의 구성 부분으로 존재하고 있지 못하다. 존재하는 여러 가지 소유제 형식 및 매 기업과 가정 모두 독립적인 이익을 취하게 한다는 목표에서 상품 화폐와의 관계는 객관적 필연성이 있고, 시장기능은 서로 다른 주체의 이익관계 및 자원배치의 효과적인 방식을 조정해준다. 따라서 자원배치에서 시장이 결정적 작용을 해야 하는 것이다. 시진핑 총서기는 이렇게 지적했다. "경제발전은 자원 특히 희소 자원의 배치 효율을 제고시켜 되도록 적은 자원의 투자로 될수록 많은 상품을 생산하고 되도록 큰 수익을 얻을 수 있도록 해야 한다. 이론과 실천이 증명하다시피 시장의 자원배치는 제일 효율적인 형식이다."[140] 하지만 시장은 스스로 자원배치의 최적화를 실현할 수는 없다. 오직 "보이지 않는 손"을 통해 자원의 최적화 배치를 실현한다. 즉 완정한 경쟁의 시장기능을 전제로 해야 한다. 하지만 이처럼 완벽한 시장기능은 존재하지 않는다. 시장에 참여하는 행위자의 이성은 제한적이고 정보 또한 완전하지 못하며(시장 주체에서 얻는 정보는 원가를 지불해야 하며 정보 분포도 대칭적이지 못하다.) 미래는 불확실하기에 많은 개인 원가와 사회 원가는 서로 다른 외부성을 지니고 있다. 이런 원인으로 시장의 실패현상은 불가피하게 나타나게 된다.

---

140) 위의 책, 77쪽.

이때 시장기능의 자발적 작용만으로는 경제성장과 충분한 일자리, 안정적인 가격, 산업구조의 고급화 및 국제 수지균형 등의 목표를 실현할 수 없다. 그래서 "사회주의 시장경제를 발전시킴에 있어서는 시장의 작용도 필요하고 정부의 작용도 필요한 것이다."[141] 다시 말하면 정부는 경제수단·법제수단 및 필요한 행정수단으로 시장의 실패를 만회하여 거시 조정의 목표를 실현토록 해야 한다는 말이다.

어떻게 시장이 자원배치에서 결정적 작용을 할 수 있도록 해야 하는가? 시진핑 총서기는 이렇게 지적했다. "사회주의 시장경제의 개혁 방향을 견지하고 범위와 깊이에서 시장화 개혁을 진행하여 시장 주체의 활력을 속박함으로써 시장과 가치규칙의 충분한 작용을 저해하는 폐단을 극복해야 한다."[142] 시장이 자원배치를 결정한다는 것은 경제의 일반 규칙이다. 건전한 사회주의 시장경제 체제는 반드시 이 규칙을 준수하고 시장 체제의 불완전, 정부의 관여 과잉과 감독관리가 제대로 실행되지 않는 문제를 해결하는 데에 힘써 자원에 대한 정부의 직접적인 배치를 대폭 줄여 자원배치가 시장규칙·시장가격·시장경쟁을 통해 효익의 최대화와 효율의 최적화를 실현하도록 추진해야 한다. 중국공산당 제19차 전국대표대회의 배치에 따르면 경제체제의 개혁은 반드시 소유권제도 개선과 요소의 시장화 배치를 중점으로 하여 소유권에 대한 효과적인 장려, 요소의 자유스런 유동, 가격의 영민한 반응, 공정하고 질서적인 경쟁, 기업의 성공을 현하는 것

141) 위의 책, 77쪽.
142) 위의 책, 117쪽.

이다. 그러면 어떻게 정부의 작용을 잘 해야 하는가? "과학적인 거시 조정과 효과적인 정부 거버넌스는 사회주의 시장경제 체제의 우세를 보여주는 내적 요구이다."[143] 정부의 직책과 작용은 주로 거시 경제의 안정을 유지하고, 공공 서비스를 강화하고 최적화하며, 공정한 경쟁을 보장하고 시장의 감독 관리를 강화하며, 시장 질서를 수호하여 지속가능한 발전을 추진함으로써 공동 부유를 촉진시키고 시장의 실패를 만회하는 것이다.

정부의 조정과 시장의 기능은 자원의 최적화 배치를 실현하는 경제 수단이다. 정부 조정의 주요한 장점은 협조이다. 자기 역할을 못하는 산업 부문에 대한 지원 협조, 사회경제관계의 협조, 단기 목표와 장기 목표의 협조, 총량 균형과 구조 균형의 협조 등이 포함된다. 시장기능에 의거하여 사회의 공정과 장기적인 발전 등의 문제를 해결하는 것은 비교적 어렵다. 하지만 정부 조정의 부정적인 반응도 명확하기 때문에, 만약 적절하게 응용하지 못하면 경제를 과도하게 관여할 수 있으므로 경제의 효율을 하락시키게 된다. 시장기능은 이익관계와 가격구조를 통해 시장 주체의 행위를 조절해야 한다. 일반적으로 미시적 효율은 비교적 높다. 하지만 시장이 불완전한 조건에서 시장 실패의 현상은 자주 나타나기 때문에 자원의 최적화 배치를 실현하기 위해서 응당 정부의 조정과 시장의 기능을 유기적으로 결합시켜야 한다. 따라서 사회주의 시장경제체제는 바로 정부의 조정과 시장기능의 유기적 결합을 위해 체제조건을 마련해 두어야 하는 것이다.

---

143) 위의 책, 117~118쪽.

2. 효과적인 시장기능을 배양해야 한다.

시장이 자원배치에서 결정적인 작용을 하도록 하게 하는 매우 중요한 전제 조건이 바로 효과적인 시장기능이다. 소위 시장기능이란 일정한 시장형태에서 서로 인과관계가 있는 시장의 공급과 수요, 가격, 경쟁 등 요소가 서로를 제약하면서 형성된 연결된 시스템과 운행방식을 의미한다. 시진핑 총서기는 이렇게 지적했다. "시장이 자원배치를 결정하는 것은 시장경제의 일반 규칙이고, 시장경제의 본질은 시장이 자원배치를 결정하는 경제라는 점이다."[144] 효과적인 시장기능은 아래와 같은 몇 가지 기본 특징이 있다. (1) 자원배치는 소유권 규칙을 따른다. 기획경제 조건에서 자원배치는 등급규칙을 따른다. 즉 우선 피라미드 형태의 등급구조를 건립한 다음 행위자가 등급구조에서의 위치를 결정하고, 그 위치와 상응한 자원배치 권리의 범위를 확정한다. 시장기능의 자원배치 원칙은 소유권 규칙을 따르기에 소유권 범위를 확정하고 배타성 소유권을 보호하고 확립해야 한다. 이렇게 되면 거래자는 시장에서 공정한 현물교역을 진행할 수 있을 뿐만 아니라 기타 거래자들과 법률적으로 보장하는 계약관계를 맺게 되어 다양한 재물교환 방식과 재산양도 방식을 형성한다. 그렇기 때문에 배타성 소요권의 확립은 시장기능이 효과적으로 미시결책을 조정할 수 있는 필요조건이다. (2) 결책의 분산화. 분산적인 독립적 경제실체인 가정과 기업이 지정된 조건에서 자신 이익의 최대화를 추구하고, 원가와 수익의 비교를 통해 독립적으로 생산해야 할 상품, 생산할 수량, 생

---

144) 위의 책, 77쪽.

산 방법 등 문제를 판단하고 결책하며 그에 상응하는 경제적 후과를 책임지는 것이다. 다시 말하면 미시주체는 응당 자주적으로 경영하고 스스로 손익을 책임져야 한다는 것이다. (3) 자유적이고 평등한 경쟁. 시장경제는 일종의 계약경제이다. 시장경제에서 시장 거래에 참여하는 모든 행위자의 지위와 기회는 법률적인 면에서 평등하기에 그들은 균등한 기회, 공정한 거래 규칙의 규제 하에 자주적으로 시장경쟁에 참여한다. 여기에는 소비 선택의 자유, 개업의 자유, 취업 선택의 자유와 거래의 자유가 포함된다. 어떠한 개인이나 기구는 강압적으로 하기 싫은 일을 시킬 수는 없다. 그들의 경쟁은 각자의 경제 실력과 이익의 비교를 통해 결정된다. (4) 가격은 미시결책을 조정한다. 시장이 자원을 배치하는 경제에서 자원의 희소정도를 말해주는 신호인 가격은 공급과 수요의 관계를 결정하고 스스로 미시결책을 조정한다. 여기에서 말하는 가격은 넓은 의미를 가지고 있다. 상품 가격뿐만 아니라 이자·임금률 등의 요소가격을 포함한다. 경제에서 모든 물품의 가격은 구매자가 동일 상품을 구매한 수량과 판매자가 생산한 상품 수량이 결정하며 가격은 공급과 수요의 균형을 보장한다.

40년의 시장화 개혁을 거쳐 "우리나라는 고도로 집중된 계획 경제 체제 하에서 활력이 넘치는 사회주의 시장경제체제로의 변화를 실현했으며, 봉폐와 반 봉폐에서 전 방위적 개방으로의 위대한 역사적 전환을 실현했다."[145] 계획경제는 기본적으로 역사의 무대에서 퇴장했고, 전통 국유기업이 천하를 통일하던 국면도 개조된 국유기업과 민

---

145) 위의 책, 94쪽.

183

영기업으로 대체되었으며, 고정가격체계는 시장가격체계로 대체되었고, 계획적인 자원분배는 시장의 자원분배로 대체되었으며, 행정관제는 간접적인 거시 조정으로 대체되어 초보적으로 사회주의 시장경제의 기본 프레임을 형성했다. 하지만 개혁의 임무는 아직 완성하지 못했다. 중국은 개발도상국에서 시장경제로 완전하게 과도하지 못했고, 소유권 관계가 불분명한 문제도 확실한 해결을 가져오지 못했으며, 국유기업은 아직 진정한 자주경영과 손익 책임을 지는 시장경쟁 주체가 되지 못했고, 시장의 발육 특히 요소시장의 발육은 여전히 불건전하다. 체제변환 시기에 등급이 자원배치를 확정하는 권력의 행정화 경쟁규칙은 소유권이 자원배치를 확정하는 권력의 시장화 경쟁규칙에 대한 충격으로 시장질서 문란이 나타난다.

빈번한 행정 관여로 시장의 신호는 진실성을 잃었고, 가격·이자·임금률 모두는 자원의 희소성을 진실하게 보여주지 못한다. 이렇게 체제가 불완전하고 시장의 발육이 불건전하고, 시장의 신호가 진실적이지 않아 시장기능이 비틀어지고 시장이 실패하는 불량한 순환을 형성한다. 시진핑이 지적한 바와 같이 중국 사회주의 시장경제체제는 이미 초보적으로 건립되었지만, 여전히 적지 않은 문제가 존재한다. 특히 시장질서가 규범적이지 못하기에 부정당한 수단으로 경제이익을 챙기는 현상이 많이 존재하고 있고, 생산요소 시장의 발육이 멈추면서 요소를 방치하는 상황과 대량의 효과적인 수요가 만족을 받지 못하는 상황이 존재하게 되었으며, 시장규칙이 통일되지 않아 부문 보호주의와 지방보호주의가 대량으로 존재하고, 시장경쟁이 불충분하여 구조조정을 저애하는 등의 문제가 있다.[146] 이 때문에 효과적인 시장기능을 배양하는 관건은 사회주의 시장경제의 개혁방향을 견지해야 하는 것이다. 우선 효과적인 시장기능은 시장의 공급과 수요 변화에 빠르고 적시적인 반응을 하는 시장주체가 있어야 하므로 반드시 소유권제도에 대한 개혁을 추진해야 한다. 시진핑 총서기는 중국공산당 제19차 전국대표대회 보고에서 이렇게 지적했다. "경제체제 개혁은 반드시 소유권제도 개선과 요소의 시장화 배치를 중점으로 소유권에 대한 효과적인 장려·요소시장의 유동·가격 반응의 영민성, 공정하고 질서적인 경쟁과 기업의 성공을 실현해야 한다."[147] 시장경제의 요구에 적합한 미시주체는 반드시 소유권이 명확한 조건에서 더 강력한 예산 구속을 가지고 있어야 하고, 자주 경영과 손익을 책임져야 한다. 이를 위해 중국은 반드시 국유기업에 대한 소유권제도 개혁을 추진하고 민영경제를 적극 발전시켜야 한다. 다음으로는 효과적인 시장기능을 위해 평등한 경쟁의 시장 환경 조성이 필요하다. 자유경쟁이란 충분한 경쟁과 차별 없는 평등한 경쟁으로 평등 경쟁의 기본적인 의미이다. 독점은 평등한 경쟁을 제한하기에 시장의 효율성에 대해 손해를 보게 한다. 하나 혹은 몇 개 기업이 어느 한 시장의 공급을 점령하거나 통제하게 되면, 상품사이에 존재하는 차별 혹은 기업의 독점을 통해 산생되는 이윤 초과액의 자연자원은 자유경쟁에서

---

146) 위의 책, 76쪽.

147) 習近平,『決勝全面建成小康社會奪取新時代中國特色社會主義偉大胜利 : 在中國共産党 第十九次全國代表大會上的報告』, 北京, 人民出版社, 2017, 33쪽.

독점을 하게 되기에 시장의 실패를 초래한다. 독점을 하는 환경에서 독점자는 생산량과 가격을 조종하여 더 큰 이윤을 얻게 되어 독점 균형은 Vilfredo Pareto[148]의 최적화 균형으로부터 멀어지게 된다. 구체적으로 보면 독점 업계 한계생산품의 화폐가치는 비 독점업계 한계생산품 화폐가치보다 높고, 관련 상품의 가치는 일빈 균형가격보다 높다. 독점은 자연 독점과 행정 독점이 있다. 자연독점은 규모 경제와 범위 경제로 인한 독점이고, 행정 독점은 정부 관여로 인한 독점이다. 효과적인 시장기능을 배양하기 위해 반드시 될수록 행정 관여로 진입 장벽을 높이는 행정 독점을 줄여야 하고, 규칙 제도를 통해 개혁이 될수록 자연 독점이 시장 효과에 대한 손해를 피하도록 해야 한다. 동시에 단호하게 부정경쟁과 지방보호주의를 반대해야 한다. 시진핑 총서기는 중국공산당 제19차 전국대표대회 보고에서 이렇게 요구했다. "전면적으로 시장 진입 네거티브 리스트를 실시하고 시장의 통일과 공정한 경쟁을 저해하는 각종 규정과 방법을 정리하여 민영기업의 발전을 지지하고 각종 유형의 시장 주체의 활력을 불러 일으켜야 한다. 상업관련 제도개혁을 심화시키고 행정 독점을 타파하며, 시장 독점을 방지하고, 요소 가격의 시장화 개혁을 다그쳐 서비스업의 진입 제한을 낮추고, 시장의 감독관리체제를 개선해야 한다."[149]

그다음으로 효과적인 시장기능은 더욱 개방된 시장이 필요하기에 건전한 통일·개방·경쟁과 질서 있는 현대화 시장체계를 구축해야 한

---

148) 주 85) 참조.
149) 習近平, 위의 책, 33~34쪽.

다. 기업은 이윤의 자극 하에 시장의 신호에 근거하여 경영규모를 변동하거나 확대하고, 생산요소를 새로 조합한다. 이를 위해서 상품시장을 개방해야 할 뿐만 아니라 생산요소 시장을 개방하여 자원이 부문 간, 지역 간에서 자유롭고 합리적으로 유동하도록 해야 한다. 시진핑 총서기는 시장이 자원배치에서 결정적 작용을 하려면 "통일 개방적이고 경쟁이 질서적인 시장체계 건설을 다그쳐 공정하고 개방적이며 투명한 시장규칙을 건립해야 한다."[150]고 했다. 시장화 정도가 부단히 깊어지는 오늘날에는 응당 적극적인 조치로 자본시장이 안정적으로 발전하고 점차 성숙하도록 해야 하며, 적극적으로 소유권·도시 노동력과 기술 등의 시장을 적극 발전시켜야 한다. 동시에 충분한 경쟁과 시장 자율가격의 조건에서 시장의 공급과 수요가 시장가격을 결정하는 체계를 형성시켜야 한다. 여기에는 일반 상품 가격뿐만 아니라 임금률·이율 등의 요소 가격이 포함된다. 이 외에도 유통체계 개혁을 더욱 심화시켜서 현대식 유통방식을 발전시켜야 한다. 전국 통일의 시장 형성을 촉진시키기 위해, 특히 업계의 독점과 지역 봉쇄를 타파하여 상품과 생산요소가 전국 시장에서 자유스럽게 유동할 수 있도록 실현해야 한다. 마지막으로 효과적인 시장기능은 시장질서에 대한 정돈과 규범이 필요하고 현대 시장경제의 신용체계를 건전히 할 필요가 있다. 도덕건설은 사람들이 스스로 성실하고 신용을 지키도록 인도하고 장려하는 작용이 뚜렷하다. 비록 명확한 소유권 확정은 시장 참여자의 신용과 관련이 있지만 거래 행위를 전부 소유권으

---

150) 習近平, 『習近平談治國理政』 第1卷, 앞의 책, 117쪽.

로 확정 짓기는 어렵다. 소유권 확정은 원가가 필요하기에 일부 경우에 소유권 확정 원가는 그로 인해 얻게 되는 수익보다 높을 수 있다. 제도 규칙의 결핍으로 인한 행위의 신용불량 문제에 대한 해결은 행위 이론 도덕규범에 의거할 필요가 있다. 시진핑 총서기는 중국공산당 제19차 전국대표대회 보고에서 신용건설과 지원서비스의 제도화를 추진할 것을 제기하여 사회책임 의식, 규칙의식, 공헌 의식을 강화하기로 했다.[151] 신용건설을 추진함에 있어서 각항 조치로 사회 신용체계 건설을 부단히 추진해야 한다. 윤리도덕의 규범을 가지고 시장에 참여하는 자는 스스로 이기주의·향락주의 등 자신의 이익 본성과 상반되는 이타주의 행위를 선택하게 됨으로 성실과 신용 모두 스스로 추구하는 행위가 되도록 해야 한다. 시장경제는 사실상 법제의 기초 하에서 도덕을 논하는 경제이지, 자신의 이익을 위해 방법수단을 가리지 않으면서 타인의 이익에 손해를 끼치는 경제가 아니다. 시장경제는 사람들이 합법적으로 자신의 이익을 최대화하는 것을 추구하는 것을 장려하고, 남에게 손해를 끼치면서 자기의 이익만을 추구하는 행위를 징벌하면서 개인 이익의 최대화를 추구하고 사회이익의 최대화를 실현하는 구조이다. 그렇기 때문에 아래와 같이 구속될 수 있는 구조를 구축해야 한다. (1) 개인 신앙과 도덕규범을 통해 자아 구속 하에서 제한을 받게 한다. (2) 거래 쌍방 모두는 모종의 '위력과시'(예를 들면 퇴출권 사용)를 통해 상대방이 "속임수를 쓰지 못

---

151) 習近平, 『決勝全面建成小康社會奪取新時代中國特色社會主義偉大勝利 : 在中國共産党第十九次全國代表大會上的報告』, 앞의 책, 43쪽.

하도록" 서로 감독하게 한다. (3) 법률·여론·정부 등 제3자의 역량을 통해 감독하는 것에 의존케 한다.

3. 미시주체의 활력을 자극시켜야 한다.

시장기능의 자원배치는 우선 민감한 한계행위를 가진 시장주체가 필요하다. 이는 시장기능의 조절기능은 언제나 인격화된 시장 주체를 통해 시장정보를 접수하고 피드백을 실현시키기 때문이다. 구체적으로 보면 기업(생산기업뿐만 아니라 상업기업과 화폐, 증권을 경영하는 금융기업 포함)이 진정으로 자주 경영을 실현하고 손익을 책임지는 시장경쟁 주체와 법인 실체가 되도록 해야 한다. 이를 위해서는 기업의 예산 단속을 강화할 필요가 있다. 소유권 관계를 명확하게 하는 전제 하에서 기업의 예산 단속을 강화하여 기업이 자주경영을 실현하고 손익을 책임지는 시장경쟁주체가 되도록 해야 한다. 기업의 자주권은 일상 경영의 결책권 뿐만 아니라 기업자산에 대한 처분권과 양도권을 포함하고 있고, 이에 상응하는 책임을 지는 것이다. 기업은 독립적인 이익 목표가 있다. 바로 이윤의 최대화를 추구하는 것이다. 기업이윤의 실현은 완전히 시장의 구속 받는다. 그렇기 때문에 반드시 국유기업의 소유권 제도개혁을 진행해야 하며, 민영경제를 적극적으로 발전시켜야 한다. 어떻게 사회주의 시장경제체제의 미시기초를 구축해야 하는가? 한편으로는 반드시 확고부동하게 시장화 개혁을 진행해야 하며, 다른 한편으로는 반드시 사회주의 기본경제제도를 견지하고 개선시켜야 한다. 다시 말하면 "공유제를 주체로 하고, 여러 가지 소유제 경제가 공동으로 발전하는 기본경제제도를 견지하고 개선해야 한다."는 것이다.[152] 시장화는 사유화를 의미하는 것이 아니다. 중국은 사회주의 기본경제제도에서 시장경제를 발전시키는 것이기에 공유제를 주체로 하고, 여러 가지 소유제 경제가 공동으로 발전하는 소유제 구조로 구성된 사회주의 시장경제의 소유제를 기초로 한다. 때문에 반드시 두 가지를 '확고부동' 하게 해야 한다. 즉, "확고부동하게 공유제 경제를 공고히 하고 발전시켜야 하며, 확고부동하게 비공유제 경제의 발전을 장려하고 지지하며 인도해야 한다."는 것이다.[153]

국유경제가 부단히 발전하여 국유기업이 국민경제의 명맥을 통제하는 것은 사회주의 제도의 우월성 발양과 공산당의 집정 기초를 공고히 하고, 중국경제의 실력·국방실력·민족의 응집력을 강화하는데 관건적인 작용을 한다. 때문에 시장과 개혁에서 반드시 "공유제의 주체 지위를 견지하고, 국유경제의 주도적 작용을 발양토록 하며 부단히 국유경제 활력, 통제력, 영향력을 강화해야 한다."[154] 정확하게 국유경제의 주도적 지위를 발양하려면, 국유경제의 통제력 향상에 노력하여 생산력 발전의 요구에 따라 경제의 배치·구조·조직형식을 발전시켜야 한다. 여기에서 관건적인 것은 정확하게 국유경제의 범위를 정하는 것이다. 국유경제의 범위를 정하는 것은 정부의 작용을 정확하게 인식하는 것과 관련이 있다. 정부의 주요 직책은 공정하고 공공적

---

152) 習近平, 『習近平談治國理政』 第1卷, 앞의 책, 78쪽.
153) 習近平, 『決胜全面建成小康社會奪取新時代中國特色社會主義偉大胜利 : 在中國共産党第十九次全國代表大會上的報告』, 앞의 책, 21쪽.
154) 習近平, 『習近平談治國理政』 第1卷, 앞의 책, 78쪽.

인 서비스를 제공하고 보호하는 것이다. 부당한 발전단계와 발전 수준에서 정부가 직면한 제약조건이 다르기 때문에, 제공하는 공공서비스의 매체도 다른 것이다. 일부 정부는 직접 공공서비스를 제공하고 일부 정부는 국유기업을 통해 공공서비스를 제공하며, 또 일부 정부는 공공서비스를 시장에 도급하게 된다. 공공서비스 외에도 정부는 직접 경제 성장을 추진하고 미시경제 활동에 관여할 수 있다. 이런 상황에서 국유기업은 보통 정부가 거시 조정과 미시 관여를 진행하는 주요 도구가 된다. 중국은 사회주의 국가이면서 전형시기에 처해있는 국가이고, 발전도상국인 상황이고, 국내외적으로 가혹한 형세에 직면해 있으므로 정부의 작용이 일반 시장경제 국가보다 크다. 중국은 반드시 국유기업에 의존함과 동시에 대대적으로 민영기업을 발전시켜야만 국가의 거시적인 목표를 실현할 수 있다. 이론적으로나 현실적인 수요로나 중국은 강대한 국유기업이 필요하다.

중국경제체제 개혁의 목표는 사회주의 시장경제의 체제를 건립하여 시장기능이 자원배치에서 결정적인 작용을 하도록 하는 것이다. 이를 위해서는 반드시 시장경제의 요구에 적응하는 미시기초를 재정비하여 활력 넘치는 미시주체를 배양해야 한다. 미시주체의 활력을 유발케 해야 하는 난관을 돌파하는 시기가 바로 국유기업의 주도 작용을 발양케 한다는 전제 하에서 국유기업의 개혁을 심화시키는 것이다. 국유기업의 개혁은 확실한 성과를 거두었지만, 개혁의 목표와는 일정한 거리가 있다. 시진핑 총서기는 이렇게 지적했다. "다년간의 개혁을 통해 국유기업은 총체적으로 시장경제와 융합되었다. 동시에 국유기업에도 일부 문제가 축적되었고 일부 폐단이 존재하기에 개혁을 추진할 필요가 있다."[155] 국유기업개혁의 목표는 국유자본을 강력하고 최적화시키는 전제 하에서 경제의 규칙에 따라 국유기업의을 자주경영을 실현하고, 손익을 자부담하는 시장주체로 개조하는 것이다. 시진핑 총서기는 이렇게 지적했다. "국유기업 개혁을 심화시키고, 기업 거버넌스의 모델과 경영구조를 개선하여 확실하게 기업의 시장 주체로서의 지위를 확립하며, 기업의 내적 활력·시장경쟁력과 발전의 가이드 역할을 강화해야 한다."[156] 비공유제경제의 발전을 장려하고 지지하고 인도하는 것은 활력이 넘치는 미시주체 배양에 중요한 의미가 있다. 비공유제 경제는 개체경제·사영경제·외자경제가 있다. 사회주의 초급단계에 각종 형식의 비공유제는 사회 각 측면의 적극성을 야기하고, 자금의 축적·일자리 확대·세수의 증가·소비자의 다양한 수요만족과 생산력 발전을 다그치는 등의 중요한 작용을 한다. 시진핑 총서기는 비록 현재의 비공유제 경제발전은 전례 없이 좋은 정책 환경과 사회 분위기에 놓여 있지만, 정책의 실시 효과가 너무 좋은 것은 아니라고 했다. 주요 문제는 시장 진입 제한이 여전히 많고, 정책 집행 과정의 '유리문' '스프링 문' '회전문' 현상이 대량으로 존재하며, 민영기업을 위한 일부 정부 부문의 일 처리 효율이 높지 못하고, 민영기업의 융자가 어려운 문제 등 여전히 존재하는 문제가 있다. 비공유제 경제를 지지하는 발전을 위해서는 관념의 변화가 필요하

---

155) 習近平, 『習近平談治國理政』第1卷, 앞의 책, 79쪽.
156) 習近平, 「在部分省區党委主要負責同志座談會上的講話」, 人民网, 2015-07-20.

고, 비공유제 경제에 대한 부정적인 인식과 정책을 제거하여 비공유제 경제발전의 체제와 정책 환경을 개선(改善)해야 한다. 시진핑 총서기는 상술한 문제해결을 위한 구체적인 조치를 제기했다. 1. 중소기업에 대해 융자라는 난제를 해결하는 데에 온 힘을 다해 금융체계를 건전히 하고 보완함으로써 중소기업의 융자를 위해 확실하고 고효율적이며 편리한 서비스를 제기해야 한다. 2. 시장 진입을 개방하여 법률·법규로 민간자본이 명확하게 금지하지 않은 분야와 영역에 투자할 수 있고, 중국정부가 외국자본에 개방했거나 개방할 것이라고 승낙한 분야와 영역에 투자하도록 해야 한다. 3. 공공 서비스 체계 건설에 힘써야 한다. 4. 민영기업이 소유권시장을 이용하여 민간 자본을 조합하도록 인도하고, 다지역·다업종의 합병 개편을 통해 뚜렷한 특색을 가지고 있으며, 시장 경쟁력이 강한 대기업을 배양해야 한다. 5. 민간투자 관리에 관한 행정심사와 기업관련 요금을 청산하거나 간소화하고 중간 고리와 중개 조직의 행위를 규범 함으로써 기업의 부담을 줄여 기업원가를 낮추어야 한다.[157] 사회주의 시장경제 조건에서 공유제 경제와 비공유제 경제의 관계는 서로를 촉진케 하고, 서로를 융합시키고, 서로에게 침투하는 협조발전의 관계이지, 서로 분할하고 서로 배척하는 관계가 아니다. 관건은 국유기업과 민영기업이 각자의 발전에 적합한 영역에서 작용을 하는 것이다. 시진핑 총서기는 두 가지 '확고부동'에 대해 예리한 설명을 했다. "기능 확정에서 공유제 경제와 비공유제 경제 모두 사회주의 시장경제의 중요한 구성 부문이

---

157) 習近平, 『習近平談治國理政』, 第2卷, 261~262쪽.

며' 모두 우리나라 경제사회 발전의 중요한 기초이다. 소유권 보호에서 공유제 경제의 소유권은 불가침이며, 비공유제 경제 소유권도 마찬가지로 불가침이라는 것을 명확히 해야 한다. 정책대우에서 권리평등·기회평등·규칙평등을 강조하고, 통일된 시장 진입제도를 실행해야 한다. 비공유제 기업이 국유기업 개혁에 참여하도록 장려하고, 비공유제 자본이 지배하는 혼합 소유제 기업의 발전을 장려하며, 조건이 있는 사영기업이 현대화 기업제도를 건립하도록 장려해야 한다.[158]

4. 적절한 거시 조정을 유지토록 해야 한다.

시진핑 총서기는 중국공산당 제19차 전국대표대회 보고에서 중국경제는 이미 고속성장 단계에서 고품질 발전단계로 전향했으며, 현대화 경제체제 건설은 난관기를 넘어야 하는 절박한 요구이자 중국 발전전략의 목표이며, 현대화 경제체제의 중요한 징표는 바로 시장기능이 유효하고 미시주체가 활력이 있으며, 거시 조정이 적절한 경제체제를 건설함으로써 중국경제의 혁신력과 경쟁력을 부단히 강화하는 것이라고 했다. 적절한 거시 조정은 새로운 표현법이다. 정부의 작용을 잘해내야 할 뿐만 아니라 동시에 과도한 정부 관여를 피해야 한다. 미시기초가 일정한 활력을 유지함과 동시에 거시 조정이 적절하고 효과적인 범위를 유지하도록 하려면 정부와 시장의 관계를 정확하게 처리할 필요가 있다. 마르크스주의 고전작가들 문헌에는 미래사회의 정부와 시장의 관계를 처리하는 것에 대해 토론하지 않았다. 마르크스

---

158) 習近平, 『習近平談治國理政』, 第1卷, 앞의 책, 79쪽.

와 엥겔스는 미래사회에 사회소유제가 사유제를 대체하게 되면서 상품화폐관계는 점차 소멸될 것이고, 사회 중심의 사회 노동시간의 통일적인 분배가 상품경제를 대체할 것이라고 했다. 전통 정치경제학에서 기획은 사회자원을 배치하는 제일 중요한 방식이다. 중앙정부는 절대부분의 자원배치 권을 장악하고 있기에 상품화폐의 관계는 형식일 뿐이다. 즉 적당하게 권리를 이양하고 이윤을 양도하는 조건에서도 사장기능은 자원배치의 중요방식이 아니었기에 정부의 작용은 한없이 넓었다. 그렇기 때문에 개혁개방 이후로 사실상 정부와 시장의 관계를 처리한 이론은 기본적으로 서방의 주류 경제학인 것이다.

첫 번째 이론의 내원은 신고전경제학이다. 애덤 스미드(Adam Smith)의 『국부의 성격과 요인들에 관한 연구(국부론)』가 발표한 이후 "보이지 않는 손"의 이론은 서방 주류 경제학이 신봉하는 신조였다. "보이지 않는 손"의 이론에 따르면 완전한 경쟁의 시장 조건에서 시장기능의 자발적인 조정 작용은 자원배치의 Vilfredo Pareto 최적화 상태에 도달할 수 있다. 만약 정부가 자원배치나 경제발전의 과정에 관여하면 결과는 바라는 바와는 정반대가 된다. 오직 시장이 실패한 영역에서 정부가 정부의 작용을 한다. 정부의 주요 직책은 시장질서 유지로 바로 우리가 자주 말하는 정부가 잘 해야 하는 '야경꾼(守夜人)'의 역할이다.

두 번째 이론의 내원은 케인즈주의이다. 1920년대 말부터 30년대 초의 세계적 대위기 때에 신봉하던 "보이지 않는 손"을 신조로 했던 고전학파는 속수무책이었다. 이 시기에 케인즈를 대표로 하는 국가 관여주의 이론이 잉태되기 시작했다. 그들은 현대 시장경제에 존재하는 효과적인 수요가 부족한 경향이 존재하고, 임금과 가격의 영민성이 결핍한 현실에서 경제의 빠른 회복을 인도하여 충분한 일자리를 만들어 주는 자아교정 기능이 존재하지 않아 경제는 장기간 일자리가 충분하지 않은 상태에 빠진다고 했다. 그 때문에 정부는 응당 '자유재량' 혹은 '미시 조정'의 수요관리 정책으로 경제의 안정적인 운행을 수호하게 되었다.

세 번째 이론의 내원은 신자유주의이다. 1970년대에 서방세계는 경제침체와 통화팽창이 장기적으로 병존하는 국면이 나타나 케인즈주의는 난처한 상황에 처하게 되었다. 많은 경제학자들은 시장 실패에 정부의 관여가 당연히 필요하겠지만, 과도한 정부의 관여는 정부의 실패를 초래하게 되고, 정부의 실패는 자원배치 효율에 주는 상해가 시장의 실패보다 더 심각하다는 점을 인식하게 되었다. 이 때문에 과도한 정부 관여를 제한하는 것은 더 훌륭한 시장기능을 위한 선명한 선택이 되었다. 이 유파에는 화폐주의·공급학파·신고전거시경제학·신제도경제학 등이 포함된다.

우리는 서방 주류경제학이 자원배치에 대한 시장기능의 긍정적인 작용에 관한 연구 성과가 정부와 시장의 관계를 처리함에 있어서의 일정한 참고작용을 하는 것을 부정한다. 하지만 중국의 특수한 국정은 이 이론체계가 중국이 정부와 시장의 관계 처리에서의 주요 이론과 논리를 지도할 수 없다는 점을 결정한다. 시진핑「중국 특색의 사회주의」 경제이론은 자원배치에서의 시장의 결정적 작용을 충분히 긍정함과 동시에 정부는 자신의 역할을 반드시 잘 해야 한다고 강조함으로써 과학적으로 정부와 시장관계의 처리 방향을 명확하게 지적했다. 그럼 무엇 때문에 정부의 작용을 잘 해야 하는가? 첫 번째 원인은 중국은 개발도상 대국이기 때문이다. 중국의 제일 기본적인 국정은 인구가 많고 기초가 약하며 경작지가 적고 1인 평균 자원이 상대적으로 부족하여 경제사회 발전이 불균형하다는 점이다. 중국경제는 선명한 이중경제구조이다. 즉 현대 공업부문과 전통 농업 부문이 병존하고 대량의 농촌 잉여인구가 도시로 전이하는 것을 말한다. 특히 중국은 지금 중등 소득국에서 고 소득국으로 나아가는 과정이다. 이 발전과정에서 직면한 일련의 문제는 시장구조 하나로 완벽하게 해결할 수 없기에 후발 주자가 우세하다는 점을 보여주려면 반드시 정부가 역할을 더 잘해야 하는 것이다.

다음으로 중국은 전형(轉形) 과정에 있는 국가이다. 즉 (1) 시장화. 즉 전통계획경제에서 사회주의 시장경제로의 전형. (2) 공업화. 즉 전통농업사회에서 현대공업사회로의 전형. (3) 국제화. 즉 봉폐사회에서 자원의 글로벌 유동의 개방사회로의 전형. (4) 도시화. 즉 공업화로 인한 도시화율의 부단한 제고를 시키고 있는 중이다. 비록 시장기능은 자원배치의 효율을 높이는 면에서 중요한 작용을 한다고 하지만, 경제의 전형 과정에 직면한 사회 공정, 지속가능한 발전, 국가 안전 등의 경제사회 문제를 완전하게 잘 처리하기 어렵기에 정부는 이런 분야에서 자신의 역할을 잘해야 하는 것이다.

마지막으로 중국은 사회주의 국가이다. 중국은 사회주의 기본경제제도를 견지하는 조건에서 시장경제를 발전시키고 있기에 정부 작용의 성질과 범위는 자본주의 제도에서 시장경제국가와 완전히 동일하지가 않다는 점이다.

시진핑 총서기는 사회주의 경제조건에서의 "정부 직책과 작용은 주로 거시경제의 안정을 보장하고, 공공서비스를 강화하고 최적화하며, 공정한 경쟁을 보장하고, 시장의 감독 관리를 강화하고, 시장의 질서를 수호하며, 지속가능한 발전을 추진하여 공동의 부유를 촉진케 함으로써 시장 실패를 보완하는 것이다."[159]라고 했다. 즉 사회주의 시장경제의 조건에서 정부는 아래의 영역에서 부단한 작용을 해야 하는 것이다. 첫째, 제도 측면에서의 정부 작용. 공유제를 주체로 여러 가지 소유제 경제가 병존하는 기본 경제제도를 견지하고, 국유경제가 국민경제에서의 주도 작용을 견지하기 위해 정부는 필연적으로 중요한 작용을 해야 한다. 둘째, 개혁 측면에서의 정부 작용. 중국은 점진적 개혁을 선택했다. 중국공산당의 개혁 영도는 중국 특색으로 중앙정부는 시장화를 추진하는 과정의 개혁에서 상부설계와 조직이 실시작용을 한다. 셋째, 거시 조정에의 정부의 작용. 보통 시장이 실패한 분야에서 정부는 적절한 경제정책 목표와 재정과 화폐 수단 등의 경제 수단으로 시장 환경에 영향을 미치면서 시장기능을 통해 거시 조절의 목표를 달성하게 된다. 넷째, 중관(中觀) 측면에서의 정부 작용. 중국은 서방국가처럼 완전히 시장기능으로 산업구조의 형성을 조정하는 과정이 아니라 정부는 독점을 반대하는 방면에서 적절한 산업

---

159) 習近平, 『習近平談治國理政』 第1卷, 77쪽.

규제정책을 선택한다. 중국이 처한 특수한 발전단계는 정부가 적당한 산업정책으로 산업구조의 업그레이드 전형과정에서 중요한 작용을 할 것이라는 것을 결정한다. 다섯째, 미시층면에서의 정부작용. 정부는 사회의 공평 실현과 시장질서의 유지 등 목표를 위해 미시주체에 필요한 행정 관여를 실시해야 한다.

비록 사회주의 시장경제의 발전에서 정부의 작용이 중요하지만 경제에 대한 정부의 작용은 반드시 '적절'한 한도를 벗어나지 말아야 한다. 시진핑 총서기는 '적절'한 거시 조정은 "과학적 거시 조정"과 "효과적인 정부 거버넌스"이라고 했다. "과학적 거시 조정, 효과적인 정부 거버넌스는 사회주의 시장경제 체제의 우세를 발양하는 내적 요구이다."[160] 거시 조정이 효과적이고 적절하려면 반드시 거시관리체제에 대한 개혁을 심화시켜야 한다.

첫째. 정부가 작용을 잘 발휘할 수 있는 전제는 시장기능이 자원배치에서 결정적 작용을 충분히 하는 것이다. 시장기능이 비교적 완벽한 조건에서 많은 일을 시장에 맡길 수 있기에 정부가 도맡아할 필요가 없다. 동시에 시장기능이 완벽할수록 정부가 시장기능으로 기업의 행위를 조정하기가 쉽다. 시장기능의 결정적 작용이 없다면 정부가 관여해야 할 범위는 끝없는 상황이 되고, 과도한 정부 관여는 시장기능에 부정적인 영향을 미치게 되므로 더 많은 정부 관여를 '제조'하게 된다. 시진핑 총서기는 이렇게 지적했다. "'시장이 자원배치에서 결정적 작용을 하도록 해야 한다'는 역할의 선정은 전 당과 전 사회에 대

---

160) 習近平, 『習近平談治國理政』, 위의 책, 118쪽.

해 정부와 시장의 정확한 관계를 수립하는데 유리하며, 경제발전 방식의 변화에 유리하고 정부의 직능 변화에 유리하며, 소극적인 현상과 부패현상을 제지하는 데 유리하다."[161] 이를 위해서 반드시 중국공산당 제19차 전국대표대회의 정신에 따라 사회주의 시장경제체제의 개선을 다그치고 소유권제도와 요소시장화 배치에 대한 개선을 중점으로 소유권에 대한 효과적인 장려, 요소의 자유로운 유동, 영민한 가격 반응, 질서적인 공정 경쟁, 기업의 성공을 실현해야 한다.

둘째, 정부의 작용을 잘 발양하기 위해서는 양호한 시장기능이 운행되어야 한다. 정부가 경제에 관여하는 수단은 다양하다. 중국이 사회주의 시장경제체제로 과도하게 되면서 정부는 필연적으로 경제활동에 대한 직접적인 행정 관여를 줄이게 되고, 주동적으로 경제수단과 법률수단을 이용하여 기업의 경영활동을 간접적으로 통제하게 된다. 이를 실현하려면 시장경제의 요구에 따라 미시기초를 다시 만들어야 한다. 시진핑 총서기는 이렇게 지적했다. "시장이 자원배치를 결정하는 것은 시장경제의 일반 규칙이고, 시장경제의 본질은 시장이 자원배치를 결정하는 경제라는 점이다."[162] 시장경제의 조건에서 거시경제정책과 미시기초의 관계는 쌍방을 자극하는 피드백 시스템이다. 정부는 경제 수단을 운용하여 시장기능을 통해 미시주체 행위의 효과성을 조절한다는 기본 전제 하에서 일방적으로 시장의 미시주체가 정부의 경제정책에 대한 대응하는 반응에 의존하고, 정부의 예상에

---

161) 習近平, 『習近平談治國理政』第1卷, 77쪽.
162) 위의 책.

따라 목표를 통제하는 행동을 하게 된다. 이상의 요구를 만족하려면 반드시 미시기초를 다시 구축하여 시장기능을 개선해야 한다. 우선 민감한 한계 행위의 시장 주체이다. 시장기능의 조정기능은 항상 시장 주체의 인격화를 통해 시장의 신호를 접수하고 피드백을 보내는 과정을 통해 실현한다. 구체적으로 말하면 기업이 진정으로 자주경영을 하고 손익을 자부담하는 시장경쟁의 주체와 법인의 실체가 되어야 한다. 이는 기업의 예산 구속을 경화(硬化)시키기 위함이다. 다음으로 시장 신호의 왜곡을 초래하는 비경제요소를 소멸하고, 정당한 경쟁을 장려하며, 지역 봉쇄와 각종 독점을 제한하여 가격·이윤 등 시장의 신호가 자원의 희소성을 반영하도록 해야 한다. 마지막은 시장 체계의 개선이다. 기업은 이윤의 자극으로 시장의 정보 변화에 따라 경영규모를 축소하거나 확대하고, 생산요소를 재조합한다. 이는 상품시장의 개방을 요구할 뿐만 아니라 생산요소시장을 개방하여 자원이 부문과 부문 사이, 지역과 지역 사이에서 자유적이고 합리적으로 유동케 한다.

셋째, 정부의 작용을 잘 발휘하려면 정부와 시장의 권력 경계를 다시 확정해야 한다. 정부의 관여로 성공한 선례도 있고, 실패한 교훈도 있다. 관건은 어떻게 적합한 정부의 관여 방식을 선택하고, 어떻게 정부의 관여가 필요한 한도에서 진행되도록 해야 하는가이다. 정부 관여와 시장 조절은 모두 긍정적인 효과와 부정적인 효과가 있다. 시장기능의 장점은 자원배치의 효율을 높이는 것이다. 하지만 만병통치약은 아니다. 일부 영역에서는 실패할 수가 있다. 정부 관여의 주요 장점은 조정이다. 여기에는 사회경제 관계의 조정, 산업구조의 조정, 단기 목표와 장기 목표의 조정, 총량 균형과 구조 균형에 대한 조정이 포함된다. 하지만 정부 관여의 부정적인 효과도 선명하다. 만약 적절하게 활용하지 못하면 경제 효율을 저하시키게 되어 막강한 대가를 치러야 한다. 이 때문에 중국공산당 제19차 전국대표대회 보고에서 언급한 적절한 거시조정을 실현하려면, 정부와 시장의 권리 경계를 합리적으로 확정하여 정부의 역할이 없거나 역할이 그릇된 상황이 나타나지 말도록 해야 할 뿐만 아니라 선은 넘는 일이 없도록 해야 한다. 시진핑 총서기는 이렇게 지적했다. "시장기능을 효과적으로 조절하는 경제활동은 시장에 맡기고, 정부가 관여하지 않아도 되는 일은 시장에 넘겨 시장이 작용을 할 수 있는 모든 영역에서 작용을 하도록 하여 자원배치가 효율과 이익의 최대화와 최적화를 추진하여 기업과 개인이 더 많은 활력과 더 큰 공간에서 경제를 발전시키고, 재부를 창조할 수 있도록 해야 한다.[163]

넷째, 정부의 작용을 잘 하기 위해서는 사회주의 시장경제의 내적 요구에 근거하여 정부의 직능 변화를 추진해야 한다. 정부의 "나태하고 용속한 정무"의 부작위를 면해야 할 뿐만 아니라 정부의 "보이는 손"이 너무 길게 뻗는 것도 방지해야 한다. 이를 위해 정부체제의 개혁을 심화시킬 필요가 있으며, 재정금융체제에 대한 개혁을 추진해야 하고, 산업정책을 최적화하여 거시조정 방식을 개선해야 한다. 시진핑 총서기는 이렇게 지적했다. "정부의 작용을 잘 발양하도록 하기

---

163) 習近平, 『習近平談治國理政』 第1卷, 앞의 책, 117쪽.

위해서는 확실하게 정부의 직능을 변화시키고, 행정체제네 대한 개혁을 심화시키며, 행정관리 방식을 혁신하고, 거시 조정 체계를 착실하게 하여 시장의 활력을 감독 관리하는 능력을 강화하고, 공공서비스의 최적화를 강화함으로써 사회의 공정과 사회의 안정을 촉진케 하고, 공동부유를 촉진토록 해야 한다. 각급 정부는 반드시 법에 따라 정치를 행하고, 확실하게 직책을 이행하여 관리해야 할 사항은 반드시 정확하게 관리해야 하며, 이양해야 할 권력에 대해서는 응당 확실하고 정확하게 넘겨 정부의 직능이 그릇된 위치에서 실행되거나 선을 넘는 상황, 혹은 직능이 결핍되는 현상을 극복해야 한다."[164]

다섯째, 정부가 작용을 잘하기 위해서는 부단히 거시조정체계를 개선해야 한다. 정부가 선택한 경제정책은 경제과정, 경제질서, 경제활동의 기초에 작용하여 일정한 거시조정 목표를 달성하도록 해야 한다. 이를 위해 한편으로는 거시조정 목표를 명확히 해야 한다. 거시조정 목표는 일반적으로 기본 목표와 구체 목표 두 가지 측면이 포함된다. 기본 목표는 경제의 안정화, 자원배치의 높은 효율화와 분배의 공정화 등 세 가지가 있다. 구체 목표는 일반적으로 경제성장, 물가안정, 충분한 취업, 국제수지의 균형과 산업구조의 고급화 등 다섯 가지 방면이 포함된다. 다른 한편으로 거시조정 도구를 최적화하여 경제정책의 효율을 향상시켜야 한다. 정부는 재정정책, 화폐정책 등 경제수단으로 경제를 조정한다. 기업의 활동에 대한 행정관여를 될 수록 줄여야 하는데 이를 위해서는 반드시 재정·금융 등 방면의 개

---

164) 위의 책, 118쪽.

혁 심화와 거시조정체계의 개혁 및 개선이 필요하다. 시진핑 총서기는 소비를 촉진시키는 체제구조의 개선, 투자융자체제의 개혁 심화, 세수제도의 개혁 심화, 금융체제의 개혁 심화, 이율과 환율 시장화에 대한 개혁 심화, 계통적 금융 리스크 예방 등 방면의 개혁을 통해 "거시 조정을 혁신하고 개선하여 국가 발전 기획의 전략적 지향 작용을 발양케 하고, 재정·화폐·산업·지역 등 경제정책의 협조 구조를 건전히 해야 한다."[165]고 했다.

여섯째, 정부의 작용을 더 잘 발양시키기 위해서는 예상 관리를 강화할 필요가 있다. 시진핑 총서기는 이렇게 지적했다.

"거시조정을 실시하고 시장행위와 사회심리를 예상하는 가이드 역할을 잘해야 한다."[166] 이는 거시조정의 과학성을 향상시킴과 동시에 거시 조정의 예술성 향상이 필요하다. 예상은 시장 주체의 경제결책에 영향을 미치는 기본요소이다. 예상관리는 효과적으로 시장 주체의 예상을 가이드하고 협조하고 안정시키는 것으로 경제정책 효과의 최대화와 부작용의 최소화를 추구한다. 2013년 중국공산당 제18기 중앙위원회 제3차 전체회의에서는 "시장 예상 안정"을 거시조정 체계를 건전하게 하는 프레임에 포함시키기로 확정하였다. 2015년 중앙경제 사업회의에서는 처음으로 "거시조정은 시장행위를 인도하고, 사회심리의 예상을 더욱 중시할 것을 요구했다."

165) 習近平, 『決胜全面建成小康社會奪取新時代中國特色社會主義偉大胜利: 在中國共産党第十九次全國代表大會上的報告』, 北京, 人民出版社, 2017, 34쪽.
166) 習近平, 『習近平談治國理政』 第2卷, 앞의 책, 242쪽.

5. 신형 정부와 상인의 관계를 건립해야 한다.

중국 정부와 상인의 관계가 비교적 복잡한 원인은 중국이 선택한 개혁방식 및 특유의 개혁원동력 구조와 관련이 있다. 중국은 새로운 점진식 개혁을 선택했다. 이는 종적 추진(縱向推進), 증량 개혁, 시점 보급, 기존의 조직 자원을 이용하는 개혁 등이 그 특징이다. 이런 정부가 주도하는 개혁이 지속적 시장화를 실현할 수 있는 중요한 원인은 재정분권체제 및 이로 인해 나타난 복잡한 정부와 상인의 관계와 연관이 있다. 개혁 초기, 권력 이양과 이윤 양보의 개혁 전략과 '분가 방법'의 재정체제가 실시되었다. 중앙과 지방의 공유 비율은 일대일 담판을 통해 미리 확정되고 이 비율은 다년간 변화가 없었다. 이 때문에 지방정부의 지배 가능한 재정 예산의 규모는 본 지역 사회의 총 생산품 수준과 밀접한 관련이 있게 되고, 비교적 큰 자원배치 권을 가진 지방정부는 이익의 최대화를 추구하는 정치조직이 되었다. 재정 책임제도의 실시로 지방정부의 행위는 변화되었다. 뿐만 아니라 더 중요한 것은 중국 특유의 경쟁방식을 형성한 것이다. 그것이 바로 지방과 지방 사이의 경쟁이다. GDP는 제일 중요한 평가지표가 되었기에 지방정부 관리들은 현지의 경제발전에 열광했다.

지방정부 관리가 정치적으로 승진을 하려면 GDP를 상승시켜야 한다. 제한적인 임기 내에 GDP를 상승시킬 수 있는 효과적인 방법은 투자를 유치하는 것이다. 투자 유치를 위해 지방정부는 부득이하게 투자환경을 개선하게 된다. 더 나은 투자환경에서 투자자들은 더 많은 투자보수율을 얻게 된다. 이런 환경은 개혁 우선권을 획득하여 창조된다. 모든 개혁 우선권 혹은 시점권에는 특수체제와 특혜정책이 따른다. 특수체제와 특혜정책은 독점 이윤을 가져다준다. 만약 시점 권이 배타적이라면 독점 이윤은 임대료로 전환되고 이 임대료로 투 자자는 거액의 이윤을 얻게 된다. 이렇게 과거의 개혁권이 행정계통 내의 배치라고 하더라도 이런 체제에서 도입한 재정 분권과 지방정부 의 장려 구조로 인해 지방정부 관리들은 기업과 연합하고 기업과 함 께 할 흥미와 열정을 가지게 되어 공동으로 중앙으로부터 개혁 우선 권을 얻는다. 이와 같은 정부와 기업의 협력 혹은 '공모'관계는 과거 중국 개혁의 장려 구조가 되었다.

중앙에서 제도 혁신의 진입권을 통제하는 조건에서 비록 지방 정 부와 기업이 결책권 공유 및 잉여 요구권의 분배 방면에서 충돌이 있 다고 하지만, 우선 진입권 쟁탈과 연계된 독점 임대료 방면에서 강력 한 상호 의존성을 가지고 있기 때문에 제도 혁신과정에서 지방정부 와 기업의 자발적인 협력은 충돌보다 많은 쌍방 협력을 통해 공동으 로 중앙과 흥정하여 진입 장벽을 돌파하게 된다. 지방정부는 보통 현 지기업의 대변인이 되어 기업개혁 시점권의 획득, 자주권의 확대, 이 윤 공유비례의 제고, 부담 감소 등 면에서 적극적으로 상급기관과 흥 정하며, 기업의 발전을 위해 더 좋은 환경을 마련함으로써 현지의 경 제실력을 향상시키고, 가처분 재정 소득을 증가시켜 상급기관에 양호 한 정치상의 업적을 보여준다. 예를 들면 기업투자 유치와 횡적인 연 합에서 지방정부는 상대를 정하고 예단을 전하고 약혼식을 정하는 역할을 한다. 시장경쟁에서 지방정부는 현지 기업의 수호신이다. 지방정부는 기업이 경쟁 제도 혁신의 우선 진입권을 얻도록 도움을 준다. 지방정부는 은행이 정부의 융자를 도와주도록 압력을 행사하기도 한다. 기업은 현지 경제발전 목표의 실현을 위해 재력·물력·인력을 지원해준다. 그렇기 때문에 기업 지도자들은 현지 정부관리들과 밀접한 공적·사적인 연계를 가지고 있는 것이다.

이렇게 복잡한 정부와 기업 간의 관계에 의존하여 추진하는 시장화는 개혁에 많은 부정적인 효과를 가져왔다. 규범은 상실되었고 합리적이기는 하지만 불법적이거나 합법적이기는 하지만 불합리한 상황이 나타났으며 부패는 날로 악화되었다. 또한 "허점을 이용하는 식"의 암묵적인 관행이 활개를 치고 있었고, 자본과 노동의 충돌 상황이 나타났다. 신시기 이후로 이런 부정적인 상황에 대비해 중국은 단호하게 반부패를 진행하기 시작했다. 확실한 것은 이런 조치는 매우 정확하다. 범람하는 부패는 미래 중국의 성장을 제약하는 큰 요인이다. 강경한 반부패는 사회의 기풍을 개선하고 중국공산당의 위신을 대대적으로 향상시켰지만, 지난 시간동안 정부와 기업의 관계 속에서 정부 관리와 기업가들이 협력하여 개혁 우선권을 경쟁하던 구조는 큰 변화가 일어났기에 행정권 주도 하의 개혁 원동력 구조는 변이가 일어났다. 현재 일부 지방정부 관리들은 개혁에서 획득한 개인 수익이 개혁으로 인해 영향을 받게 되자 사무에 나태해지고 정무에 마음이 없는 현상이 나타났다. 예전에 상인들은 관리들의 얼굴을 보기 힘들었을 뿐만 아니라 정부기관의 문을 열기도 어려웠다면, 지금은 아예 문을 열 수도 없고 얼굴도 볼 수가 없게 되었다.

시진핑 총서기는 이렇게 지적했다. "성장경력, 사회 환경, 정치생태 등 여러 방면 요소의 영향으로 현재 간부 대오에는 여러 가지 복잡한 상황이 나타나고 있다. 뚜렷한 문제의 하나가 바로 부분 간부들에서 나타나는 사상적 곤혹과 저하된 적극성, 그리고 어느 정도의 '직무를 다 하지 않는' 상황이다."[167] "현재 '관리가 직무를 제대로 하지 않는' 세 가지 주요한 정황이 있다. 첫째, 능력 부족으로 인해 '직무를 이행할 수 없는 상황.' 둘째, 원동력 부족으로 인해 '직무를 이행하기 싫은 상황'. 셋째, 책임감 부족으로 인한 '직무를 이행하려는 용기가 없는 상황이다.'"[168] 지금 중국의 관건은 개혁을 더욱 심화시키는 것이다. 하지만 일부 지방의 개혁이 느린 중요한 원인은 개혁 원동력의 구조 때문이다. 만약 그에 상응하는 개혁의 원동력 구조가 없다면, 구호만 외치는 상황이 되고 공급 측 구조개혁과 혁신 구동의 발전전략은 실시하기가 어렵다. 개혁 원동력 구조의 부족과 지방정부 관리들의 "관리 직책을 다하지 않는 것"과는 관련이 있다. 그렇기 때문에 시진핑 총서기는 이렇게 호소했다. "일부 관부들의 '관리 직책을 다하지 않는 상황'은 이미 뚜렷한 문제가 되었다. 각급 당위원회는 기다리지 말고 시간을 끌지 말며, 변증법적으로 대책을 실시하여 빠른 시일에 상황을 변화하도록 노력해야 한다."[169] 그렇다면 어떻게 "관리들이 직책을 다하지 않는 상황"을 해결하고 지방의 관리체제 개혁을 유발하고, 경

---

167) 위의 책, 224.
168) 위의 책.
169) 위의 책.

제발전의 적극성을 불러 일으켜야 할 것인가? 이 문제에 대해 시진핑 총서기는 마땅히 신형 정부와 기업의 관계를 건립해야 한다고 했다. 신형의 정부와 기업의 관계는 어떤 것인가? 시진핑은 이렇게 여겼다. "개괄하여 말한다면 '친(親)'과 '청(淸)'이다." 그렇다면 '친'의 정부와 기업의 관계는 무엇을 말하는가? 시진핑 총서기는 이렇게 말했다.

> "영도간부들에게 있어서 '친'은 스스럼없이 민영기업과 진심을 다해 왕래를 하는 것이다. 특히 민영기업이 곤란에 봉착했거나 문제에 직면했을 때에 적극적으로 직책을 다하고 미리 서비스해야 하며, 비공유제 경제 인사들에게 관심을 두고 그들과 마음을 나누면서 가이드 역할을 하여 그들의 실제적 곤란을 해결하도록 도와줌으로써 성심성의껏 민영경제의 발전을 지원해 주어야 한다."

"민영기업가들에게 있어서 '친'은 적극적이고 주동적으로 각급 당위원회와 정부 및 관련 부문과 활발하게 소통해야 한다. 진실을 이야기하고 실정을 말하며 간언을 건의하면서 열정으로 지방의 발전을 지지해야 한다."

그렇다면 '청'은 무엇을 의미하는가? 시진핑 총서기는 이렇게 여겼다. 영도간부들에게 있어서 "소위 '청'은 민영기업가들과의 관계가 청백하고 순결해야 하는데 탐욕이나 사심이 없어야 하고, 권리로 사욕을 도모하지 말아야 하며, 직권을 이용하여 뇌물을 받거나 자신의 이익을 갈취하는 행위를 금해야 한다." 민영기업가들에게 있어서 "소위 '청'은 자신의 순결을 지키고 올바른 길로 나아가 규율을 준수하고 법을 지키면서 광명정대하게 기업을 경영하는 것이다."[170]

과거에 정부와 기업의 관계가 왜곡된 원인은 '청'이 부족하여 왜곡적인 '친'이 형성되어 비정상적인 정부와 기업의 관계가 형성되었기 때문이다. 신형 정부와 기업의 관계를 건립하는 관건은 정부 자신의 건설을 강화하여 정부와 기업의 관계를 개선하고 지방정부의 장려 방법을 개선하는 것이다.

첫째, 정부와 시장의 권력 경계를 더욱 명확히 하여 신형 정부와 기업 관계의 제도 조건을 구축해야 한다. 생산능력 과잉 거버넌스를 예로 들면, 중국의 복잡한 정부와 기업의 관계를 떠나 "생산능력 과잉"의 형성 및 "생산능력 과잉" 거버넌스를 위한 정부의 조치가 매번 실패하는 내적 원인을 명확히 하기는 어렵다. 산업 정책이 만병통치약이 아니라는 것을 발견할 수 있다. 정부는 총량 정보를 가지고 있는 우위를 가지고 있는 조건에서 여전히 생산능력 과잉을 묵인하고 방임하고 있다. 특히 왜곡된 정부와 기업의 관계가 형성되면서 정보가 왜곡되어버렸기에 생산능력 과잉의 악순환에 빠지게 되었다. 이 때문에 시장개혁을 심화시켜 기업이 시장구조를 통해 충분한 정보를 얻으면 정부의 생산능력 과잉 예방과 거버넌스보다 더욱 효과적이 될 수 있다. 즉 시장이 자원배치에서 결정적 작용을 하는 것이다. 오직

---

170) 위의 책, 264~265쪽.

시장기능을 기초로 해야만 산업정책의 효과성은 엄격한 조건에서 존재한다는 것을 인식할 수 있으며, 정부가 정부의 작용을 잘 할 수 있다. 이를 위해서 반드시 정부와 시장의 권력 경계를 확정해야 한다.

시진핑 총서기는 이렇게 지적했다. "정부기구를 간소화 하고 권력을 하부기관에 이양해야 한다. 먼저 영업증을 수령하고 후에 허가를 신청하는 방법은 관리를 하지 않는다는 것이 아니라 관리해야 할 것을 관리해야 하고 상급부문의 권력을 하급기관으로부터 이양 받아 공백이 생기지 않도록 함으로써 자신의 업무를 확실하게 책임지는 것이다."[171] 이는 정부가 관리해야 할 것을 확실하게 관리하고 이양해야 할 부문에 대해서는 확실하게 이양한다는 의미이다.

둘째, 정부의 직능을 변화시키고 지방의 비즈니스 환경을 최적화하는 것은 신형의 정부와 기업의 관계를 구축하는 중요한 보장이다. 정부의 과도한 관여는 시장기능을 왜곡시킬 뿐만 아니라 임대료를 산생하여 정부에 대한 기업의 임대료 행위를 유발시키기에 정부와 기업 관계의 왜곡을 초래하고 산업정책의 효과를 약화시키게 된다. 이 때문에 정부는 관여를 필요한 범위에 한정하는 한편 부단히 정부의 관리직능을 최적화하여 비즈니스 환경을 최적화하면 정부와 기업의 관계를 개선할 수 있다. 국무원 총리 리커창(李克强)은 2018년 1월 3일에 열린 국무원 상무회의에서 비즈니스 환경 개선을 위한 세 가지 대책을 제기했다. (1) 행정 관여를 줄이고 세금을 줄이며 비용을 줄이는 것을 중점으로 비즈니스 환경 최적화를 다그쳐야 한다. (2) 법에 따

---

171) 위의 책, 220쪽.

라 엄격하게 각종 소유권을 평등하게고 보호하고 지적 소유권 보호를 강화해야 한다. 3. 국제적 경험을 바탕으로 비즈니스 환경 평가시스템 건설을 다그치고 전국적으로 추진해야 한다.

시진핑 총서기는 영도간부들은 민영기업가들과 왕래할 때에 마지 노선과 도를 지켜야 한다. 민영기업가들을 상대하지 않는 상황이 발생하지 말아야 하고, 그들의 정당한 요구를 모른척하지 말아야 하며, 그들의 합법적인 권익을 보호하지 않는 상황이 발생하지 말아야 한다고 했다. "이런 왕래는 군자(君子)들의 왕래와 같이 기업가들과 친밀하게 지내고, 기업가들을 안심시키며, 기업가들을 부유하게 해야 하지만 봉건관료와 '홍정상인(紅頂商人, 정부 관료이자 상인인 인물)'의 관계나 서방국가 대재벌과 정계의 관계가 되지 말아야할 뿐만 아니라 술이나 함께 마시며 어울리는 술친구가 되지 말아야 한다."[172]

셋째, 양호한 정부와 기업의 관계는 시장 취향의 개혁에 적극적인 역할을 한다. 개혁을 심화시키려면 지방정부의 과감한 탐색을 장려할 필요가 있다. 개혁이 관건적인 단계에 진입하면서 개혁의 왜곡과 개혁을 반대하는 저항을 피하기 위해 개혁의 상부설계를 더욱 중시해야 한다. 하지만 여전히 지방정부의 개혁에 대한 적극성을 동원할 필요가 있다. 시진핑 동지는 이렇게 지적했다. "관철시키기 위해 실시하는 과정에서 중앙 개혁방안의 원칙 요구는 실제와 부합되어야 하고 더욱 구체적이 여야 한다. 개혁 방안이 공백이 있으면 적극적으로 탐색하고 과감하게 시험해야 한다. 사상적 저항과 사업적인 장애 배제

---

172) 위의 책, 264쪽.

를 위해 노력하고, 양보하거나 타협하지 말아야 하고, 투지를 약화시키거나 중도에 포기하지 말아야 한다."[173] 과감한 탐색은 무모하게 시도하는 것이 아니라 정확한 방향, 과학적인 방법 및 영도 간부들의 전문성이 필요하다. 시진핑 총서기는 이렇게 말했다. "우리는 줄곧 지도간부는 경제사회 관리 전문가들이 맡아야 한다고 강조했다. 이는 뚜렷한 목표성을 가지고 있다. 시장, 산업, 과학기술 특히 인터넷 기술이 신속 발전하는 상황에서 영도자 간부는 반드시 높은 경제 전문지식을 구비해야 한다.⋯⋯각급 영도자 간부는 자각적으로 학습을 강화하여 영도라로서의 능력을 높이고 관리 수준을 향상시켜 결책을 내리고 사업을 진행하며 관제를 움켜쥐는 원칙성, 계통성, 예측성, 창조성을 부단히 강화해야 한다."[174]

넷째, 신형의 정부와 기업의 관계를 건립하려면, 지방정부에 대한 장려와 구속기능을 최적화하여 개혁의 오차 허용과 착오 시정 기능을 구축해야 한다. 중국의 특수한 개혁모델과 개혁방식은 중앙정부 대리인인 지방정부가 미래의 개혁개방과 발전과정에서 중요한 작용을 할 것이라는 것을 결정했다. 중국은 정부와 기업의 관계를 완전히 배제할 필요도 없고 그런 가능성도 없기에 지방정부에 대한 장려와 구속기능을 변화시켜 새로운 정부와 기업의 관계를 구축해야 한다. 시진핑 총서기가 중국공산당 제19차 전국대표대회 보고에서 제기한 바와 같이 "친청(親淸)의 정부관계"를 구축하려면 "엄격한 관리와

---

173) 위의 책, 222쪽.
174) 위의 책, 220쪽.

깊은 배려를 결합하고 장려와 구속을 모두 중시하며 간부에 대한 심사 평가시스템을 개선하여 장려제도와 착오를 시정케 하는 제도를 건립해야 한다."[175] 어떻게 엄격한 관리와 깊은 배려를 결합하고, 장려와 구속을 모두 중시하며, 간부 심사 평가시스템을 개선하여 장려제도와 착오를 시정하는 제도를 건립할 것인가? 시진핑 총서기는 세 가지를 "구분해야 한다"고 했다. "개혁 추진과정에서 경험부족과 선행으로 인한 실수나 착오를 고의로 죄를 범하는 위법행위나 규율 위반행위와 구분해야 한다. 상급기관에서 명확하게 제한하지 않은 탐색성을 띤 시험에서의 실수와 착오를 상급기관에서는 명문으로 금지했지만, 제멋대로 법을 어기는 행위와 규율 위반행위와는 구분해야 한다. 발전을 추진하는 과정의 고의적이지 않은 과실과 사리사욕을 채우기 위한 위법행위나 규율 위반행위를 구분해야 한다는 말이다."[176]

175) 習近平, 『決胜全面建成小康社會奪取新時代中國特色社會主義偉大胜利 : 在中國共産党第十九次全國代表大會上的報告』. 北京, 人民出版社, 2017, 64쪽.
176) 習近平, 『習近平談治國理政』, 第2卷, 앞의 책, 225쪽.

제6장

국유기업 개혁의 심화[177]

---

177) 본장의 집필자는 양뤠이룽(楊瑞龍)이다.

1. 국유기업을 잘 운영하려면 반드시 개혁이 필요하다.

중국이 시장취향의 개혁을 확립한 후, 국유기업의 개혁은 경제체제 개혁의 관건이 되었다. 오직 국유기업 개혁의 심화를 통해야만 국유기업의 자주경영과 손익 자부담을 실현하고, 국유기업이 진정으로 시장의 주체가 될 수 있으며, 시장구조의 자원배치에서 결정적 작용을 하기 위한 미시기초를 창조할 수 있다. 산동(山東) 옌타이(烟台) 완화(万華) 공업단지에서 고찰하던 시진핑 총서기는 국유기업을 잘 발전시키려면 낡은 것을 버리지 않는 보수가 아니라 개혁이 필요하다고 했다. 그는 이렇게 격려했다.

> "누가 국유기업의 발전이 힘들다고 했는가? 발전시키려면 반드시 개혁이 필요하다. 낡은 것을 버리지 못하면 안 된다. 개혁이 성공하면 현대기업으로 변할 수 있다. 여러분들이 더욱 분발하여 처음의 기세로 단숨에 한마음으로 기정의 목표를 향해 용감하게 나가야 한다."[178]

전통적인 계획경제체제에서는 시장기능을 배척하고 정부의 강력한 집권체제 모델이 적합하기에 국유기업은 보편적인 기업조직 형식이었다. 정부는 기업의 소유자이고 계획의 제정자이며 실시자이다. 이 때문에 정부의 목표는 기업의 목표였다. 행정 부속물인 국유기업은 재량예산 구속의 특징을 가지고 있기에 보편적으로 기업 경영구조의 경

---

178) 習近平, 「國企一定要改革, 抱殘守缺不行」, 中國政府网, 2018-06-14.

직, 정부 관여의 과잉, 기업 활력의 부족, 경제 효율의 저하, 결핍 현상의 엄중함 등의 폐단이 나타난다. 중국에서 시장 취향의 개혁과 함께 비공유제 경제를 대대적으로 발전시킴과 동시에 국유기업의 시장 취향 개혁도 점차 공통의 인식이 되었다. 중국의 국유기업 개혁은 대체적으로 아래와 같은 몇 가지 중요한 단계를 거쳤다.

제1단계 : 권력을 하부기관에 이양하고 일정한 이윤을 양도하는 논리의 국유기업 개혁(1978~1984년). 권력을 하부기관에 이양하고 일정 이윤을 양도하는 개혁은 세 가지 절차를 거쳤다. ⑴ 생산계획, 상품 판매, 자금 사용 등 방면에서 국유기업의 부분적 자주권을 허가했다. ⑵ 쓰촨(四川)에서 처음 시작된 일정한 비율을 남기는 제도는 기술이윤의 일정 비율을 남기고, 성장이윤의 일정 비율을 남기며, 이윤을 도급 주고, 계획 초과를 도급 주며, 적자를 도급 주는 등이 있었다. ⑶ 이윤을 세금으로 바꾸는 제도(利改稅, 국영기업에 대하여 종래에 취했던 이윤 상납제도[利潤上納制度]에서 법인세를 징수하는 제도로 바꾸는 것)와 기본건설 부문의 수요 자금을 정부의 재정 지원금에서 전부 은행대출로 바꾸는 제도(撥改貸). 이 단계별 개혁의 특점은 국유기업 기존의 종속관계와 소유권 귀속이 변화되지 않는 전제 하에서 기업의 자주권 특히 증량 수익 처리권을 확대하여 물질 자극 제도를 받아들임으로써 기업이 생산 경영을 위한 적극성을 동원하는 것이었다.

제2단계 : 양권(기업 소유권과 기업 경영권)분리라는 논리를 통해한 국유기업 개혁(1985~1991년). 중국공산당 제13차 전국대표대회에서는 "국가가 시장을 조절하고 시장이 기업을 인도"하는 경제운용구조를 건립하자고 제기했다. 국유기업 개혁의 내용은 국가 소유권이 변화되지 않는 전제 하에서 소유권과 경영권을 분리하는 원칙에 따라 이윤 도급방식을 통해 경영권을 기업에 넘겨주자는 것이다. 주요 형식으로는 리스제, 도급제와 자산경영 책임제가 있다. 동시에 개혁개방 선행지역에서 경영상황이 비교적 좋은 일부 국유기업에 대해 주식제로 개혁을 시행하기로 했다. 이 단계에서의 개혁 특점은 개혁의 소유권이 변화되지 않는다는 전제 하에서 도급 합동을 통해 경영권을 완전히 경영자에게 이양하고, 경영자가 완전히 경영책임을 지도록 하며, 국유기업 미시이익 구조와 권리 주체의 재건을 통해 '국영(國營)'에서 '국유(國有)'로의 전환을 실현하여 국유기업이 시장주체로 변화하도록 촉구함으로써 국유자산의 운영 효율을 향상시키자는 것이었다.

제3단계 : 소유권 다원화 논리의 국유기업 개혁(1992~1997년). 덩샤오핑의 남방 담화와 중국공산당 제14차 전국대표대회의 개최를 표징으로 이를 기준하여 중국 국유기업의 개혁은 새로운 단계로 들어섰다. 계획과 시장은 모두 자원배치의 수단이다. 중국경제체제 개혁의 목표는 사회주의 시장경제를 건립하는 것이다. 국유기업의 개혁방향은 시장경제와 사회 대 생산의 요구에 적응하는 "소유권이 명확하고 권리와 책임이 확실하며 정부와 기업이 분리되고 관리가 과학적"인 현대화 기업제도를 건립하는 것이다.

이 단계의 개혁 특점은 국유기업에서 다원화 투자 주체를 받아들여 소유권 다원화로 소유권 관계를 명확히 함으로써 국유기업의 소유권제도 개혁을 실질적으로 추진하고, 혼합소유제가 공유제 경제의 효과적인 실현 형식의 하나가 되도록 하는 것이다.

제4단계: 대형 국유기업을 집중 관리하고 소형 국유기업을 느슨하게 하여 활성화시키는 논리의 국유기업개혁(1998~2002년). 중국은 20세기 말에 제기한 "대형 국유기업을 집중 관리하고 소형 국유기업을 느슨하게 관리하여 활성화"시키는 전략으로 국유경제의 전략적 개편을 실시했다. "대형 국유기업을 집중 관리하고 소형 국유기업을 느슨하게 관리하여 활성화" 전략의 실시와 함께 국유기업의 합병과 개편, 주요한 것과 보조적인 것을 분리하는 개혁을 촉구했다. 이 단계에서의 개혁 특징은 국유자본의 퇴출기능을 도입하여 국유기업이 비 국유자본을 가질 수 있을 뿐만 아니라 국유기업을 잘 운영하고 활성화시키는 개혁목표는 부분 중소형 국유기업의 개방을 통해 실현한다는 것이었다.

제5단계: 소유권 구속 기능을 최적화하는 논리의 국유기업 개혁(2003~2014년). 국유자본 소유권의 구속방식을 최적화하고, 국유 자산의 가치를 유지하고 높이기 위해 국가에서는 2003년에 특별히 국무원 국유자산감독관리위원회를 성립했다. 이 단계의 개혁 특점은 소유권 개혁을 기초로 정부와 국유자산 관리 소유자의 직책 분리를 추진하여 국유자본의 소유권 주체를 새로 만들고 자산 소유자와 자산 경영자 간의 평등한 소유권 관계를 구축함으로써 현대 기업제도의 건립을 위해 필요한 조건을 창조하는 것이었다.

제6단계: 분류하여 추진하는 논리의 국유기업 개혁(2015년~현재). 2015년 8월 『국유기업개혁 심화에 관한 중국공산당 중앙, 국무원의 지도 의견』에서는 국유기업 분류개혁 전략을 명확하게 제기했다. 즉 국유자본의 전략적 역할과 발전 목표에 따라 부동한 경제사회 발전에서의 국유기업의 작용, 현황과 발전 수요에 따라 국유기업을 상업 국유기업과 공익 국유기업 두 가지로 분류했다. 기능 확정과 분류 구분을 통해 분류 개혁, 분류 발전, 분류 감독, 분류 책임 확정, 분류 심사를 실행했다. 동시에 국유기업의 혼합소유제 개혁을 추진했다. 이 단계 개혁의 특점은 국유기업이 국민경제에서의 성질과 기능에 따라 서로 다른 개혁 전략을 실시함으로써 상업 국유기업 특히 경쟁적 영역에서의 국유기업을 확실하게 시장으로 내보내는 것이었다.

40년간의 개혁을 거쳐 국유기업은 현저한 변화를 가져왔다고 할 수 있다. (1) 행정 부속물에서 시장 주체로 변화했다. 개혁 이전에 국유기업은 완전히 정부의 명령에 따라 움직이는 정부를 위한 '주판(珠板)'으로 간주되었다. 개혁 이후 국유기업의 예산 구속은 다소 경직화되었고, 이윤에 현저하게 민감해졌으며, 점차 자주경영과 손익을 자부담하는 시장 주체로 변화되었다. (2) 단일하던 소유권 구조는 다원화의 소유권으로 변화되었다. 개혁 이전에 정부는 유일하게 국유기업을 점유한 주체였기에 소유제 구조는 단일한 국가 소유였다. 개혁 이후 특히 주주제 개조와 현대기업 제도를 실행하면서 국유기업은 국유자본의 독점, 국유자본에 대한 지배와 민영자본에 대한 투자, 민영자본에 대한 지배, 국유자본의 투자 등의 형식이 나타났으며, 대부분 국유기업의 소유권 구조는 다원화의 모습을 보여주었다. (3) 기업 관리·자산 관리에서 자본관리로 변화했다. 개혁 이전에 정부는 국유기업을 처음부터 끝까지 통제하는 형식이었기에 기업은 경영 자주권이 없었다. 개혁 이후 특히 국유자산 감독 관리체제 개혁의 심화와 더불어 국유자산 감독관리 부문은 점차 기업관리와 자산관리에서 물러나 자본관리에 집중하였기에 국유자본의 가치유지와 가치향상을 실현하여 국유기업은 독립적인 법인으로 국유자산을 경영할 수 있게 되었다. (4) 봉폐형에서 개방형 기업으로 변화하였다. 개혁 이전 국유기업은 봉폐적인 체제에서 국제시장과 기본적으로 얽히지 않았었다. 그러나 개혁 이후 개혁개방이 확대됨에 따라 중국경제의 대외 의존도가 날로 커져갔다. 국유기업은 국내시장의 경쟁에 적극 참여했을 뿐만 아니라 주동적으로 국제시장 경쟁에 참여했다. 적지 않은 중앙기업은 세계 500대 기업에 진입했다. (5) 광범위한 분포에서 더 합리적인 포치(布置) 국면으로 변화하였다. 개혁 이전 국민경제의 대부분 분야는 국유기업이 점유해있어 분포가 너무 넓고 효율이 높이 않는 것이 현실이었다. 개혁 이후 특히 국유기업에 대한 전략적 조정과 함께 부분 국유기업이 일반 경쟁분야에서 퇴출하여 대부분 국유기업은 국가경제와 국민생활에 관련된 중요한 분야와 관련된 분야에 있었기에 국유경제의 포치 국면을 대대적으로 개선할 수 있었다. 국유기업 개혁이 취득한 성과는 명백한 사실이지만 개혁의 목표와는 아직 거리가 있었다. 시진핑 총서기는 이렇게 지적했다. "다년간의 개혁을 거쳐 국유기업은 총체적으로 시장경제와 융합되었다. 하지만 이와 동시에 국유기업도 일부 문제가 쌓였고, 일부 폐단이 존재하게 되었기에 개혁을 더 추진할 필요가 있다."[179] 예를 들면 국유기업의 정부와 시장에 대한 이중적 의존이 여전히 비교적 뚜렷하고, 기업의 예산 구속은 아직 완전히 경직화되지 않았기에 진정으로 자주경영과 손익의 자부담을 실현할 수가 없었다. 국유기업의 거버넌스 구조가 불완전하기에 '내부인 통제' 현상이 빈번이 발생했다. 특히 주주제 개조를 대대적으로 추진하면서 국유자산 유실이 모두의 관심사가 되었다. 국유기업의 분포가 너무 넓고 소질이 높지 않는 문제가 여전히 근본적으로 해결되지 못했다. 국유자산 감독관리 모델이 개선의 여지가 있기에 국무원 국유자산감독관리위원회는 '자산 관리'에서 '자본 관리'로의 변화를 촉후해야 했다. 국유기업의 경영구조는 아직 영민하지 못했다. 특히 장려해주는 구조가 아직 완전하지 못했기에 기업가 대오의 성장에는 약간의 제도적 장애가 존재했다. 국유기업의 개혁은 국유기업을 약화시키는 것이 아니라 국유기업을 강화시키기 위함이었다. 국유기업 개혁은 심각한 혁명이기에 백절불굴의 정신으로 개혁을 추진해야 했다. 시진핑 총서기는 이렇게 지적했다.

"국유기업을 약화시킬 것이 아니라 오히려 강화시켜야 한다.……국유기업을 강화하는 것은 개혁 심화 과정의 자아

---

179) 習近平, 『習近平談治國理政』 第1卷, 앞의 책, 79쪽.

개선으로 '봉황열반, 욕화중생(鳳凰涅槃浴火重生)'[180]이지, 혁
신을 원하지 않는 보수도 아니며, 현실에 안주하여 개혁을
생각하지 않는다는 것이 아니다. 사회 책임을 확실시 하는
양호한 형상을 수립하여 개혁의 실시를 추진하는 면에서
강도를 높여야 한다."[181]

2. 당당하게 국유기업을 강하고 우수하며 크게 키우자.

사회주의 시장경제 체제를 건립하고 시장기능이 자원배치에서 결정
적 작용을 하도록 하려면, 반드시 적극적으로 비공유제 경제를 발전
시키고, 국유기업 개혁을 추진해야 한다. 하지만 시장 취향의 개혁을
견지한다고 해서 국유경제의 주도적 지위를 포기하거나 사유화를 실
행하려는 것이 아니라, 더욱 당당하게 국유기업을 강하고 우수하게
키워야 한다. 시진핑 총서기는 이렇게 지적했다.

"국유기업은 현대화를 추진하고 인민의 공동이익을 보장하
는 중요한 역량이다.
국유기업이 국가 발전에서의 중요한 지위를 동요하지 않는
것을 견지하고, 국유기업을 잘 경영하고 국유기업을 크고

---

180) '봉황열반' : '봉황이 자신을 불사른 후 더 강하고 아름다운 존재로 거듭난다' 는 것을
의미한다. '욕화중생' : '봉황열반' 의 의미를 쉽게 풀이한 말로 '불 속의 고통을 견디고 새로
태어난다' 는 뜻이다. 시진핑이 말한 '봉황열반 욕화중생' 이라고 한 것은 중국이 치욕의
과거사를 떨쳐내고 오늘의 부흥(열반)을 이뤄냈다는 자신감을 보여주는 것으로 풀이된다.
시진핑은 중국이 나아갈 길을 제시할 때 이 말을 자주 언급한다.
181) 「習近平談國企改革: 國企不僅不能削弱而且要加强」, 觀察者网, 2014-03-06.

강하며 우수하게 키우는 것을 견지해야 한다."[182]

    우선 공유제의 주체 지위를 견지하기 위해서는 반드시 국유기업을 강하고 우수하며 크게 키워야 한다. 중국공산당 제11기 중앙위원회 제3차 전체회의 이후, 사회주의 건설의 경험과 교훈을 총화하고 중국 사회주의 발전이 처한 역사단계를 새롭게 인식하고 탐구하여 중국은 여전히 사회주의 초급단계에 처해있다는 논단을 내렸다. 이에 중국공산당 제15차 전국대표대회에서는 "공유제를 주체로 여러 가지 소유제 경제의 공동발전"을 "우리나라 사회주의 초급단계의 기본 경제제도의 하나"로 확정지었으며, 공유제의 실현 형식은 응당 다양해야 하고, 주주제와 주주합작제는 공유제의 효과적인 실현 형식이라고 제기했다. 『중국공산당 중앙의 전면적으로 개혁을 심화시키는 데에 관한 약간의 중대한 문제에 대한 결정』에서는 공유제를 주체로 여러 가지 소유제 경제의 공동발전을 기본 경제제도로 하는 것은 「중국 특색의 사회주의」제도의 중요한 기둥이며, 사회주의 시장경제 체제의 뿌리라고 했으며, 공유제 경제와 비공유제 경제 모두 사회주의 경제의 중요한 구성부분으로 중국경제사회 발전의 중요한 기초라고 했다. 시진핑 총서기는 이렇게 강조했다. 사회주의 시장경제를 발전시키려면 "반드시 확고부동하게 공유제 경제를 발전시키고 공유제의 주체 지위를 견지하며, 국유경제의 주도적인 작용을 발양함으로써 부단히 국유경제

---

182) 「習近平四提國企改革: 六件事將成重点」光明网, 2015-07-30.

의 활력·통제력·영향력을 강화해야 한다."[183] 중국공산당 제19차 전국대표대회에서는 확고부동하게 공유제 경제를 공고히 하고 발전시키며, 확고부동하게 비공유제 경제의 발전을 장려하고 지지하고 인도하여 시장이 자원배치에서 결정적 작용을 하도록 정부의 작용을 잘 발양해야 한다고 거듭 강조했다. 분명한 것은 국유기업을 강하고 우수하며 크게 발전시키는 것은 공유제의 주도적인 지위를 견지하는 데에 유리했던 것이다. 다음으로 국유경제의 주체 지위를 발양하고 공산당 집정의 정치기초를 공고히 하려면, 반드시 국유기업을 강하고 우수하며 크게 키워야 한다. 중국은 개발도상국이고, 중국정부는 전형적인 발전형 정부이며, 발전전략이 실시될 수 있는 큰 원인은 국유기업의 지지가 있기 때문이다. 중화인민공화국이 성립된 이후에 중국은 자원이 부족하고, 자본이 부족하며, 기술이 낙후하고, 공업체계가 불완전하다는 등 여러 가지 불리한 조건에 직면해 있었다. 뒤에서 쫓아가는 상황의 발전형 정부는 조셉 스티글리츠(Joseph E. Stiglitz)가 정의를 내린 "비전통 의미에서"의 시장실패의 현상으로 시장 스스로 감당하기 어려운 발전 임무였다. 이런 배경에서 중국이 경제성장에서 목표를 초과 달성하려면, 제일 빠르고 원가가 제일 적은 방법이 바로 국유기업을 이용하는 것이었다. 만약 민영기업이 자발적으로 성장한 후 자본을 축적하여 기술 진보를 실현한 다음 정부에서 구매하거나 지원을 하는 방법으로 민영기업이 기초시설 건설에 투자하도록 한다면, 기나긴 시간이 필요하기에 중국이 목표를 실현하고 초월하려는

---

183) 習近平, 『習近平談治國理政』 第1卷, 앞의 책, 78쪽.

국가전략과 어울리지 않았다. 정부는 기업의 소유자이기에 "역량을 모아 큰일을 해낼 수 있다"는 장점을 충분히 발양할 수 있고, 자본·기술·자원을 국유기업에 돌려 짧은 시간 내에 비교적 완전한 공업체계를 건설할 수 있으므로 대규모의 기초시설을 건설할 수 있고, 경제 발전을 위해 기초적인 조건을 마련할 수 있는 것이다. 오늘날에 이르러 중국정부가 추진하려는 전략적 발전목표는 여전히 산업정책과 갈라놓을 수 없다. 국유기업은 정부가 통제하는 기업으로 거시조정, 선업 인도 방면에서 여전히 민영기업이 해낼 수 없는 작용을 할 수 있다. 시진핑은 다음과 같이 명확하게 지적했다. "국가 안전과 국민경제의 명맥과 관련된 주요 업종과 관건적인 분야에서 지배적 지위를 차지하고 있는 국유기업, 특히 중앙에서 관리하는 기업은 국민경제의 중요한 기둥이고, 우리 당이 집정하고 우리나라 사회주의 국가정권의 경제기초의 기둥작용을 하므로 반드시 잘 해내야 한다."[184] 동시에 "국유기업은 국가의 종합 실력을 강화하고 인민의 공동이익을 보장하는 중요한 역량이기에 반드시 당당하게 강하고 우수하며 크게 키워야 한다."[185] 그 다음으로 시장기능을 개선하려면 국유기업을 강하고 우수하고 크게 키워야 한다. 시장경제의 본질은 가격이 자원을 인도하여 배치의 최적화를 실현하는 것이다. 하지만 가격은 만능이 아니다. 시장의 가격 기능이 일정한 조건 하에서 실패하게 되기에 자원이 최적화된 배치를 실현할 수 없는 상황이 나타난다. 외부성, 공공 제품,

---

184) 習近平, 「主持召開中央全面深化改革領導小組第四次會議」, 中國政府网, 2014-08-18.
185) 習近平, 「理直气壮做强做优做大國有企業」, 新華网, 2016-07-04.

독점과 정보 비대칭이 나타나면 시장이 실패하게 된다. 예를 들면 시장기능에만 의존하여 혁신, 협조, 녹색, 개방, 공유의 신 발전이념을 실현하기 어렵다. 하지만 국유기업은 시장실패 해결과 신 방침이념을 실현하는 방면에서 독특한 우위를 가지고 있다. 시진핑 총서기는 이렇게 지적했다. "혁신, 협조, 녹색, 개방, 공유의 발전 이념의 요구에 따라 구조조정, 혁신발전, 포치 국면의 최적화를 추진하여 국유기업이 공급 측 구조개혁에서 선도 작용을 하도록 해야 한다."[186] 독점 외의 나머지 세 가지 상황에서 국유기업은 시장의 실패를 해결하는 효과적인 방법이 될 수 있다. (1) 외부성. 일반 상황에서 만약 긍정적인 외부효과가 존재하면 기초연구 개발처럼 상품제공이 부족한 상황이 나타나고, 부정적인 외부효과가 존재하면 공업 오염과 같은 제품제공의 과잉현상이 나타난다. 만약 담판과 관련된 이익집단이 비교적 많으면, 각자의 원가와 수익상황은 대칭되지 않는다는 것이다. 이런 상황에서 국유화 혹은 국유기업은 효과적인 해결 방안이 될 수 있다. (2) 공공 제품. 한 종류의 상품이 비배타성이고 비경쟁성이라면 공공제품이다. 예를 들면 국방·기초 교육·문화 홍보·위생 방역·나무를 심고 삼림을 만들며, 우편행정과 항구 모두 공공 제품의 성질을 가지고 있는 특수 영역이다. 일반적으로 국유기업에서 제공하는 공공 제품은 더욱 명확한 우위를 가지고 있다. (3) 정보의 비대칭. 가격이 자원의 최적화 배치를 실현하도록 인도할 수 있는 전제조건은 소비자와 생산자의 정보가 대칭되어야 한다는 점이다. 지금의 중국은 국유기업

---

186) 習近平, 「理直气壮做强做优做大國有企業」, 新華网, 2016-07-04.

이 수많은 사회적 책임과 정치적 책임을 지고 있는 상황이다. 정보가 대칭적이지 못한 분야에서 국유기업은 정보 비대칭으로 인한 시장의 실패를 줄이기가 쉽다. 마지막으로 세계적인 경쟁으로 인해 국유기업을 강하고 우수하며 크게 키울 필요가 있다. 지금 세계는 글로벌화의 세계이다. 중국은 독점과 경쟁의 관계를 이해함에 있어서 반드시 글로벌적인 안목을 가지고 있어야 한다. 전통적인 정적 관점에 따르면 많은 업계에서 독점적 지위에 있는 국유기업은 경쟁을 방해하고 효율을 저하시킨다. 하지만 글로벌 경쟁구조를 고려한다면 '독점'의 의미는 변화가 일어나게 된다. 비행기 제조업에서 보잉사, 에어버스사와 더글러스사는 세계 3대 제조회사로 전형적인 과두경쟁 구도였다.

1996년 말 보잉사와 더글러스사는 합병을 했고, 합병 후의 회사는 세계 비행기 시장의 65%이상을 차지했다. 국제표준의 반독점법에 따르면 이는 인위적으로 독점을 만든 것이다. 하지만 미국 회사와 유럽 회사(에어버스사)간의 국제경쟁을 고려한다면, 이 합병은 글로벌 비행기 시장에서의 미국 회사경쟁력을 향상시키게 된다. 중국은 전형 중에 있는 대국이다. 비록 적지 않은 기업이 세계 500강 대열에 진입했다고는 하지만, 극히 적은 회사만이 뚜렷한 국제경쟁에서 우위를 가지고 있다. 이런 상황에서 일부 국유기업을 지원해야 한다. 이미 국내에서 독점적인 국유기업을 강하고 우수하고 크게 성장하도록 격려한 후, 관련 기업의 국제경쟁 참여를 추진하면 국가 의지를 관철시키는데 더욱 유리하다. 이에 관련하여 시진핑 총서기는 중국공산당 제19차 전국대표대회 보고에서 이렇게 강조했다. "국유기업 개혁을 심화시켜 혼합소유제 경제를 발전시키고 글로벌 경쟁력이 있는 세계 일류 기업을 배양해야 한다."[187]

3. "세 가지 유리"의 표준으로 국유기업의 개혁을 추진해야 한다.

시장 취향의 개혁을 확립한 후, 국유기업 개혁의 필요성은 확실해 졌지만 어떤 논리로 국유기업 개혁을 지도할 것인가에 대해서는 줄곧 논쟁이 있었다. 첫째, 어떻게 국유기업이 국민경제에서의 지위, 공헌을 자리매김하고 판단해야 하는가? 특히 국유기업이라는 국가 정책적 부담과 사회적 부담을 짊어지고 있는 목표의 미시 주체인 기업의 성질·기능·목표는 대체 무엇인가? 둘째, 비록 사람들의 공통된 인식은 국유기업 개혁으로 국유기업의 효율을 제고하는 것이지만, 국유기업 개혁에는 너무 많은 목표가 부여되었다. 또한 이런 목표들 사이에는 여러 가지 충돌이 존재한다. 그렇기 때문에 사람들은 국유기업 개혁의 구체적 과정에 적지 않은 의견을 가지고 있다. 셋째, 중국의 국유기업 개혁은 중국이 전향하고 있는 시기라는 배경이 존재한다. 국유기업 개혁이 의존하는 제도체계의 불완전은 국유기업 개혁이 하루 아침에 완성되지 않을 뿐만 아니라 완전무결하지도 않기에 개혁과정에서 내부인의 통제·부패·국유자산 유실 등의 현상이 나타나고, 국유기업 개혁의 방향에 사람들 부분적이나마 의문을 갖게 되는 것이다. 시진핑 총서기는 국유기업 개혁을 심화시키는 "세 가지 유리"의

---

187) 習近平, 『決勝全面建成小康社會奪取新時代中國特色社會主義偉大勝利 : 在中國共産党第十九次全國代表大會上的報告』, 北京, 人民出版社, 2017, 33쪽.

표준을 명확하게 제기했다. "국유기업 개혁을 추진하는 것은 국유자본 가치의 유지와 증가에 유리하고, 국유경제의 경쟁력 향상에 유리하며, 국유자본 기능의 확대에 유리하다."[188] 양 권의 분리를 실행하고 현대의 기업제도를 건립하거나 혼합 소유제 개혁을 진행하거나 전략적 조정을 진행하는 목적은 모두 국유기업의 조직형식을 최적화하여 "국유자본의 유지 혹은 증가"를 시키는 능력을 제고하기 위해서이다. 오직 국유자본의 유지 혹은 증가시키는 능력이 부단히 제고되어야만 국유기업이 강하고 우수하며 커질 수 있는 것이다. 시장화 개혁이 부단히 깊이 있게 진행되면서 국유기업은 시장구조가 자원배치에서 결정적 작용을 하는 시장 환경에서 경쟁에 참여하게 된다. 오직 국유기업 개혁을 심화시켜야만 국유 경제의 경쟁력을 향상시키고, 그렇게 되어야만 국유기업이 시장경쟁에서 불패의 위치에 설 수 있는 것이다. 깊이 있는 개혁을 통해 국민경제에서 국유기업의 주도적 지위를 잘 발양하여 부단히 "국유기업을 강하고 우수하고 크게 성장시켜 국유경제의 활력·통제력·영향력·위험 대응능력을 꾸준히 향상"[189]시킴으로써 "국유자본의 기능"을 지속적으로 확대해야 한다.

어떻게 국유기업 개혁의 "세 가지 유리"의 표준을 실제상황에서 실시해야 하는가? 시진핑 총서기는 첫째로 개혁모델과 개혁방식은 국정에 부합되어야 하며, 둘째는 시장경제 규칙을 준수해야 한다고 했다. 그는 이렇게 말했다.

---

188)「習近平四提國企改革六件事將成重点」, 光明网, 2015-07-30.
189) 習近平, 「主持召開中央全面深化改革領導小組第十三次會議」中國政府网, 2015-06-05.

"국유기업 개혁의 심화는 국정에 부합되게 개혁해야 하며, 시장경제 규칙을 준수해야 할 뿐만 아니라 시장의 맹목성을 피해야 한다. 국유기업의 효익과 효율의 부단한 향상을 추진하여 경쟁력과 위험에 대한 감당능력을 제고시켜 기업 거버넌스 구조를 개선함으로써 치열한 시장경쟁에서 여유 있게 일을 처리할 수 있어야 한다."[190]

국유기업의 개혁목표는 국유기업의 시장 주체 지위를 확립하고, 부단히 국유자본의 경영효율을 향상시키는 것이다. 시진핑 총서기는 이렇게 지적했다. "국유기업의 개혁을 심화시켜 기업 거버넌스의 모델과 경영구조를 개선하고 기업시장의 주체 지위를 확실하게 확립하며, 기업의 내적 활력·시장경쟁력·발전 인도력을 강화해야 한다."[191]

첫째, 국유경제의 포치 국면을 최적화하여 국유기업을 분류하는 개혁전략을 추진해야 한다. 국유경제의 분포가 너무 넓고, 전반적으로 능력이 높지 못하며, 자원배치가 합리적이지 않는 등의 문제를 해결하기 위해 경제 전략의 조정과 산업구조의 최적화와 업그레이드 및 소유제 구조의 조정 개선을 결합시켜 적절한 진퇴를 견지하고, 해야 할 일들과 하지 말아야 할 것을 구분해야 한다. 국유자본의 진퇴는 기업규모의 크기로 확정하는 것이 아니라 기업이 처한 업계의 성질로써 구분해야 한다. 국가경제와 국민생활에 관련된 독점업계에 대해

190) 「習近平吉林調研 : 國有企業改革怎么搞?」, 中國共産党新聞網, 2015-07-20.
191) 「習近平四提國企改革六件事將成重点」, 光明网, 2015-07-30.

국가는 응당 효과적인 통제를 실시하고, 현대의 기업제도를 건립해야 한다. "국유자본이 계속하여 지배하고 경영하는 자연 독점업계에서는 정부와 기업의 분리, 정부와 자본의 분리, 특허 경영, 정부의 감독 관리를 실시하는 것을 주요한 개혁내용으로 하여 서로 다른 업계의 특점에 근거하여 '망운분리(网運分開, 자연 독점인 국가 철도망 인프라와 시장경쟁이 가능한 철도 여객과 화물 운송 서비스의 분리-역자 주)'를 실시하고 경쟁적으로 업무개방을 실시해야 한다."[192] 일반 경쟁의 중소형 국유기업 중 일부 국유기업에 대해서는 소유권 다원화의 주주제 개조를 실시하고, 일부 국유자본은 점차 퇴출시켜야 한다. 시진핑 총서기는 이렇게 요구했다. "국유 경제 포치국면의 최적화, 구조 조정, 전략적 개편을 다그쳐 국유자산의 유지 및 증가를 촉진토록 해야 한다."[193]

둘째, 소유권제도의 개혁 추진, 현대 기업제도의 건립. 시진핑 총서기는 이렇게 지적했다. "확고부동하게 국유기업 개혁을 심화시켜 혁신체제 구조에 힘을 다해 현대 기업제도의 건설을 촉구하고, 국유기업 각 유형 인재의 적극성·주동성·창조성을 발양하여 각종 요소의 활력을 불어 넣어야 한다."[194] 현대기업의 제도는 소유권이 명확하고 권리와 책임이 확실하며, 정부와 기업이 분리되고, 관리가 과학적인 네 가지 기본 특징이 있다. 그중 매우 관건적인 특징이 바로 국유기업

192) 習近平, 『習近平談治國理政』 第1卷, 앞의 책, 79쪽.
193) 習近平, 『決胜全面建成小康社會 奪取新時代中國特色社會主義偉大胜利：在中國共産党第十九次全國代表大會上的報告』, 北京, 人民出版社, 2017, 33쪽.
194) 習近平, 「理直气壮做强做优做大國有企業」, 新華网, 2016-07-04.

의 소유권제도 개혁을 통해 소유권 관계를 명확히 하는 것이다. 다시 말하면 국유기업을 자주적으로 경영하고, 손익을 스스로 감수해야 하는 시장경쟁을 주체로 할 수 있도록 개조하기 위해 소유권 관계를 명확히 해야 하는 개혁의 관건 고리를 움켜쥐어야 한다. 이 핵심은 귀속이 명석하고, 권리와 책임이 확실하며, 보호가 엄격하고, 유통이 원활한 현대의 소유권제도를 건립하는 데에 있다.

사회주의 시장경제체제의 건립은 "반드시 소유권제도를 개선하고, 요소의 시장화 배치를 중점으로 하여 소유권의 효과적 장려, 요소의 자유 유동, 영민한 가격 반응, 공정하고 질서적인 경쟁, 기업의 성공을 실현해야 한다."[195] 소유권 관계를 명확하게 하는 관련 조건을 만족시킨다는 것은 현대화 기업제도의 관건 내용을 건립하는 것이다. 이런 조건으로는 아래의 몇 가지가 있다. (1) 소유권의 배타성. 소유권 주체는 반드시 거래 대상이 명확하고 유일한 소유권을 가지고 있어야 한다. 즉 소유권 귀속이 매우 명확해야 한다. (2) 소유권의 분할 가능성 혹은 분리 가능성. 소유권의 분할 가능성은 소유권을 양도할 수 있는 전제 조건으로 서로 다른 사람이 서로 다른 시간의 수요를 만족시키고, 자원배치의 영민성과 효율성을 향상시킨다. (3) 소유권의 양도 가능성. 소유권 주체는 수익의 최대화 원칙에 따라 자유적으로 소유권의 자산을 처리할 수 있는데, 여기에는 부분 혹은 전부의 권리 양도가 포함된다. (4) 소유권에 대한 효과적인 보호. 효율적인 거래는

195) 習近平, 『決勝全面建成小康社會奪取新時代中國特色社會主義偉大勝利 : 在中國共産党第十九次全國代表大會上的報告』, 앞의 책, 33쪽.

명확한 소유권 확정이 필요할 뿐만 아니라 효과적으로 소유권을 보호하도록 요구한다.

셋째, 국유기업 혼합소유제의 개혁 추진. 2013년 11월 24일 중국공산당 제18기 중앙위원회 제3차 전체회의의 『중국공산당 중앙의 전면적으로 개혁을 심화시키는 데에 있어서 약간의 중대한 문제 대한 결정』에서는 "혼합소유제 경제를 적극 발전"시키겠다고 제기했다. 2015년 8월 24일에 발표한 『국유기업의 개혁을 심화시키는 것에 관한 중국공산당 중앙과 국무원의 지도의견』에서는 혼합소유제 경제발전을 국유기업의 중요 목표로 했다. 시진핑 총서기는 중국공산당 제19차 전국대표대회 보고에서 이렇게 강조했다. "국유기업의 개혁을 심화시켜 혼합소유제 경제를 발전시키고, 세계 일류 글로벌 경쟁력을 가진 기업을 배양해야 한다."[196] 소위 혼합소유제는 국유자본, 집체자본, 비공유제 자본 등이 교차적으로 주식을 보유하고 서로 융합되는 소유제 형식의 하나이다. 혼합소유제는 국유기업이 민영기업의 주식을 보유, 민영기업이 국유기업의 주식을 보유, 국유기업 노동자의 주식 보유 등 세 가지가 있다. 국유기업 혼합 소유제 개혁이 효율을 높일 수 있는 원인은 아래와 같다. (1) 민영기업이 국유기업의 주식을 보유하면 어느 정도 여러 단계적인 위탁—대리와 정부와 기업이 분리되지 않아서 나타나는 효율 손실을 완화시키고 장려기능을 최적화하여 국유기업의 거버넌스 구조를 개선한다. (2) 비교적 적은 융자의 구속, 즉 혼합 소유제 개혁 이후의 국유기업이 국유기업의 지위를 이용하여 더

---

196) 위의 책.

낮은 융자의 원가를 획득할 수 있다. (3) 비교적 강한 시장 세력, 즉 혼합소유제 기업이 처한 업계는 보통 독점적이고 그 독점 지위를 통해 서로 다른 정도의 시장경쟁의 우세를 가질 수 있다.[197] 시진핑 총서기는 이렇게 제기했다. "적극적으로 혼합소유제 경제를 발전시켜 국유자본, 집체자본, 비공유제자본 등의 교차 주식 보유, 상호 융합 소유제의 경제임을 강조하는 것은 기본경제제도의 중요한 실현형식으로 국유자본의 기능 확대·가치 유지와 증식·경쟁력 향상에 유리하다."[198]

넷째, 국유자산 유실의 방지. 소유권과 통제권의 분리를 통해 현대 기업제도를 건립하고 국유자본과 민영자본의 상호 소유를 통한 혼합소유제 모두는 국유자본의 경영 효율을 제고시키는 효과적인 경로이다. 하지만 일부 부정적인 효과도 나타나 국유자산의 유실과 같은 주요한 문제를 초래할 수가 있다. 이는 소유권과 통제권이 분리 및 국유자본과 민영자본이 혼합되면 소유자와 경영자의 목표 함수가 불일치하거나 정보의 비대칭을 형성하므로 회사 내부의 경영자는 사용자가 부여한 권한으로 개인이익을 갈취할 수 있을 뿐만 아니라 국유자산을 분할하는 국유자산의 유실을 초래하게 될 수 있다. 이 때문에 국유기업에 대한 주주제 개조 및 혼합소유제 개혁을 추진하는 과정에서 감독과 관리를 강화하여 국유자산의 유실을 방지해야 하는 것이다. 시진핑 총서기는 이렇게 지적했다. "혼합소유제 경제를 발전시키는 기본 정책은 이미 명확하다. 관건은 세칙이다. 성패의 관건은 세

197) 劉小魯, 聶輝華, 『國企混合所有制改革 : 怎么混? 混得怎么樣?』, 앞의 책.
198) 習近平, 『習近平談治國理政』 第1卷, 앞의 책, 78쪽.

칙에 달렸다. 과거 국유기업 개혁의 경험과 교훈을 바탕으로 개혁의 물결 속에서 국유자산을 폭리를 도모하는 기회로 만들지 말아야 한다."[199] 그러면 어떻게 확고부동하게 국유기업 개혁을 추진하고 국유자본의 유실을 방지해야 하는가? 시진핑 총서기는 이렇게 말했다. "국유자산의 유실을 방지하려면 문제 지향을 견지하고, 기능제도의 혁신에 입각하여 국유기업 내부의 감독 관리, 자금 공급자에 대한 감독과 심사, 기율검사에 대한 순시 감독 및 사회 감독을 강화하여 전면적이고 분업이 명확하며 협동적으로 협력하고, 제약이 유력한 금융자산 감독체계의 건설을 촉구해야 한다."[200]

다섯째, 국유자산 관리체계 개선. 중국은 지역이 광활하고 국유자산 수량이 방대하다는 특점을 가지고 있으므로 국가소유의 전제 하에 충분히 중앙과 지방의 적극성을 발양토록 해야 한다. 국가는 법률과 법규제정을 통해 중앙정부와 지방정부가 국가를 대표하여 자금 제공자의 직책을 가지고 소유자의 권익을 향유하고, 권리·의무와 책임이 서로 통일된 자산관리·인사관리·사업관리가 서로 결합된 국유자산 관리체계를 건립해야 한다. 국유자산 관리체계 개혁의 중심은 자산관리·기업관리에서 자본관리 위주로 변화되었다. 시진핑 총서기는 이렇게 지적했다. "국유자산 관리체계를 개선하여 자본관리를 위주로 함으로써 국유자산 감독 관리를 위주로 국유 자본 라이센싱 체

---

199) 吳林紅, 黃永礼,「習近平總書記參加安徽代表團審議側記」, 中國共産党新聞網, 2014-03-10.
200) 習近平,「主持召開中央全面深化改革領導小組第十三次會議」, 中國政府網, 2015-06-05.

제를 개혁해야 한다."[201] 소위 국유자본 라이센싱 체제는 국가가 국유자본의 자본 공급 권한을 국유자산 라이센싱 회사에 주어 그들이 국가를 대표하여 국유자본 소유자의 권한을 이행하는 권리와 의무를 가지는 개혁의 의미는 다음과 같다. (1) 정부와 기업의 분리와 정부와 자본의 분리를 추진하고 국유 자산 관리 감독 부분에서는 자본관리를 위주로 하여 국유자산 유지와 증식을 보장해야 한다. (2) 국유자산 위원회, 국유 집단 회사(국유자산 경영회사), 주식회사 3급 라이센싱 개선 모델을 구축해야 한다. 2003년 5월에 반포한『기업의 국유자산 감독 관리 임시 조례』제28조의 규정에 따르면 국유자산 감독 관리기구는 자본 공급기업 중 조건을 구비한 국유 독자기업, 국유 독자회사에 국유 자산 라이센스를 제공한다. 라이센스를 받은 국유 독자기업, 국유 독자회사는 전부 자금을 보유했거나 주식으로 지배하거나 주식을 보유한 기업에 국가가 투자하는 형식의 국유자산을 법에 따라 경영하고 관리하고 감독한다. (3) 국가 소유, 분급 관리, 라이센싱, 분공 감독의 원칙에 따라 점차 국유자산 관리·감독의 운영 체계와 구조를 건립하고 완전하고 엄격한 책임제도를 건립해야 한다. (4) 회사 거버넌스 구조를 개선해야 한다.

여섯째, 회사 거버넌스 구조를 개선하고 장려 구조를 최적화해야 한다. 회사 거버넌스 구조는 계약제도로 일정한 거버넌스 수단을 통해 합리적으로 잉여 소득권과 통제권을 배치하고, 투자자·경영자·생산자 사이에는 자아 구속·상호 제어구조를 형성함으로서 기업의 장

201) 習近平, 『習近平談治國理政』, 第1卷, 앞의 책, 78쪽.

기적인 발전을 촉진케 한다. 시진핑 총서기는 이렇게 제기했다. 국유기업 개혁은 응당 "협조 운전, 효과적인 상호 제어의 회사법인 거버넌스 구조를 건전히 하고, 기업경영인 제도를 건립하여 기업가의 작용을 더 잘 발휘하며, 장기적으로 효과가 있는 장려 기능을 건립하여 국유기업 경영투자의 책임에 대한 추구를 강화하고, 국유기업 재무 예산 등 중대한 정보 공개 추진을 탐색하며 국유기업이 합리적으로 시장화 선발의 채용 비율을 증가시키고 합리적이고 엄격하게 국유기업 관리인의 임금 수준, 직무 대우, 직무 소비, 업무 소비를 확정해야 한다."[202] 그중에서 제일 관건적인 문제가 바로 어떻게 경영인을 장려하고 구속하는 기능을 개선하여 노동자의 적극성을 동원하는 가이다. 지금 가능한 선택은 조금이라도 일찍 연봉제, 보너스와 스톡옵션 계획을 주요 내용으로 보수 계획을 최적화하고, 경영인에 대해 장려하는 구조를 개선하고, 새로운 공유경제사상을 흡수하여 사원들의 주주소유제도를 시행함으로써 사원들의 수입이 기업의 경제 효익과 연계되도록 하는 것이다. 동시에 개혁이 점차 실현되고 장려와 구속 기능이 점차 개선되면 기업의 관리 수준 향상에 힘써야 한다.

현재에는 응당 기업의 노동인사관리, 원가견적 및 원가관리, 자금관리 및 재무제표관리, 품질 관리, 매출관리, 노동자 양성과 안전생산관리를 움켜쥐고 기업의 시장 경쟁력을 제고시켜야 한다.

---

202) 習近平, 『習近平談治國理政』 第1卷, 앞의 책, 79쪽.

4. 국유기업에 대한 중국공산당의 영도를 강화해야 한다.

「중국 특색의 사회주의」의 중요한 특징의 하나가 바로 공산당이 영도하는 가운데 사회주의 기본경제제도를 견지하는 조건 하에서 시장경제를 발전시키고, 시장기능이 자원배치를 하는 데에서 결정적 작용을 발양하고 정부가 작용을 잘 하도록 하는 것이다. 사회주의 기본경제제도의 특징은 공유제를 주체로 하고, 여러 가지 소유제가 공동으로 발전하는 소유제 구조를 견지하는 것이다. 때문에 국유기업은 중국공산당의 영도를 견지하고 중국공산당 건설을 강화하고, 중국 국민경제에서의 국유경제의 주도적 지위를 확보하고, 국유기업을 강하고 우수하며 크게 발전시키는 것은 내면적으로 관련이 있다.

이렇게 되어야만 신 발전이념을 더욱 잘 관철시킬 수 있으며, 전면적으로 중국공산당의 노선·방침·정책을 실시할 수 있다. 시진핑 총서기는 이렇게 지적했다. "국유기업에 대한 중국공산당의 영도를 강화하고 개선하며, 국유기업의 당 건설을 강화하고 개진하여 국유기업이 당과 국가가 제일 믿고 의존하는 힘, 당 중앙의 결책 배치를 단호하게 관철 집행하는 중요한 힘, 신 발전이념을 관철시키고 전면개혁을 심화시키는 중요한 역량, '나가는' 전략, '일대일로' 건설 등 중대한 전략을 실시하는 중요한 힘, 종합 국력을 강화하고 경제사회 발전을 촉진하며, 민생을 보장하고 개선하는 중요한 힘과 당이 수많은 새로운 역사 특점의 위대한 투쟁에서 승리할 수 있는 중요한 힘이 되어야 한다."[203]

---

203) 習近平, 『習近平談治國理政』 第2卷, 앞의 책, 175쪽.

이를 위해 시진핑 총서기는 각급 당위원회와 정부는 국유기업에 대한 중국공산당 영도가 실제적으로 실시되도록 노력해야 한다고 장려했다. "국유기업을 강하고 우수하고 크게 만들어 부단히 경제 활력, 통제력, 영향력, 위험 대비 능력을 향상시키고, 중국공산당은 건설과 국유기업 개혁을 통일적으로 기획하는 것을 견지하며, 중국공산당 조직 및 사업 구조를 함께 설치하는 것을 견지하여 체제적 연결·구조적 연결·제도적 연결·사업적 연결을 실현함으로써 중국공산당 영도와 중국공산당 건설이 국유기업 개혁에서 체현되고 강화되도록 보장해야 한다."[204]

첫째, 국유기업은 공산당 집정의 정치적 기초이고, 중국공산당의 영도를 견지하고, 중국공산당 건설을 강화하는 것은 국유기업의 '뿌리'이고 '넋'이다. 중국공산당 제19차 전국대표대회 보고의 주제는 다음과 같다. "초심을 잃지 않고 사명을 깊이 새겨 중국 특색 사회주의의 위대한 기치를 높이 들고 전면적인 샤오캉사회를 완성하여 신시대 중국 특색의 사회주의의 위대한 승리를 거둠으로써 중화민족의 위대한 부흥인 '중국의 꿈'을 실현하기 위해 꾸준히 분투하자." 중국공산당은 「중국 특색의 사회주의」사업의 건강한 영도 핵심이다. 때문에 "개혁·혁신정신으로 당 건설의 위대한 공정을 전면 추진하여 전면적으로 당 건설의 과학화 수준을 제고할 것을 요구한다."[205]

중국공산당 집정 지위 및 집정 능력은 국가의 정치, 경제, 문화 등

---

204) 習近平, 「主持召開中央全面深化改革領導小組第十三次會議」, 中國政府网, 2015-06-05.
205) 習近平, 『習近平談治國理政』 第1卷, 앞의 책, 14쪽.

방면에서 체현될 뿐만 아니라 두터운 기초가 있어야 한다. "국유기업은「중국 특색의 사회주의」의 중요한 물질적 기초이고, 정치의 기초로 우리당과 나라를 다스리고 번영시키는 중요한 기둥이고 의존하는 역량이다." 때문에 시진핑 총서기는 국유기업에 대한 중국공산당 영도를 견지하고, 국유기업 내의 당 건설을 "우리나라 국유기업의 영광스러운 전통이고 국유기업의 '뿌리'와 '넋'이며, 우리나라 국유기업의 독특한 장점"이라고 했다. 신시대 국유기업이 중국공산당의 영도를 견지하고 중국공산당 건설을 강화하기 위한 총체적인 요구는 아래와 같다. (1) 당이 당을 관리하고 엄격하게 당을 다스리는 것을 견지하고 중국공산당 영도, 중국공산당 건설 약화, 담화(淡化), 허상화, 비주류화 문제 해결을 위주로 국유기업에 대한 중국공산당 영도를 확고부동하게 견지하며 기업 당 조직의 영도 핵심과 정치핵심 작용을 발양하여 당과 국가방침의 정책과 중대한 배치가 국유기업에서 관철 시행되도록 확보해야 한다. (2) 생산 경영을 위한 서비스를 견지하여 기업의 효율 제고와 기업의 경쟁 실력 강화, 국유자본 유지와 증식 실현을 국유기업 당 조직 사업의 출발점과 입각점으로 하여 기업 개혁의 발전 성과로 당 조직의 사업과 전투력을 검증한다. (3) 당 조직이 국유기업의 인재 선택과 등용 및 국유기업에 대한 점검이 변하지 않는 것을 견지하고 소질이 있는 거대한 기업 지도자 대오 건설에 힘을 다해야 한다. (4) 국유기업 기층 당 조직의 강화를 견지하여 기업의 발전과 더불어 당 건설도 발전하고 당지부의 전투진지도 따라서 체현되도록 확보하여 국유기업을 강하고 우수하며 크게 건설하기 위한 견

강한 조직적 보장이 되어야 한다.[206]

　둘째, 중국공산당 영도를 회사 거버넌스에 포함시켜 중국공산당 영도 강화와 회사 거버넌스 개선을 통일시켜야 한다. 국유기업에 대한 중국공산당의 영도는 정치 영도, 사상 영도, 조직 영도의 유기적인 통일이다. 국유기업 당 조직은 영도 핵심과 정치작용을 하는 데로 방향을 움켜쥐고, 대국을 관리하고 실시하는 것을 보장하는 것이다. 분명한 것은 국유기업은 주주제 개혁을 통해 독립적인 법인 주체를 형성했다. 회사 이사회의 법인대표는 기구를 대표하여 회사법인 소유권을 가지게 된다. 따라서 만약 국유기업에 대한 중국공산당의 영도 강화로 인해 회사 이사회와 융합되지 못하면 회사 이사회의 작용을 통한 국유기업의 영도가 실시되기는 어렵다. 시진핑 총서기는 이렇게 강조했다. "국유기업에 대한 중국공산당의 영도를 견지하는 것은 중대한 정치의 원칙이기에 반드시 일관적이어야 한다. 현대화 기업제도 건립은 국유기업의 개혁방향이기에 반드시 일관적이어야 한다.

　「중국 특색의 사회주의」 기업 제도의 '특징'은 중국공산당의 영도력를 회사 거버넌스 각 부분에 침투시키는 것으로 기업의 당 조직을 회사 거버넌스 구조에 포함시켜 당 조직이 회사법인 거버넌스 구조에서의 합법적인 지위를 명확하게 하여 조직은 간부의 역할을 달성하고, 명확한 직무수행과 엄격한 감독을 실현해야 한다."[207] 다시 말하면 결책, 집행 감독 등 여러 부문에서의 당 조직의 권리와 책임 및 사업 방

---

206) 習近平, 『習近平談治國理政』, 앞의 책, 175~176쪽.
207) 위의 책, 176쪽.

식을 명확히 하여 당 조직이 조직화·제도화·구체화의 작용을 하도록 하는 것이다. 현대의 기업제도를 건설한 후, 대부분의 국유기업은 국유자본이 통제하는 혼합소유제 회사가 되었고, 주주가 대부분은 국유 주식을 소유하고 있을 뿐만 아니라 기타 법인이나 자연인이 주식을 보유할 수 있으며, 심지어 외국자본도 주식을 보유할 수 있다. 그렇기 때문에 당 조직과 기타 주주의 관계 처리가 매우 중요하게 되었다. 중국공산당 영도가 확실하게 실시되어야 하고 기타 주주 거버넌스 과정에서의 작용도 충분히 발휘해야 한다. 시진핑 총서기는 이렇게 말했다. "당 조직과 기타 거버넌스 주체와의 관계를 잘 처리하고 권리와 책임의 경계를 명확히 하여 완벽한 연결을 실현하고, 각자 맡은 바 소임을 다하고 각자 자기의 책임을 지며, 협조적으로 운행하고 효과적인 상호 제어를 하는 회사 거버넌스 기능을 형성해야 한다."[208]

셋째, 국유기업에 대한 중국공산당의 영도는 인재 선택과 등용에서 체현되어야 하고, 당이 간부를 관리하는 원칙을 견지해야 한다. 국유기업의 영도자는 기업가의 기본 기능을 갖추고 있어야 할 뿐만 아니라 예리한 안목과 혁신의 용기를 가지고 변화가 빠른 시장경쟁에서 이윤을 얻을 기회를 포착하여 국유자산의 유지와 증식을 확보해야 하며, 국유기업의 당 대변인이 되어 중국공산당 노선·방침·정책이 기업에서 관철되도록 해야 한다. 국유기업 영도자들은 경제 분야의 당 집정 핵심 인물로 '치국이정'을 위한 복합형 인재의 주요 내원이므로 국유자산을 경영하고 가치 보존과 증식을 실현하는 중요한 책임

---

208) 위의 책, 177쪽.

을 가지고 있다. 때문에 좋은 사람을 선발하고 좋은 사람을 등용하는 것은 매우 중요하다. (1) 시진핑 총서기는 인재 선발과 인재 등용에 관한 구체적 표준을 제기했다. 국유기업의 영도자는 반드시 당에 충성하고 과감하게 혁신을 하며, 기업 경영에 능하며 기업 발전에 유리하고, 청렴하고 정직해야 한다. 국유기업 영도자는 확고한 신념을 가지고 있어야 하며, 일에 대한 책임감을 가지고 있어야 한다. 자신의 제1 직책은 당을 위해 일한다는 것임을 잊지 말고 정치의식, 대국의식, 핵심 의식, 타인을 본받으려는 의식을 수립하여 당을 사랑하고 당을 걱정하며 당을 창성하게 하고 당을 수호하는 것을 경영관리 각 항 사업에서 실시하도록 해야 한다. 날로 격렬해지는 국내외 시장경쟁에서 국유기업 영도자들은 곤란을 헤쳐 나가고 개척하고 진취심이 있어야 하고, 광대한 간부와 노동자들을 이끌고 기업의 새로운 발전 국면을 개척해야 한다.[209] (2) 인재를 선발하고 등용하는 주체에 관련하여 시진핑 총서기는 명확하게 지적했다. 국유기업에 대한 중국공산당의 영도는 주로 당이 간부를 관리하는 원칙을 견지하는데서 체현된다. 이는 간부 인사 사업에 대한 중국공산당 영도권과 중요 간부에 대한 관리권을 보장해주었으며, 정치적으로 합격하고 태도가 훌륭하며 청렴하고 문제가 없는 인재를 선택할 수 있도록 보장해 주었다. 국유기업 영도자가 사업 일선에서 힘들게 일하고 단련하며 성장하도록 하여 실천 과정에서 성장한 훌륭한 장수와 현명한 인재를 선발하여 국유기업의 영도 자리에 안배해야 한다. (3) 당은 국유기업의 영도

209) 위의 책, 177~178쪽.

자들을 애호하고 긍정적으로 장려해야 한다. 시진핑 총서기는 이렇게 지적했다. 국유기업 영도자들에 대해서는 응당 엄격하게 관리해야 할 뿐만 아니라 관심을 갖고 애호하면서 긍정적으로 장려하고 선명하게 이끌어 그들이 과감하게 일을 시작하고 열정적으로 창업하도록 해주어야 한다. 우수한 국유기업 지도자들의 선진 사적과 뚜렷한 공헌을 대대적으로 홍보하여 기업가의 가치를 존중하고, 기업가의 혁신을 장려하며, 기업가의 작용을 발양하도록 하는 농후한 사회 분위기를 조성해야 한다.[210]

넷째, 국유기업에 대한 중국공산당의 영도를 강화하려면 엄격하게 당을 다스려야 한다. 시진핑 총서기는 전국 국유기업 개혁 좌담회에서 이렇게 강조했다. "당이 당을 관리하고 엄격하게 당을 다스리는 것을 견지하여 국유기업에 대한 중국공산당 영도를 강화하고 당 조직의 정치적 핵심작용을 충분히 발휘토록 해야 한다. 각급 당 위원회와 정부는 국유기업을 잘 경영하고 국유경제를 발전하고 성장시키는 중대한 책임을 절대 잊지 말고, 국유기업 개혁에 대한 조직과 영도를 강화하고, 국유기업의 개혁이 중요 영역과 관건적인 부분에서 새로운 성과와 효과를 빠른 시일 내에 얻도록 해야 한다."[211] 우선 국유기업 영도자의 위치는 매우 중요하다. 오직 엄격하게 당을 다스려야만 국유기업에 대한 중국공산당의 영도를 확실하게 실천할 수 있다. 국유기업 영도자들은 중요한 직책을 짊어지고 있다. 당과 인민은 국유자

---

210) 위의 책, 178쪽.
211) 習近平, 「理直气壮做强做优做大國有企業」, 新華网, 2016-07-04.

산을 기업 영도자들에게 경영과 관리를 맡기고 있는데 이는 크나큰 믿음이다. 국유기업 영도자에 대한 당성 교육, 종교 교육, 경시 교육을 강화하고, 정치적 기율과 정치적 규칙을 엄격하고 공정하게 하여 그들이 부단히 사상적 정치소질을 제고시키고, 당성 수양을 향상시킴으로써 사상을 확실하게 해야 한다. 다음으로 제도적으로 엄격하게 당을 다스리는 것을 확실하게 실천해야 한다. 국유기업에서 전면적으로 당을 엄격하게 다스리려면 반드시 기본 조직, 기본 대오 기본 제도에서부터 엄격해야 한다. 당 조직 건설과 조직 설치의 동적 조정을 동기화해야 한다. 당원의 일상적인 교육 관리의 기초사업을 단단히 그리고 잘 움켜쥐어야 한다. 사상정치 사업을 기업 당 조직의 일상적이고 기초적인 사업으로 간주하여 사상문제 해결과 실제 문제 해결을 결합함으로써 도리도 따지고 실질적인 일도 하며 인심을 얻고 마음을 따뜻하게 하며 인심을 안정시키는 사업들을 해야 한다. 마지막으로 엄격하게 당을 다스리는 것을 기업의 구체적 관리 일정에 포함시켜야 한다. 특히 기업 최고 지도자에 대한 감독 관리가 중요하다. 시진핑 총서기는 이렇게 지적했다. "감독의 중점을 뚜렷이 하고 관건 위치, 중요 인원 특히 최고 지도자에 대한 감독 관리를 강화하고 '3중1대(三重一大)'의 결책을 감독하는 구조를 개선하며, 엄격하게 일상을 관리하고 감독의 역량을 종합하여 감독 시너지를 형성해야 한다."[212]

다섯째, 전심전의로 노동계급에 의지해야 한다. 시진핑 총서기는 이렇게 지적했다. "전심전의로 노동계급에 의지하는 방침을 견지하는

212) 習近平, 『習近平談治國理政』 第2卷, 177쪽.

것은 국유기업에 대한 중국공산당의 영도를 견지하는 내적 요구이다."[213] 마르크스주의 경제학 원리는 자본주의 사유제는 자본 논리를 체현한다고 알려준다. 즉 생산자료는 자본가가 소유하고 노동계급은 아무것도 가진 것이 없기에 자본주의 생산과정은 고용 노동제도를 통해 생산자료와 노동자의 결합을 실현하므로 노동자는 착취를 받는 종속지위에 처하게 되었다. 생산자료 공유제가 사유제를 대체한 후, 노동자는 생산자료의 주인이 되어 자본 논리는 노동논리로 대체되었다. 따라서 노동계급은 공유제 기업의 주인공이 되었다. 공산당은 무산계급의 선봉대 조직이기에 자연스레 국유기업에서는 노동계급에 의존하게 된다. 시진핑은 지린(吉林)에서 시찰할 때 명확하게 지적했다.

"대대적으로 노동 모범의 정신을 선양하고, 노동계급의 주인공 작용을 충분히 발양하고, 노동자 군중의 합법적 권익을 수호하여 적극적으로 조화로운 노동관계를 구축해야 한다."[214] 국유기업에서 노동계급에 의존해야 한다는 것은 구호만이 아니라 반드시 각종 제도에서 체현되어야 한다. 이를 위해서는 노동자대표대회를 기본형식으로 하는 민주 관리제도를 건전히 하고, 기업의 사무 공개와 업무 공개를 추진하며 노동자 군중들의 알권리·참여권·표현권·감독권을 실시하여 충분히 노동계급의 적극성·적극성·창조성을 동원해야 한다. 기업은 중대 결책을 내릴 때 노동자들의 의견을 청취해야 하며, 노동자들과 밀접히 관련된 이익의 중대한 문제는 반드시 노동자대회를 통해

---

213) 위의 책, 177쪽.
214) 「習近平四提國企改革六件事將成重点」, 光明网, 2015-07-30.

심의해야 한다. 노동자 이사 제도, 노동자 감사 제도를 견지하고 개선하여 노동자 대표가 질서 있게 회사 거버넌스에 참여하도록 장려해야 한다.[215]

---

215) 習近平, 『習近平談治國理政』 第2卷, 앞의 책, 177쪽.

제7장

신시대 경제체제 개혁사상의
정치경제학 논리[216]

---

216) 본 장의 집필자는 리이핑(李義平)이다.

본장에서는 이론의 생명력은 혁신에 있고, 현실적 문제지향의 연구 방식을 직시해야 하며, 오직 개혁개방만이 마르크스주의를 발전시킬 수 있고, 신시대 경제체제 개혁사상의 정치경제학 논리를 개괄적으로 서술하는 등 네 가지 방면으로 시진핑 체제 개혁의 정치경제학 논리를 분석하며 서술하고자 한다.

1. 이론의 생명력은 혁신에 있다.

시진핑 동지는 이렇게 지적했다. "이론의 생명력은 혁신에 있다."[217] 시진핑 동지는 또 이렇게도 강조했다. "혁신은 철학사회과학 발전의 영원한 주제이고, 사회 발전·실천의 심화·역사의 전진이 철학사회과 학에 부여하는 필연적 요구이다."[218] 시진핑의 이러한 논술은 깊이 있는 이론을 바탕으로 제시했는데, 여기에는 경제이론 생명력의 원천도 포함되어 있다.

마르크스주의 과학의 인식론은 인류의 진리 인식이 실천에서 오며, 이런 진리 인식은 보통 이론으로 실천을 지도한다. 이것이 바로 인식론의 두 차례 비약인 것이다. 그중 첫 번째 비약은 "실천에서 이론"이고, 두 번째 비약은 "이미 획득한 이론의 실천에 대한 지도"이다. 인류의 실천은 끝이 없다. 객관사물에 대한 인류의 인식은 영원히 끝이 없다. 과학이론이 실천을 지도할 수 있는 것은 이론이 실천에서 온 것이기 때문만이 아니라, 혁신적인 이론을 말한 자의 선견지명에 의

---

217) 習近平, 『習近平談治國理政』 第2卷, 앞의 책, 342쪽.
218) 위의 책, 342쪽.

한 과학적 추상에 의해 이론이 일정한 전망성·예견성을 가지게 되기 때문에 지도적 작용을 하기 때문이다. 이 때문에 이론은 반드시 혁신되어야 한다는 요구를 제기하게 되는 것이다.

마르크스주의 고전작가는 이론 혁신 방면에서 모범을 보여주었다. 마르크스는 자본주의 생산방식을 연구하기 위해 영국으로 이주했다. 그는 당시 제일 선진적인 생산방식을 직접 몸으로 느꼈고, 대량의 자본주의 생산방식 관련 저작과 관련한 과학기술 방면의 저작을 읽은 끝에 위대한『자본론』은 완성했다. 마르크스는『자본론』제1권 "제1판 서언"에서 이렇게 썼다. "내가 이 책에서 연구하려는 것은 자본주의 생산방식 및 그것에 적응하는 생산관계와 교환관계이다. 이런 생산 방식이 뚜렷한 곳이 바로 영국이다."[219] 마르크스는 정치경제학의 연구방법에 대해 이렇게 말했다. "경제 형식을 분석함에 있어서 현미경을 사용하거나 화학적 시약을 사용하지 말아야 한다. 이 두 가지는 반드시 추상력으로 대체해야 한다." 이는 이론의 혁신은 실천과 관찰로는 부족하기에 반드시 추상적 능력을 가지고 있어야 한다는 뜻이다.『자본론』은 위대한 이론 혁신이다. 이 혁신은 자본주의 경제와 사회의 운행규칙을 확실하게 제시해 주었다.

마르크스가『자본론』에서 이론의 혁신을 제시한 것은 최초의 자본주의 운행규칙이다. 세계가 독점자본주의에 들어서면서 마르크스주의 이론은 반드시 독점자본주의의 경제적 특징에 대한 답을 주어야 하기 때문에 새로운 이론 혁신이 필요했다. 레닌이 이를 계승하여

---

219) 馬克思, 『資本論』 第1卷, 北京, 人民出版社, 2004, 8쪽.

1917년에 『제국주의는 자본주의의 최고 단계』를 발표하여 공업자본과 금융자본이 결합하는 상황에서의 경제적 특징을 논증했다. 사회주의 진실 실천에 대해 스탈린은 1952년에 『소련사회주의 경제문제』를 발표했다. 마오쩌동은 중국의 혁명과 건설을 영도하는 과정에서 마르크스주의 기본 원리와 중국의 구체 정황을 결합하여 마르크스주의 이론을 혁신하고 발전시켜 위대한 마오쩌둥 사상의 중요한 내용을 완성했다. 경제학 이론도 경제실천의 발전과 더불어 부단히 혁신되었다. 아담 스미드(Adam Smith)를 대표로 하는 고전 경제학자들은 정부가 시장경제에 관여하지 않는 것이 인류가 부유해질 수 있는 근본이라고 했다. 그는 "보이지 않는 손"이 자원 효율의 최적화를 실현하고, 생산해낸 상품은 자동적으로 판매되기 때문에 생산과잉의 위기가 나타나지 않을 것이라고 했다. 정부는 기본적인 공공 상품을 제공하고 '야경꾼(守夜人)' 역할만 하면 된다고 했다. 아담 스미드의 시장경제론은 시장경제의 기본 프레임을 구축했고, 시장경제의 기본 운행과정 및 기능을 설명했다. 하지만 고전경제학 이론은 1929년에 폭발한 경제위기를 해석할 수가 없었다. 그리하여 케인즈 경제학이 나타나게 되었다. 케인즈 경제학은 고전경제학에 비해 전폭적인 혁신이었다. 케인즈는 소비, 심지어 사치스러운 소비를 최고의 위치에 올려놓았고, 위기가 발생하는 원인은 효과적인 소비가 부족하기 때문이라고 했다. 그는 자유방임을 반대하고 적극적인 정부 관여를 주장했다. 정부가 경제 운용 면에서 더 큰 작용을 해야 한다고 주장한 케인즈 경제학은 번영으로 향하는 경제학이라고 불렸다. 케인즈도 경제학계의 코페르니쿠스로 불렸다. 케인즈 경제학 이론을 기초로 하는 경제정책은 한 동안 경제적 번영을 가져다주었지만 처음 예상과는 달리 스태그플레이션이 발생했다. 그러자 역사는 화폐주의와 공급학파를 탄생시켰다. 그들의 이론은 새로운 형세 하의 혁신이었다. 밀턴 프리드먼(Milton Friedman)의 화폐주의는 온건한 화폐정책을 주장했지만, 기타 문제는 시장이 해결하도록 하는 단일 규칙을 가지고 있었다. 공급학파는 감세로 부를 줄여 백성들에게 기업을 돌려주고, 기업의 공급을 통해, 혁신을 통해, 구조조정을 통해 해결하도록 하였다. 당대 중국의 경제학은 개혁개방의 인도 하에 효율이 낮은 계획경제에서 사회주의 시장경제를 운용하여 당대 중국경제 40년간의 신속한 발전을 이룩했는데 이는 사회주의 시장경제를 선택한 결과였다. 중국 개혁개방의 실천이 이론 혁신의 매력을 증명해 준 것이다.

이론 혁신은 혁신자 자신이 혁신을 하고자 하는 높은 건설적 요구를 제기해야 한다. 그러기 위해서는 먼저 이론 혁신자 자신이 반드시 자신을 이겨내야 한다. 슘페터(Joseph Alois Schumpeter)는 이를 매우 중요시 여겼다. 그는 『경제발전 이론』에서 이렇게 썼다. "과학사는 아래 사실에 대한 거대한 증명이다. 이는 극히 받아들이기 어려운 새로운 과학적 관점이나 방법이다. 사상은 몇 번이고 습관이라는 궤도를 되풀이 한다. 비록 이미 매우 부적합하지만 그렇다고 더욱 적합한 혁신이 특수한 어려움을 가지고 있는 것도 아니다. 고정적인 사유 습관의 성질 본신 및 이런 습관의 절제 능력의 작용은 아래 몇 가지 사실에 있다. 바로 이런 습관이 이미 무의식이 되어 버렸기 때문에 자동적으로 결과를 제공하게 되어 비판을 두려워하지 않거나 비판을 받지 않고, 심지어 개별 사실과 발생하는 모순을 두려워하지 않고 개의치 않게 된다. 하지만 이런 원인으로 인해 자신의 자리를 잃었을 경우가 걸림돌이 된다. 경제 세계도 마찬가지이다. 어떠한 새로운 일을 하려는 사람에게 습관이라는 힘이 솟아나면 맹아 상태의 계획이나 구상을 반대하게 된다. 그렇기 때문에 새로운 의지의 노력으로 일상 분야의 범위와 시간에서 사업과 구상을 하게 될 때면 새로운 조합을 구상하고 제정하기 위한 악전고투가 필요하다. 또한 이를 백일몽이 아닌 진정한 가능성으로 여길 수 있는 방법을 세워야 한다." 그는 마차를 만들어낸 사람들이 자동차를 제조하기 어렵다고 했다. 혁신에 관한 슘페터(Joseph Alois Schumpeter)의 논술에서 자아를 이겨내는 것이 혁신에 극도로 중요함을 깊이 느낄 수 있다.

　다음으로 이론 혁신은 교조주의를 반대하고 실천으로 진리를 검증하는 것을 견지해야 한다는 점을 유일한 표준으로 해야 한다. 지금은 오로지 한 가지 경향만이 있다. 어떠한 논문이든 고전작가가 관련된 문제에 대해 논술한 것과 '대조'하며 모두 고전작가의 관련 논술을 인용하고 있다는 점이다. 그렇다면 만약 고전작가가 관련 문제를 논술하지 않았다면 우리는 연구하지 말아야 한다는 말인가? 마르크스의 『자본론』 논술은 150여 년 전 영국의 전형적인 자본주의 경제운용과 사회모순을 논술했다. 이를 통해 알 수 있듯이 우리는 응당 고전작가가 제시한 보편적이고 규칙적인 점을 파악하여 그들이 관찰하고 연구한 문제의 방법을 통해 우리의 연구를 지도해야지, 모든 일에서 그들이 논술 여부 및 논술하는 방법을 표준으로 하지는 말아야 하는 것이다. 우리의 이론 혁신의 표준은 중국공산당 제11기 중앙위원회 제3차 전체회의에서 확정한 표준인 실천과 진리를 검증하는 것이다. 끝으로 혁신하려는 자는 지식구조를 풍부히 해야 한다. 경제학을 예로 들면 혁신자는 응당 풍부한 실천지식을 가지고 있어야 하며, 마르크스 경제학과 서방의 경제학에 대한 지식을 깊이 있게 이해하고 있어야 하며, 역사지식 및 기타 관련 인문학 지식과 자연과학 지식도 갖고 있어야 한다. 이 방면에서 마르크스는 우수한 본보기라고 할 수 있다.

2. 현실에서 직면한 문제를 지향하는 연구방식이 필요하다.

시진핑 동지는 이렇게 지적했다. "문제 지향을 견지하는 것은 마르크스주의의 선명한 특징이다. 문제는 혁신의 시작점이고 혁신의 원동력이다. 오직 시대의 목소리에 귀를 기울이고, 시대의 부름에 화답하면서 중대하고 긴박한 문제를 열심히 해결해야만 역사의 맥락을 진정으로 파악하여 발전 규칙을 찾아 이론 혁신을 추진할 수 있는 것이다."[220] 현실과 역사가 증명하다시피 시진핑 동지의 논술의 의미는 매우 위대하다. 경제학은 탄생한 그 시작부터 탁상공론이 아니라 경세제민에 이용되었다. 비록 경제학 이론은 특정 단계의 산물이지만 역사적 국한성을 가지고 있기에 정확성도 상대적이다. 하지만 경세제민·현실문제의 해결이라는 취지는 변하지 않는다. 경제학은 문제해결

---

220) 習近平, 「在哲學社會科學工作座談會上的講話」, 新華网, 2016-05-18.

을 하는 중에서만 자신의 위치를 확정지을 수 있는 것이다.

　우리가 전진하고 발전하는 것은 부단히 문제를 발견하고, 과학적으로 문제를 제출하고, 효과적으로 문제를 해결하는 과정이다. 문제는 객관적으로 존재하는 것이기에 관건적인 문제를 발견하고 찾아 낼 수 있는 여부는 연구자의 능력과 관련되고, 연구방향을 결정하며, 이런 연구방향이 규칙에 부합되는가 하는 여부와 관련이 있는 것이다. 과학적으로 문제를 제기하는 것 자체는 탁월한 연구의 시작이다. 문제를 발전시키지 못한다는 것은 인식능력의 한계성을 말해준다. 좋은 연구자는 전반적인 것을 총람하고 주요 문제를 움켜쥘 수 있는 능력을 가진 사람이다. 문제에 대한 과학적인 분석 및 분석의 기초위에서 형성된 해결방안, 그리고 과학적으로 이성적 분석을 진행하는 것이 바로 우리가 말하는 이론 혁신이다. 애덤 스미드(Adam Smith)는 체제 측면에서 한 나라가 부유해질 수 있는 문제를 해결하여 『국부론』의 이론체계를 형성했다. 케인즈의 위기 연구 및 기타 국가에 관여하는 대책은 케인즈 주의를 형성했다. 그리고 스태그플레이션 상황에서 공급학파와 화폐주의가 시대적 상황에 따라 나타났던 것이다.

　중국의 사회주의 경제이론도 문제를 해결하는 과정에서 발전했다. 바로 체계 측면에서 계획경제를 선택한 것이다. 이러한 이론은 계획경제가 아주 뛰어난 우월성을 가지고 있음을 증명했다. 하지만 계획경제의 저 효율성으로 부득이하게 체제를 선택해야 하는 문제를 다시 고려하게 되었다. 최종적으로 사회주의 시장경제 체제를 선택했는데, 이는 사회주의 우월성과 시장경제의 우월성을 결합한 체제로 중국 국정에 적합한 체제이다. 개혁개방 이후로 중국경제가 장기간 동안 두 자리 수의 성장을 기록할 수 있었던 원인이 바로 경제체제에 대한 이론혁신 때문이었다.

또 다른 중대한 이론 혁신은 국유기업의 개혁과 민영경제의 발전에 대한 이론혁신이었다. 중국이 사회주의 초급단계에 처해있고, 민영경제가 시장경제와 더욱 쉽게 결합할 수 있으며, 중국경제 발전지역은 모두 민영경제가 비교적 많은 지역이기에 반드시 이론적으로 민영경제를 충분히 인정해야 한다. 동시에 국유경제는 중국공산당의 집정 지위를 공고히 하고, 사회주의 제도를 견지하는 중요한 보장이기에, 국유경제가 주도해야 한다는 작용은 동요되지 말아야 한다. 이렇게 이론 혁신의 기초가 형성되었다. 즉 이것이 중국사회주의 기본 경제 제도인 것이다. 발전은 문제해결이고, 혁신도 문제해결이다. 중국경제를 더 발전시키려면 시급히 해결해야 할 문제가 많다. 체제 차원에서 보면 중국의 사회주의 시장경제체제는 아직 완전하지 않다. 실행 차원에서 어떻게 시장이 자원배치에서 결정적 작용을 하도록 하고, 정부가 작용을 잘 발양할 수 있는가 하는 문제는 아직 해결하지 못하고 있다. 이 외에도 어떻게 정부의 행위와 시장경제가 서로 잘 적응하도록 할 것인가의 문제해결은 반드시 다방면·다차원으로 연구되어야 한다. 국유기업은 원래 계획경제의 기초였지만, 지금은 사회주의 시장경제의 기초가 되었다. 확실한 것은 계획경제에서 간단하게 국유경제를 사회주의 시장경제 체제로 옮기는 것이 아니다. 이 기준으로 본다면 국유기업의 개혁은 완성과는 먼 거리에 있는 것이다.

경제 운행 차원에서도 깊이 있는 연구를 해야 할 시급한 문제들이 많은데 아래 몇 가지가 그것이다. (1) "어떻게 새로운 신시대 특징에 적응하고 경제의 전형을 실현할 것인가?" 2017년 중앙 경제 사업회의에서는 「중국 특색의 사회주의」는 신시대에 진입했고, 중국경제 발전도 신시대에 진입했다고 했다. 기본적인 특징은 중국경제는 이미 고성장 단계에서 고품질 발전 단계에 진입했다는 것이다. 따라서 신시대 중국경제 발전의 기타 특징을 연구할 필요가 있는 것이고, 각종 경제와 사회의 그룹, 특히 거시 관리 부문과 미시 경제의 주체가 신시대에 적응하는 방법을 연구할 필요가 있는 것이다. 그렇기 때문에 "무엇이 고품질 경제발전인가?"를 연구해야 한다. 고품질은 고속과 다르기 때문에 고품질 발전을 평가하는 표준체계, 이에 대해 보장할 수 있는 구조를 연구해야 한다. 추월형·속도형의 성장은 고품질 경제발전보다 쉽다. 따라서 고속성장 발전모델에서 고품질 발전모델로 전향할 수 있는 방법을 연구해야 하는 것이다. (2) "어떻게 현대화 경제체제를 건립할 것인가?" 2018년 1월 30일 오후 중국공산당 정치국에서는 현대화 경제체제 건설에 관한 제3차 집체학습을 진행했다. 시진핑 동지는 현대화 경제체제 건설은 거대한 사안으로 중대한 이론 명제이고, 중대한 실천 과제이도 하므로 이론과 실천을 결합하여 깊이 있게 토론해야 한다고 강조했다. 현대화 경제체제의 건설은 중국 경제발전의 전략목표이고, 경제발전 방식을 변화시키고, 경제구조의 최적화와 경제성장의 원동력을 전환시켜야 하는 절박한 요구이다. 현대화 경제체제는 중국의 경제발전과 관련된 전략적인 문제이고, 지속 가능한 발전과 관련된 문제이다. 이론계의 현대화 경제체제 문제연구는 금방 시작했으므로 시급히 심화된 연구를 해야 한다. (3) "어떻게 공급 측 구조개혁을 더 심화시킬 수 있는가?" 경제발전은 두 가지 모델이 있다. 하나는 수평모델이고, 다른 하나는 구조모델이다. 소위 수평모델이란 산업구조·상품구조가 변하지 않는 상황에서의 평면적 확장이다. 이런 성장모델은 조방형 경영으로 경계해야 한다. 구조모델은 산업과 산업구조의 최적화를 통해 실질적으로 부단한 경제발전을 추진하여 이룩한 것이다. 여기서의 혁신은 도태보다 더 중요하다. 혁신이 나타나면 자연스레 도태가 나타난다. 구조양식은 무한하다. 이는 혁신의 종착역이 없기 때문이다. 중국경제의 신속한 발전은 구조적 문제를 대량으로 축적시켰다. 여기에는 부동산과 실체경제의 불균형 문제, 실체경제에서의 저급상품의 생산력 과잉과 첨단상품의 수요가 국외로 넘어가는 문제 등이 있다. 그럼 이런 문제는 어떻게 형성된 것인가? 체제·구조·거시경제 정책과의 관계는 어떠한가? 속도를 위해 자극성 정책을 진행하면서 형성된 구조문제 속에는 공급 측 구조개혁 문제가 존재하지 않는가? 이런 문제를 중심으로 시급한 연구의 강화가 필요한 것이다. (4) "어떻게 효과가 탁월한 혁신을 창출할 수 있을 것인가?" 고품질 경제발전이나 구조조정의 관건은 탁월한 혁신의 효과이다. 이러한 탁월한 효과의 혁신이 바로 자력갱생이다. 따라서 반드시 자력갱생을 견지해야 한다. 관건 영역의 선진기술은 바꿔 올 수 없는 것이다. 어떠한 탁월한 효과의 혁신을 가져와 경제의 건강하고 지속적인 발전을 유지해야 하는가 하는 것은 반드시 해결해야 할 문제이다. 혁신문제에서 반드시 환경을 창조하고, 관련 제도를 적절히 수립하여 광대한 인민 군중에게 시장화를 위한 혁신을 보급해야 한다. 또한 사회주의 제도의 우월성을 발양하여 시장의 역량과 정부의 기능을 결합시켜 기업이 관건 영역에서 난관을 이겨낼 수 있도록 조직하고 조정해야 한다. 무엇이나 모두 시장에 넘겨주지는 말아야 한다. (5) "어떻게 도시화 인식을 지속적으로 심화시킬 것인가?" 역사가 증명하다시피 도시화는 발전의 결과이지 발전의 원인은 아니다. 도시화는 간단하게 농민들을 도시로 보내는 것이 아니다. 토지를 점유하여 농민을 도시로 들여보내기만 하고, 산업에 대한 지원이 없다면 도시화의 후환은 끝이 없을 것이다.

예를 든 이상의 문제들은 경제발전을 위해서 반드시 연구하고 혁신하며, 이론을 형성해야 할 문제들이다. 종합적으로 말해서 자신을 풍부히 하고 실제에 깊이 들어가 문제해결에 대한 지향을 견지하며, 전진 과정의 충추적 문제를 잘 발견하고 제기해야 하며, 문제연구와 해결을 통해 이론 혁신을 실현시켜야 할 것이다.

3. 오직 개혁개방 만이 마르크스주의를 발전시킬 수 있다.

시진핑 동지는 이렇게 지적했다. "당대 중국의 위대한 변혁은 중국 역사문화의 모델을 단순히 계속하는 것이 아니고, 마르크스주의 고전작가의 구상을 응용하는 것도 아니며, 기타 사회주의 실천의 재판도 아니고, 국외 현대화 발전을 복제하는 것도 아니기에 우리가 참고할 기존의 교과서는 찾을 수가 없다. 중국 철학사회과학은 중국이 지금 해내고 있는 일을 중심으로 중국이 개혁의 실천을 통해 이룩한 발전에서 새로운 자료를 찾고, 새로운 문제를 발견하며, 새로운 관점을 제기하고 새로운 이론을 구축해야 한다는 것을 말해주고 있다. 또한 개혁개방과 사회주의 현대화 건설의 실천 경험을 체계적으로 총결하는 일을 강화하고, 사회주의 시장경제 발전, 민주정치, 선진문화, 조화로운 사회, 생태문명 및 중국공산당 집정능력의 건설 등 영역에 대한 분석과 연구를 강화하며, 당 중앙의 신 이념·신사상·신전략인 '치국이정'에 대한 연구 해석을 강화하여 학술 이론이 있는 신 이론을 정립하고 규칙적인 새로운 실천을 종합하도록 해야 한다. 이는 중국 특색의 철학사회과학의 착력점이고 강조점이다."[221] 시진핑 총서기의 이러한 논술은 오직 개혁개방의 열정적인 실천에 근거해야만 마르크스주의를 발전시킬 수 있으며, 마르크스주의 정치경제학을 발전시킬 수 있는 것이다. 실천을 통해 참된 지식이 형성되고, 실천을 통해서만 이론이 형성되는 것이다. Adam Smith는 1776년에 출판한 『국부론』에서 시장경제 체제·구조·매력에 대해 깊이 있고, 생동적이며 전망성 있는 논술을 했다. 시장경제가 제일 먼저 나타나고, 공업혁명이 제일 먼저 발생한 나라가 영국이다. Adam Smith가 '분공'으로부터 논술하고, "분공을 논함"을 책의 제1장으로 한 것은 그가 그의 고향인 글래스고에서부터 '분공'으로 인한 전문화(專門化)를 몸으로 느꼈기 때문이다. 그는 전문화로 인한 거래가 경제발전의 무궁무진한 매력임을 알았던 것이다. 시장경제가 제일 먼저 시작된 영국에서 『국부론』이라

---

221) 習近平, 『習近平談治國理政』 第2卷, 앞의 책, 344쪽.

는 거작이 탄생했다. 마르크스도 정치경제학 연구를 영국에서 시작했다. 특히 영국박물관에서 마르크스는 직접적으로 자본주의의 생산방식을 느끼게 되었다. 『자본론』 제1권 "제1판 서언"에서 마르크스는 직접 요지를 밝혔다. "이 책에서 내가 연구하려는 것은 자본주의 생산방식 및 그에 적응한 생산관계와 교환관계이다. 지금까지 이런 생산방식의 전형적인 나라는 영국밖에 없다."[222] 마르크스의 연구가 '상품'으로부터 시작하게 된 것은 '상품'이 바로 자본주의 사회의 경제세포이기 때문이다. 마르크스는 이렇게 말했다. "자본주의 생산방식은 통치 지위를 가진 자들이 사회의 재부를 점유하고 '방대한 상품의 축적'으로 표현된다. 단일 상품은 이런 재부의 원소 형식으로 표현된다. 때문에 상품을 분석하는 것으로부터 시작해야 하는 것이다."[223] 직접적으로 겪었고, 과학적이거나 추상적인 것들을 참고하였기에 『자본론』은 자본주의 생산방식의 특점과 발전 추세를 깊이 있게 제시할 수 있었던 것이다. 마르크스는 『자본론』 제1권에서 자본의 생산과정을 논술했고, 제2권에서는 자본의 유통과정을 논술했으며, 제3권에서는 자본주의 생산의 총 과정을 논술했다. 영국 자본주의의 실천이 없었다면, 자본주의 생산방식을 연구하는 『자본론』도 없었을 것이다.

당대 중국의 개혁개방은 중국의 경제발전·사회진보에 매우 큰 의미를 가지고 있다. 중국은 반드시 개혁을 하고 개방을 해야 한다. 개혁을 하려면 반드시 개방해야 한다. 개방은 세계로 나가는 것이며, 차

---

222) 馬克思, 『資本論』 第1卷, 2版, 北京, 人民出版社, 2004, 8쪽.
223) 위의 책.

이를 찾는 과정이고, 서방의 우수한 기술을 참고로 하는 것이며, 다른 사람과 비교하고, 다른 사람과 경쟁하는 것이다. 개방을 하지 않으면 자신의 문제를 인식하기 어렵고, 세계경제 일체화의 트렌드와 어울리지 못하기 때문에 개혁의 방향을 정확하게 파악하기가 어렵다. 이 외에도 개혁을 하지 않으면, 대외 개방의 수요가 없기에 개방을 실현하기 어렵다.

중국의 개혁개방은 허(虛)에 존재하는 실(實)에 대한 이론 혁명의 덕을 보았다. 바로 실천은 진리를 검증하는 유일한 표준이라는 토론을 통해 전국·전당의 범위에서 사상을 해방하는 분위기를 형성할 수 있었고, 상하 모두에서 활력이 넘치게 되었다. 개혁을 통해 민영기업의 왕성한 발전을 허용하고 장려하며 개혁을 통해 '나가고' '들여오는' 사회주의 시장경제체제가 건립되었다. 개혁개방을 통해 중국은 사회주의 시장경제 체제를 선택했기에 중국경제는 수십 년 동안 두 자리 수의 성장을 기록할 수 있었던 것이다.

개혁개방의 비옥한 토양은 이를 원천으로 하는 일련의 이론을 잉태시켰다. 경제학으로만 보아도 개혁개방은 유구한 역사를 가진 대국이 "어떻게 발전을 할 것인가?"에 대한 이론에 답하는데 공헌했다. 성공적으로 발전을 실현한 기타 개발도상국이나 지역과는 달리 중국 발전의 시작 조건은 기타 지역의 발전과는 달리 불균형하였다.

한편 수천 년의 유구한 역사를 가진 중국은 두터운 역사문화를 축적했다. 이런 역사문화가 현대경제와 적응하도록 "어떻게 정수를 취하고, 찌꺼기를 버려야 하는 가?"하는 것이 역사적인 과제였다. 이러한 과제 해결을 통해 중국은 발전을 위한 장점을 발견했던 것이다. (1) 중국공산당의 견강한 영도는 사회의 단결과 안정을 수호했다. (2) 정부의 적극적인 행동과 자원 동원능력과 조직능력을 매우 강하게 했다. (3) 비균형적인 발전전략을 실행했다.

다음으로 개혁개방은 경제발전제도를 수립하는 연구조건을 만들어 주는데 공헌했다. 예전에 모든 계획경제체제를 실행했던 국가들은 쇼크요법을 선택했지만, 중국은 사회주의 시장경제체제를 선택했으며, 공유제를 주체로 하면서 여러 가지 소유제가 공동으로 발전하는 기본 경제제도를 선택했다. 이러한 제도적 조건의 수립은 중국경제의 안정적인 발전을 보장해주었다. 개혁개방은 재차 농업대국이 발전할 수 있는 전형의 수립을 실현케 하는데 이론적인 공헌을 했다. 전통적인 농업국이 어떻게 해야 현대화 공업국으로 변화할 수 있는가? 이 문제는 발전경제학 연구의 중요한 과제였다. 중국은 세계에서 제일 큰 농업국이고, 농업인구의 비율도 매우 높았다. 일반적으로 이런 조건은 경제발전에 불리했다. 하지만 중국은 이 불리한 조건을 유리한 조건으로 변화시켰다. 개혁 초기 중국은 자본이 부족했지만 노동력은 충분했다. 노동력이 풍부하다는 장점을 이용하여 자본을 축적했다. 주로 외래 산업의 이전을 받아들여 외향형 경제를 발전시켰다. 이를 통해 풍족한 노동력을 제공하며 이윤을 얻을 수 있었다. 물론 이런 장점에만 취했던 것이 아니라 인력자원이 인력자본으로의 변화와 더불어 자본이 상대적으로 풍부해짐을 통해 부단히 업그레이드를 실현하고 효율을 높였던 것이다.

마지막으로 개혁개방은 추월형 발전과 지속 가능한 발전의 연구를 위해 중요한 공헌을 했다. 개발도상국과 지역은 경제발전과 현대화를 실현하기 위한 초기의 임무는 상대적으로 간단했는데 그 주요 임무는 공업화와 도시화였다. 21세기 이후 현대화 추진은 두 가지 중대한 조건 변화에 직면했다. (1) 정보기술의 신속한 발전. (2) 글로벌 생태 환경 문제의 악화와 자원 환경 구속의 악화가 그것이었다. 새로운 형세와 새로운 임무에 중국공산당 중앙에서는 신형 공업화·정보화·도시화·농업 현대화·녹색화를 협동적으로 추진하기로 했다. "다섯 가지 화(化)"를 협동 추진하는 것은 현대화 이론과 실천의 중대한 혁신으로 추월형 발전과 지속가능한 발전의 연구를 심화시켰던 것이다.

　개혁개방의 실천은 이론 혁신을 제공하는 비옥한 토양이다. 개혁개방의 사유방식 연구는 응당 개방적인 시스템이어야 한다. 이 방면에서 마르크스는 걸출한 본보기였다. 마르크스의 돌파적이고 시대적인 성과는 그가 당시 상품경제가 제일 빨랐던 영국에서 연구를 진행했기 때문이었을 뿐만 아니라, 그의 사유방식의 개방성이 있었기 때문이었다. 그는 당시 접촉할 수 있는 모든 인류문명의 성과를 접촉했다. 연구방면에서 마르크스는 헤겔의 변증법을 참고했고, 경제학에서 마르크스는 고전경제학의 우수 인물인 Adam Smith, 데이비드 리카도(David Ricardo)의 노동가치론을 흡수했는데, 노동의 이중성 원리가 바로 그가 창시한 공헌이다. 또한 마르크스는 프랑스 중농학파의 대표인물인 케네(Francois Quesnay)의 사회 총자본 재생산 이론을 참고하고, 인체의 혈액순환을 참고하여 재생산의 운행과정을 묘

사한 케네의 사상은 매우 전채적인 사상이라고 여겼다. 이러한 기초 위에서 마르크스는 자신의 사회 총자본 재생산 이론을 창출했다. 바로 이러한 의미에서 개방과 참고가 없었다면, 마르크스 정치경제학은 나타나지 못했을 것이라고 말할 수 있는 것이다. 서방의 경제학도 서로 다른 유파가 있었고, 각 유파는 서로 경쟁하고, 서로 장점을 받아들여 자신의 이론을 보완하였다. 경제학사상 세 차례의 위대한 종합, 특히 신고전에 대한 종합의 출현은 장점을 취하고 단점을 보충했던 결과였다. 만약 개방이 없고 경쟁이 없었다면, 서방의 경제학도 오늘날의 성과를 이룰 수 없었을 것이다. 개혁개방을 실천하는 과정에서 중국의 경제문제를 연구할 때는 응당 마르크스주의 지도 하의 개방성 사유를 견지해야 한다. 마르크스의 『자본론』이 해석한 원리는 혁명일 뿐만 아니라 건설이기도 했다. 『자본론』은 자본주의 생산방식을 연구했다. 즉 마르크스의 시장경제 생산방식을 경제건설을 중심으로 하는 오늘날에 적용할 때 응당 경제운행·경제건설·경제발전의 각도에서 『자본론』을 깊이 연구하여 『자본론』을 시대의 활력으로 넘치게 해야 한다. 사실 『자본론』은 중국경제의 발전 방향을 인도했다. 예를 들면 마르크스는 실체경제의 발전은 기타의 자본형식이라고 여겼다. 예를 들면 상품자본·화폐자본이 산생의 기초라는 것이었다. 상품자본·화폐지본은 오직 실체 경제를 위할 때에만 활력이 넘치기 때문이다. 마르크스는 상품을 생산하는 노동을 생산노동이라고 하고, 비물질 상품을 생산하는 노동을 비물질노동이라고 했다. 사회 총자본 재생산 관련 장절에서 다른 의미의 사회 필요 노동시간 즉 사회가 한 상품에 분배한 사회화 노동시간을 예를 들어 혁신 및 사회의 초과 보답과 경제발전의 관계를 논술했던 것이다. 개발 자본가는 먼저 혁신을 하여 정액을 초과한 사회 보상액을 획득하기에 기타 자본가들도 분분이 이를 따라 행동함으로써 이윤의 평균화가 형성된다는 것이다. 이런 상황에서 일부 자본가들은 새로운 균형을 타파하고 남들보다 많은 보상액을 얻기 위해 혁신을 꾀했다. 그다음 기타 자본가들이 재차 혁신을 통해 그들의 뒤를 따르기에 또 다시 평균화가 형성되었다. 이를 통해 볼 때, 혁신은 경제발전의 근본적 원동력임을 알 수 있다. 마르크스는 구조조정의 중요한 의미를 논술했다. 『자본론』 제1권에서 마르크스는 마포 생산을 예를 들어 설명했다. 즉 "마포 1야드의 생산이 필요한 사회 필요 노동시간의 요구에는 부합되어도 마포의 총생산량이 사회의 수요를 초과한다면 그 가치를 실현하지 못한다."는 것이었다. 마르크스는 이런 현상이 마포 생산형식이 소비한 시간이 전체 사회 노동시간에서 큰 비중을 차지했다는 것을 증명했다. 즉 생산력 과잉이 그것이었다. 생산력 과잉의 실질은 제한적인 자원을 사회의 불필요하거나 완전히 소진하지 못한 생산력 관련 산업에 투자했다는 것이다. 이런 상황에서 구조조정이 필요한 것이고, 구조조정에는 도태와 혁신 두 가지 경로가 있는 것이다. 뜨거운 열기의 개혁개방 실천을 기반으로 개혁개방의 사유방식으로 중국경제의 문제를 해결하고, 중국특색의 정치경제학을 구축하여 마르크스주의 정치경제학을 발전시키는 것은 시대가 당대 중국에 부여한 신성한 사명인 것이다.

4. 신시대 경제체제 개혁사상에 대한 정치경제학적 논리 개술.

시진핑 동지는 마르크스주의 정치경제학에 대한 학습과 응용, 발전을 매우 중시했다. 시진핑 동지의 경제체제 개혁에 관한 논술은 그의 경제학 사상이 결정한 것으로 과학적인 정치경제학 논리를 가지고 있는 것이다.

(1) 사회주의 기본 경제제도의 견지를 고도로 중시하자.

중국의 경제체제 개혁은 사회주의를 견지한다는 전제 하의 개혁이다. 사회주의의 제일 기본적인 특징이 바로 사회주의 기본경제 제도인 것이다. 시진핑 동지는 이를 엄중하게 지적했다.

> "공유제를 주체로 여러 가지 소유제 경제가 공동으로 발전하는 기본 경제제도를 실행하는 것은 중국공산당이 확립한 하나의 대정방침이고, 「중국 특색의 사회주의」 제도의 중요한 구성 부분이며, 사회주의 시장경제체제를 개선하는 필연적인 요구이다. 사회주의 기본경제제도를 견지하고 개선하여 확고부동하게 공유제 경제를 공고히 하고 발전시키며, 확고부동하게 비공유제 경제의 발전을 장려하고 지지하며 인도하고, 각종 소유제가 서로 보완하고 서로 촉진하여 공동으로 발전하도록 추진해야 한다. 동시에 공유제의 주체지위를 확고부동하게 견지해야 하고, 국유경제의 주도적 작용을 확고부동하게 견지해야 한다. 이는 중국 각 민

족 인민의 발전성과 공유를 보장하는 제도적 보장이고, 중
국공산당의 집정 지위를 공고히 하는 것이며, 우리나라 사
회주의 제도를 견지하기 위한 중요한 보장이다."

또한 그는 비공유제 경제의 발전을 위해 양호한 환경을 조성하고
더욱 많은 기회를 제공하기 위한 방침과 정책을 변하지 않고, 더 많
은 국유경제와 기타 소유제 경제 발전과 주식 상호 소유의 혼합소유
제 경제를 허가해야 한다고 했다. 시진핑 동지의 사회주의 기본 경제
제도의 견지에 관한 논술은 기본 경제제도 측면에서 마르크스주의
정치경제학의 연구 프레임을 확장시킨 것이며, 마르크스주의 정치경
제학의 연구내용을 풍부히 해주었다. 그러므로 이는 중국경제체제의
제일 기본적인 지도사상인 것이다.

(2) 과학적으로 경제체제 개혁의 핵심문제인 정부와 시장의 관계에 대한 문제에 대답하다.

중화인민공화국 성립 이후 중국의 경제체제 인식은 실천·인식·재
실천·재인식의 과정을 거쳤다. 중국은 예전에 계획경제체제를 선택
했다. 하지만 계획경제체제를 선택했어도 계획과 시장의 관계에 관한
학술계의 토론은 종래 중단된 적이 없었다. 계획경제체제의 효율이
낮았기에 중국은 최종적으로 사회주의 시장경제체제를 선택했다. 사
회주의 시장경제체제를 선택했다고 해도 사회주의 시장경제체제에서
시장이 어떤 작용을 하고, 정부가 어떤 기능을 해야 하는가에 대한

인식을 부단히 심화시켜야 했다. 중국공산당 제18차 전국대표대회 이후 시진핑 동지를 핵심으로 하는 당 중앙에서는, 정부와 시장의 관계라는 경제체제 개혁의 핵심문제를 중심으로 양자의 역할에 깊이 있고도 과학적인 답을 했다. 바로 시장이 자원배치에서 결정적 작용을 하고, 정부가 정부의 작용을 더 잘하도록 해야 한다고 의견이었다. 이 중대한 이론은 이정표적인 의미가 있다. 이는 중국공산당이 사회주의 인식이 새로운 높이에 도달했음을 의미한다. 시장경제체제의 본질은 시장이 자원배치를 결정하는 경제체제라는 점이다. 하지만 다른 사회형태에서 시장체제는 경제기초와 발전이라는 목적이 다름에 따라 서로 다른 차이를 보여준다. 중국은 사회주의 국가이다. 사회주의 시장경제 체제를 건립하는 것은 「중국 특색의 사회주의」의 필연적 선택이고, 정부의 작용을 잘 발양하는 것은 중국의 장점이자 사회주의 제도의 우월성을 표현하는 주요 상징이다. 시진핑 동지는 이렇게 강조했다.

> "우리나라는 사회주의 시장경제 체제를 실행한다. 우리는
> 여전히 우리나라 사회주의 제도의 우월성을 견지하고 발양
> 하고 당과 정부가 적극적 작용을 발양토록 해야 한다."[224]

중국사회주의 제도의 우월성을 발양하고 당과 정부의 적극적인 작용을 발양하는 것은 부단히 중국사회주의 시장경제체제를 개선하고,

---

224) 習近平, 『習近平談治國理政』, 第1卷, 앞의 책, 77쪽.

부단히 사회 생산력을 혁신하고 발전시키는 것으로 경제체제 개혁의 지도적인 원칙이라고 할 수 있는 것이다.

(3) 발전규칙에 대한 인식을 크게 심화시켰다.

발전이념은 발전관·발전 경로의 결정이고, 발전에 대한 평가이다. 시진핑 동지가 제기한 혁신, 협조, 녹색, 개방과 공유의 발전 이념은 국내외 경제사회발전의 경험과 교훈을 깊이 있게 종합한 것이며, 발전규칙에 대한 인식의 심화이다. 혁신은 발전을 견지하는 관건이다. 현재 중국특색의 사회주의는 신시대에 진입했고, 중국의 경제발전도 신시대에 진입했다. 선명한 특징이 바로 고속성장이 고품질 경제발전으로 전화했다는 점이다. 고품질의 경제발전을 실현하려면 반드시 혁신을 추진해야 한다는 것을 견지해야 한다. 시진핑 동지는 엄중하게 지적했다. "혁신은 발전을 인솔하는 제1 원동력이다. 혁신을 움켜쥐면 경제사회발전의 전반을 이끄는 '소의 코뚜레'를 틀어쥔 것이다." 이 중요한 추론은 우리에게 추월형 국가는 시작단계에서 기술적으로 모방할 수가 있지만, 앞자리를 차지하게 되면 모방의 공간이 급격히 축소되기에 혁신을 하지 않으면 발전 원동력을 잃게 된다. 후발주자라는 우세와 낮은 원가의 자원 환경을 가졌다는 우세에 도취하다 보면, 우세가 열세로 변할 수 있기 때문에, 우리는 반드시 혁신 구동 전략을 실시하여 혁신을 첫 번째 위치에 놓고, 자력갱생을 첫 번째 위치에 놓아야 하는 것이다. 협조발전은 발전의 불균형이라는 문제를 해결해 준다. 중국경제는 40년 동안 신속한 발전을 가져왔다. 한편으로는 규모면에서 중국이 세계 제2대 경제체가 되었지만, 또 한편으로는 적지 않은 불균형 문제도 나타났다. 예를 들면 속도와 품질의 불균형, 경제발전과 사회발전의 불균형, 사람과 자원의 불균형, 지역 간의 불균형, 도시와 농촌의 불균형, 실체 경제와 부동산 및 금융 산업의 불균형, 지방의 경제발전과 지방 채무의 불균형 등이 있다. 비록 경제 발전은 여러 가지 불균형을 허용한다고는 하지만 도를 넘지는 말아야 하는 것이다.

마르크스주의 경제를 연구하는 연구자는 협조 발전의 문제를 매우 중시했다. 마르크스는 사회 재생산은 생산자료 생산과 소비자료 생산 두 가지로 분류되고, 이 두 가지 부류가 반드시 적당한 비례를 유지해야만 순조로운 사회 재생산을 보장한다고 했다. 사실 이것은 협조 발전을 강조한 것이다. 중국공산당은 예전부터 협조 발전을 중시했으며, 적지 않은 협조 발전이념과 전략을 형성했다. 새로운 역사적 조건에서 시진핑 동지는 협조 발전에 새로운 과학적 의미를 부여했다. 그는 이렇게 지적했다. "협조 발전은 발전 불균형의 문제해결을 중시해야 하므로 '제13차 5개년 계획' 시기 발전의 전국적인 판을 잘 설계해야 한다. 협조 발전은 승리의 비결이다." 이 논술은 협조는 발전의 양점론과 중점론의 통일이라는 것을 강력하게 제시했다. 발전의 길에서 난제를 해결하고 단점을 보완하는데 힘을 다해야 할 뿐만 아니라, 기존의 장점을 공고히 하고 강화하여 두 가지 방면의 상호 보완과 상부상조를 실현해야만 높은 수준의 발전을 실현할 수 있는 것이다. 협조는 발전의 균형과 불균형의 통일이지 평균주의를 말하는 것이 아니기에 발전기회의 공평을 더 중시하고, 자원배치의 균형을 더욱 중시해야 한다는 말이다.

녹색발전을 견지하여 자연계와 조화로운 공생을 해야 한다. 엥겔스는 『자연변증법』에서 이렇게 경고했다. "우리는 인류가 자연에 대한 승리에 취하지 말아야 한다. 매번 이와 같은 승리에 자연계는 보복을 하게 될 것이다." 단순하게 GDP 성장을 추구하고 GDP로 영웅을 선발하던 방법과 먼저 오염을 허용하고 후에 다스리는 발전방식은 자연환경을 파괴했으므로 인민 군중의 생활품질에 큰 영향을 미쳤다. 시진핑 동지는 이렇게 지적했다. "푸른 하늘도 행복이다. 녹수청산은 금산이고 은산이다. 환경을 보호하는 것이 바로 생산력을 보호하는 것이다."[225] 시진핑의 이 논술은 사람과 자연의 관계를 심각하게 제시한 것이고, 경제발전과 생태 보호의 윈윈을 실현할 수 있는 정확한 경로를 제시한 것이다. 중국은 자원절약과 환경보호라는 기본 국책을 견지해야 한다. 눈을 보호하듯 생태환경을 보호해야 하고, 생명을 대하듯 생태환경을 대하여 녹색환경을 조성하는 것이야말로 이 발전 방식과 생활방식이 될 수 있도록 촉진해야 하는 것이며, 인민의 부유함, 국가의 강성, 중국의 아름다움을 협조적으로 추진해야 하는 것이다. 개방을 통한 발전은 내외 연동의 문제를 해결해준다. 중국은 사회주의 시장경제를 선택했다. 시장경제는 필연적으로 개방경제이다. 개방을 통한 발전은 발전의 내외 연동문제를 해결해준다. 시진핑 동지는 이렇게 지적했다. "중국은 대외개방 정책의 기본국책을 견지

225) 習近平, 『習近平談治國理政』 第2卷, 앞의 책, 209쪽.

하고 호혜공영의 전략을 행하며, 부단히 내외 연동성을 향상시킴으로써 자신의 발전을 실현함과 동시에 더 많은 혜택이 다른 나라와 인민들이 향유할 수 있도록 해야 한다."[226] 이에 중국은 대외개방 전략을 더욱 개선하고, 개방형 경제의 신체제 구축을 다그쳐 더 깊은 차원, 더 높은 수준의 대외개방을 추진해야 하는 것이다. 대대적으로 '일대일로' 건설을 추진하여 세계경제의 성장을 촉진케 하고, 세계경제의 재 균형을 실현하기 위해 중국의 지혜를 동원하여 공헌해야만 하는 것이다. 공유발전은 사회의 공평과 정의문제를 해결한다. 중국은 사회주의 국가이고, 경제발전의 목표는 광대한 인민 군중들의 물질 이익과 정신 이익을 위하는 것이다. 이는 사회주의 발전의 근본 취지이다. 시진핑 동지는 공유 이념의 실질은 인민을 중심으로 하는 발전사상을 견지하는 것으로 점차 공동 부유의 요구를 체현한다고 했다. 중국은 인민을 위한 발전, 인민에 의존하는 발전과 인민들의 발전성과를 공유할 수 있도록 견지하여 전체 인민이 함께 건설하고 함께 공유하는 발전에서 더 많은 획득감을 가지고 공동 부유를 향해 안정적으로 전진하도록 해야 할 것이다.

(4) 중국경제 발전이 이미 뉴노멀에 진입했다는 중대한 전략적 판단.

경제발전 단계를 구분하는 것은 마르크스주의 정치경제학적인 분석과 문제를 연구하는 기본 방법이다. 마르크스는 큰 범위에서 인류사회의 발전단계를 분류했으며, 경제발전 주기의 각 단계별 특징을

---

226) 위의 책, 483쪽.

분석했다. 시진핑 동지는 종합적으로 세계경제의 주기와 중국경제 발전의 단계적 특징 및 그들의 상호작용을 분석하여 중국경제 발전이 뉴노멀에 진입했다는 중대한 전략적 판단을 내렸다.

중국의 경제발전이 뉴노멀에 진입했다는 중대한 전략적 판단인 고옥건령(高屋建瓴, 높은 지붕 위에서 물을 담은 독을 기울여 쏟으면, 그 내리쏟는 물살은 무엇으로도 막기 힘들다는 뜻으로, 기세가 왕성함을 이르는 말—역자 주)은 중대한 이론적 의미와 현실적 의미를 가지고 있다. 중국의 국내 상황에서 보면, 중국 경제발전의 내적 조건은 심각한 변화가 일어났다. 과거의 우세했던 점은 점점 줄어들고 있기에 경제발전 방식의 변화가 절박하고, 신산업, 신 원동력, 신 우세를 배양해야만 하는 것이다. 국제적으로 볼 때, 2008년 국제 금융위기 이후, 선진국의 무역보호주의 경향이 날로 뚜렷해지고 세계경제의 회복세는 느려지고 있다. 세계 제2대 경제체, 그리고 상품무역의 대국인 중국은 책임을 지는 대국의 형상을 수립하고, 대외개방의 수준을 높여 개방발전으로 경제글로벌화를 이끌어 신시대를 맞이해야만 하는 것이다. 총체적으로 보면 중국경제는 이미 "키 크는" 단계를 넘어 "근육을 키우고" "신체를 건강하게" 해야 하는 시기에 진입했다. 이에 관해 시진핑 동지는 이렇게 강조했다. "뉴노멀에 적응하고 뉴노멀을 파악하며 뉴노멀을 인솔하는 것을 발전의 전반과 전 과정을 관통하는 기본 논리로 해야 한다."[227] 경제발전의 뉴노멀에 신 발전 이념을 관철시키고 실시하며, 경제건설의 중심이라는 뜻을 견지하며, 발

---

227) 習近平, 위의 책, 245쪽.

전만이 확실한 도리라는 전략사상을 견지하고, 공급 측 구조개혁의 추진을 견지하는 것을 메인으로 하여 발전의 품질과 효익 향상에 노력함으로써 중국의 발전이 새로운 단계에 오르도록 추진해야 하는 것이다.